逃げるオタク、恋するリア充

Yuri & Kouta

桔梗 楓

Kaede Kikyo

EB
エタニティ文庫

目次

逃げるオタク、恋するリア充

第一章　メッキが剥《は》がれた日

人は誰しも、多かれ少なかれ己《おのれ》を偽《いつわ》るものではないだろうか。自分の印象をよくするため、円満な人間関係を構築するため――その理由は様々で、ありのままの『素顔《すがお》』をさらけ出せる人間はごく一部に過ぎないと思う。

私――羽坂由里《はざかゆり》は、とある事情により素顔《すがお》を隠している人間の一人だ。

短大を卒業して入社した、中堅の印刷会社。その会社で営業事務として二年弱働いている私は、頭のてっぺんから足の先まで、しっかり猫を被っていた。

『清楚《せいそ》なお嬢様』という猫を被りはじめたのは短大に入学した頃。その演技にも、今ではすっかり磨《みが》きがかかっている。

会社の人間は私の本性など知る由《よし》もなく、育ちのよいお嬢様だと思いこんでいるであろう。

――私は、自信を持っていた。これからも、絶対に本性を隠し通せると思っていたのだ。

それなのに、まさかあんなことになるなんて――

思い返すと、その日は朝から不吉な予感があった。テレビで見た『今日の星占い』は最下位だったし、やたらと赤信号に足止めされ、電車も遅延《ちえん》――そのせいでいつもより出社時間が遅くなり、ようやく席に着いたと思ったら、お気に入りのマグカップにヒビが入っていた。

仕事中にも、パソコンの動作が遅く何度もフリーズしたり、私が使う時に限ってコピー機の用紙やトナーが切れたりした。

ついていない日は、さっさと帰ってしまおう。今日は大事な予定もあるのだし……

そう思っていたのに、終業間際、営業の笹塚《ささづか》から発注書をバサバサ渡された。しかも「それの処理、今日中な」とか言ってくる。

この笹塚という男は、いわゆるイケメンの部類に入る容姿をお持ちで、シャープな顔立ちに、通った鼻筋、背は高くて一八〇センチはあるだろう。爽《さわ》やかな笑顔も素敵な、好青年と呼ばれるタイプの人間だ。

こういった、いかにもリア充なオーラがみなぎる人間は、私が最も苦手とする人種なので、あまり関わりたくない。だが、仕事ではそんなことも言っていられない。

突然の残業を言い渡した笹塚に殺意を覚えつつ、死ぬ気でパソコンに向かった。なぜなら私は、なんとしても約束の時間までに帰らなければならないのだ。

高速で発注書を処理し、笹塚にチェックをしてもらった時点で、時計の針は七時二十分を指していた。笹塚は「悪かったな、メシでも奢《おご》ってやるよ」なんて言ってくるけれど、それどころではない。とにかく一刻も早く帰りたいのだ。

表面上では申し訳なさそうにお断りし、営業部のフロアを出て、ロッカールームで制服を着替える。そして会社を出た瞬間、私は秋の肌寒い空の下を全力で走りはじめた。

現在の時刻は、七時半。約束の時間は八時。ここから自宅アパートまでは、最短で四十分。

……絶対に間に合わない。

仕方がないので、駅前のネットカフェに向かって走った。何度か利用はしたことがあるが、会社から近いため、同僚に見られる可能性も高い。だからあまり使いたくなかったけど、背《せ》に腹《はら》は替えられない。

息を切らして入店し、受付の店員に会員カードを差し出す。ここでも、私はついていなかった。個室はすべて埋まっていて、ほぼ仕切りのないオープン席かペアシートのカップル席しか空《あ》いていないという。さすがに、カップルシートに一人で座るのは気が引ける。げんなりしながらオープン席を選んだ私は、席に着くや否《いな》や、あるゲームを起動させた。

そう、私の用事とはコレである。多人数同時参加型のオンラインゲーム。

すごく簡単に説明すると、自分好みのキャラクターを作成して仮想世界を冒険し、仲間《パーティ》と一緒にモンスターを倒したり、協力して謎を解いたりするゲームだ。

今日は八時に、私が所属しているクランのメンバーで、難度の高いイベントに挑戦しようと約束していた。ちなみにクランというのは、仲の良い者同士で作ったグループのようなもののこと。もちろん、メンバーは全員ゲームを通じて知り合った人たちである。

IDとパスワードを入力してゲームにログインすると、私以外のメンバーはすでに全員揃《そろ》っていた。私はキーボードを叩いて、チャット画面にメッセージを書きこむ。

『ごめん、待った?』

『エカリナおつかれー。待ったも何も、まだ八時前w　早くも全員揃《そろ》ったな』

エカリナというのは、私のキャラクター名だ。メンバーとチャットをしつつ、手持ちのアイテムや装備を確認する。うん、大丈夫だね。あとは消耗品だけ用意すれば、準備万端だ。

『エカリナは残業だったの?』

『そうだよ。営業が定時直前に仕事持ってきてさ。まじ、空気読めって思った』

『エカリナさん大変ですねww　おつw』

『本当だよw　マジあの営業ハゲろww』

「ほぉ……悪かったな、空気読まなくて」

まったくだよ。そもそも残業前提で仕事を渡してこないでほしい。繁忙期《はんぼうき》でもないのに、納期が今日中なんて！　明日の朝イチでいいじゃん。

「あと俺の家系は毛根《もうこん》が丈夫でな。だから禿《は》げない」

ああ、そうですか。じゃあ、もげろ……って、え⁉

背後から聞こえてくる低い声には、聞き覚えがある。

恐るおそる振り向いてみれば、そこにはよく見知った……というか、さっき会社で別れたばかりの男がいた。

笹塚浩太《こうた》。

——本当に、今日の私はついてない。

どうしよう、どうしよう、どうしよう……

その答えが見つからなかった私は、ギギギと音がするほど硬直しながらパソコンに向き直る。

『皆、用意すんだ？　そろそろ行くよー』

『あああ！　待ってもうちょい』

思わず高速でキーボードを叩き、消耗品の準備をしていると、再び背後から低い声が聞こえてくる。

「羽坂さぁ」

背中を冷たい汗が伝っていく。

「趣味は、編み物とお菓子作りじゃなかったっけ？」

ぎくぅ！

脳内に浮かんだ選択肢は三つ。一、ガン無視する。二、『羽坂さんって誰ですの？』と誤魔化《ごまか》す。三、脅《おど》……いや、口封じする。

テンパっていた私は、どういうわけだか二を選んでしまった。

「羽坂さんって誰ですの？　オホホ――」

「いや、お前だよ。うちの営業事務で、さっきまで一緒に残業してただろ」

「た、他人の空似《そらに》でございます。羽坂さんなんてグレイトチャーミングな人、まったく知りません」

「自分のことをグレイトチャーミングなんて言う女、はじめて見たよ。何はともあれ、お前は羽坂だ。信じたくねえけど」

そう言って笹塚は、私の座る回転椅子をくるりと回して自分に向けた。

うぅ……仕方がない。かくなる上は、次の選択肢――その三！

私はピースサインを作ると、笹塚の目に向かって指を突き出した。

「とりゃあ！」

「なんだ!?」

「口封じ！　目潰しだ！　その目を潰してくれる！」

「はぁ？　口封じなのに目潰しって……っていうかお前、それが『素《す》』なんだな？」

ぎくぅ!!

私は無言で椅子を回し、パソコンに顔を向けた。

……やっぱり、選択肢その一だ。ガン無視しよう。それがいい。最初からそうすればよかった。

『準備できた。遅れてごめん！』

『いいよ～。このイベント、失敗したらまたアイテム集めからしなきゃいけないし、頑張ろうね』

そうそう。このイベントはとにかく準備が面倒なんだよ。絶対に失敗できない。

「羽坂ー」

だから無視だ。私には、こんな男を相手にしている暇などない。消耗品は、ちゃんと揃《そろ》えた。アイテムも装備も問題なし。攻略サイトを見て事前に予習もしたから、準備万端。

「羽坂由里ちゃーん」

ちゃん付けするな！　……いや、ここは無視無視。このまま相手にしなければ、笹塚も諦《あきら》めてどこかに行くはず――

「おー、園部《そのべ》？　今さぁ、ネカフェなんだけど。なんか羽坂が――」

園部って、営業部の園部さん!?

「ちょっと待って!!」

超高速で椅子を回して立ち上がる。しかしヤツは、携帯電話など持っていなかった。

しまった、はめられた！

笹塚は悪人みたいな笑みを浮かべる。

「やっと反応したな？　羽坂」

「くっ、いくらですか！」

「は？」

「いくらなら手を打ちますか!?　今は月末でお金がないけど、来月なら、ごっ、五千円くらいなら」

「安すぎだろ、それ。別に金なんていらねえよ。……それより、場所を変えないか？」

笹塚はにっこりと笑って、入り口近くの受付に親指を向けた。

「ペアシートのあるカップル席に移動しよう。そっちで話をしたい」

「は、話すことなんてありません。お願いですから、私のことは放っておいて……ひえっ！」

オープン席のテーブルに、すっと手が置かれた。今まで仕事のやりとりしかしてこなかった笹塚が、いきなり至近距離まで近づいてくる。ち、近すぎますよ!? 笹塚さん!

彼は今まで聞いたこともないくらい意地悪な声色で囁《ささや》いてくる。

「今日のこと、ばらされたくないだろう? 『お嬢様』の羽坂さん」

耳に笹塚の息がかかり、肩が震える。耳の奥がぞくりとする低い声に、背中を冷や汗が伝った。

笹塚に弱みを握られた以上、私に拒否権はない。仕方なくゲームのパーティメンバーに一度断ってログアウトした後、店員に席移動の処理をしてもらう。そうしてカップル席に座ったのだけれど——

ペアシートは思いのほか狭く、密着度が無駄に高かった。笹塚からはお洒落感《しゃれかん》満載の香りがほのかに漂《ただよ》ってくるし、腕も当たって妙に意識してしまう。なんだ、この状況。

チラリと隣を見れば、笹塚が興味深そうにパソコンのモニターを見つめている。移動する際、ゲームを続けても構わないと言われたので、お言葉に甘えることにした。しかしこの状況、はっきり言って非常に恥ずかしい。これはいわゆる羞恥《しゅうち》プレイってやつだろうか。

とにかく現実から逃避したくて、私はゲームに集中した。

一方の笹塚は食事のメニューに目を向けて、電話の受話器を手に取る。

「あ、注文お願いします。チャーハンとオムライス一つずつ。羽坂、何か食う？」

「……ケッコウです」

「ああ、あとたこ焼き一つ、追加でください」

どうでもいいけど、チャーハンとオムライスにたこ焼き？　よく食べる男だな。

「飲み物取ってくる。羽坂も、なんか飲む？」

「……メロンソーダ」

すると笹塚は「メロンソーダ！」と言って笑い出した。……さっきから失礼極まりない。

「好きな飲み物はアールグレイの紅茶じゃなかったのか？」

笹塚のツッコみに、私はハッとして答える。

「……っ！　じゃ、じゃあ、紅茶でいいです」

「今さらだろ。メロンソーダだな」

クックックッと笑いながら、笹塚は飲み物を取りに席を立つ。くそぅ、なんで出入り口のドアに鍵が付いてないんだ！　もしくは板と釘と金槌《かなづち》があったら、絶対ヤツを締め出すのに……

それにしても、どんどんメッキが剥《は》がれていく。笹塚の言葉じゃないけど、メロンソーダは失敗だったよね。せめてお茶って言えばよかった。

私がくさくさしている間にも、ゲーム内ではイベントが進んでいく。

……やがてモニターの中に、巨大な敵が現れた。これを倒さなければ、イベントは終わらない。

すごくドキドキする。皆で強敵に挑むこの一瞬がとても好きだ。それに、勝利した時の達成感も堪《たま》らない。現実では、手に入らない感情だ。

ワクワクしながらキャラクターを操作していると、目の前にたこ焼きが現れた。

「食う？」

……空気ぶち壊し野郎め。

私は、無言でぱくりとたこ焼きを食べた。……美味《おい》しい。夕飯を食べてないので、なおさら美味《おい》しく感じる。でも今の私は、たこ焼き食べてる場合じゃないんだよ！　強敵が目前にいるんだよ！

「ちょっと今から集中します。邪魔しないでください」

「はいはい。あ、メロンソーダここ置いとくぞ？」

「……ありがとう」

「どういたしまして」

すぐ傍から、くすくすと笑い声が聞こえる。くそぅ、本当に面白がってるよね。覚えてろ、後で絶対に話し合いだ！

――戦闘がはじまる。私は黙々とキャラクターを操作して、攻撃を繰り出していく。

「おぉ、すげぇ。よく指が動くな。それに、その超真剣な顔。会社じゃ見たことねえな」

……ほっとけ！　オンラインゲームは遊びじゃないんです！

「いや、そういえば、今日の残業中はすげー必死だったか。眉間《みけん》に皺《しわ》寄せて、キーボード叩いてたもんな」

当たり前だ。私にとっては、リアルよりゲームの約束が大事なんだから！

内心ピリピリしつつもキャラクターをいつも通り動かし、仲間たちと協力して、敵を追いつめていく。

しばらくして、戦闘は終了した。崩れ落ちるモンスター。もちろん、我々の勝利である。いつもなら『よし！』とか言ってガッツポーズをするところだけど、今はとてもそんな気分になれない。

はーとため息をついて隣を見たら、笹塚がニヤニヤしていた。殺意よ、こんにちは。

「お疲れ。夕飯、食わねえの？」

「……後で食べます。それで、どうして笹塚……さんが、ここにいるんですか？」

なんだか今さらな気もするが、私は眉間《みけん》に皺《しわ》を寄せつつ笹塚に尋ねる。

「そりゃあ、清楚《せいそ》なお嬢様キャラの羽坂さんがネットカフェでオンラインゲームしてて、しかもいつもと全然違う言葉遣いでチャットしてたら気になるだろ？　普通」

ぐっと私の顔が歪《ゆが》む。確かに、私は会社で『清楚《せいそ》なお嬢様』スタイルを貫《つらぬ》いている。

盛大に猫を被っているのだ。

「趣味は、編み物とお菓子作りだったよな。これは、嘘？」

「……はい」

ただし、編み物には挑戦したことがある。マフラーという名のボロキレが完成し、以来やっていないだけだ。……お菓子作りは、そもそも料理ができないので真っ赤な嘘である。

「じゃあ去年のバレンタインデーで配《くば》ってた手作りチョコクッキーは、なんだったんだよ」

「あれは近所のケーキ屋で売ってる手作りチョコクッキーを包装しなおしたものです」

「お前……手が込んでるっていうか、それは詐欺《さぎ》の域《いき》だぞ……」

うるさいな、バレなきゃ問題ないでしょう。……今、バレたけど。

「好きな飲み物はアールグレイの紅茶。好きな食べ物はなんだっけ？」

「さ、最近はパンケーキにはまっています」

無駄かもしれないけど、目を逸《そ》らしつつ取《と》り繕《つくろ》う。すると笹塚は、鋭《するど》くツッコんできた。

「それも嘘だろ。本当は？」

「……特にありません、なんでも好きです。強《し》いて言うなら、コンビニ惣菜《そうざい》が手軽で味もいいと思います」

はぁ、とため息をつかれた。落胆《らくたん》というより、呆れてモノが言えないという感じだ。普段は適当な惣菜《そうざい》を夕飯にして缶チューハイを飲んでるんです、とか言ったら怒り出すかもしれない。

「じゃあ、いいとこのお嬢様っていうのも嘘なのか。確か親が社長とか言ってなかったか？」

「社長ですよ。米農家ですけど」

またため息をつかれた。何よ、その馬鹿にした表情――米農家をなめんなよ、日本人の主食を作ってるんだから！

「……お前、嘘が多すぎだろう。バレたらどうするつもりだったんだ？」

「バレない自信はありました」

「今まさにバレてるけどな、俺に。……なんでそんなに嘘をついてるんだ？」

「……じゃあ、逆に聞きますけど。趣味はゲームで、休みの日もネットばかりしている根暗な女なんですって会社でカミングアウトする奴と、仲良くなりたいって思いますか？」

　私の問いかけに、笹塚が黙りこむ。

「普通、引きますよね？　男の人なら、中には引かない人だっているかもしれませんけど……問題は女性なんです。普通の女性は、根暗なゲーマーと仲良くなりたいなんて思わないんですよ。遠巻きにされたり、冷たくされたり、最悪イジメられます。それなら、最初から嘘をついて猫被ってるほうが気楽なんです。どうせ会社だけの付き合いなんですから」

　誰でも趣味は持っているものだ。なのに、なぜかゲームやアニメが好きだとドン引きされる。特にお洒落《しゃれ》で華やかで集団行動の好きな女性は、『気持ち悪い』と眉をひそめることが多い。……全員がそうだとは言わないけれど。

　だからこそ私は、普段、ゲーマーで根暗な自分を隠しているのだ。

　清楚《せいそ》ぶって育ちのよいお嬢様を演じていれば、男女関係なく円満な人間関係を構築できる。趣味も無難《ぶなん》なものにしておけばいい。私を理解してくれる友達はいるから、会社の人間にまでそれを求めない。そのほうが断然楽だから。

　それなのに、まさか同じ会社の人間にバレてしまうなんて――

　チラリと笹塚をうかがえば、奴は納得したような表情で頷《うなず》いた。

「……なるほどな。お前の嘘は、いわゆる処世術《しょせいじゅつ》ってやつか」

「そうです。理解してもらえて光栄です。……それで、どうするんですか？　皆にバラすんですか？」

「バラさねぇよ。そんなことしたってなんの得にもならねえだろ」

「……そうですか。私の本性に引きつつも黙っていてくれるなんて、笹塚さんは優しい人ですね」

あはははーと乾いた声で笑ってやる。半分以上は嫌味だ。そもそも奴がネットカフェに来なければこんな事態にならなかったのだ。本当にどうして来たんだよ。一体、なんの用があったの？

眉間《みけん》に皺《しわ》を寄せていると、笹塚が少しつまらなさそうな表情を浮かべる。

「別に引いてねえよ」

「そうですか」

「信じてねえだろ」

「別に。引いてないって言っても、内心ドン引きしてる人はよく見てきましたから」

「色々とひん曲がってる奴だなー。引くわけねえだろ。だって俺もそのゲーム、やってるし」

……は？

私は多分、呆《ほう》けた顔をしたのだろう。笹塚はニヤリと笑うと、目でモニターを示した。

「『ヘイムダルサーガ』だろ？　俺もやってんだよ」

「え、ええーっ!?」

驚愕《きょうがく》の声が出る。仕方ないだろう。笹塚がオンラインゲームをやっているなんて意外すぎる。しかも、私と同じゲームとは……

私の反応に、奴は満足そうに笑って顔を近づけてくる。そして――

「ひえっ!?」

「安心しろよ。誰にもバラさないから。二人だけの秘密な？」

……いきなり耳元で囁《ささや》くな！　びっくりするじゃないか、リア充野郎め！

第二章　秘密の関係

翌日――出社して制服に着替えた私は、ロッカールームの鏡で自分の姿を念入りに確認していた。

丁寧にブローしたセミロングの髪、ファッション誌で研究した清潔感のあるメイク、爪に薄く塗った珊瑚《さんご》色《いろ》のネイル。

ちなみに、このヘアセットとメイクは一時間かかるので、非常に面倒くさい。しかし、その甲斐《かい》あって私の『お嬢様スタイル』は今日も完璧だ。あとは丁寧な口調で微笑みを絶《た》やさずに過ごせば問題なし。

「羽坂さんおはよ～」

始業十五分前、わらわらと女子社員たちがロッカールームに入ってくる。私はにこやかに微笑んで挨拶《あいさつ》を交わした。

「おはようございます」

「そういえば、聞いた？　年明けにまたスノボ旅行やるらしいよ」

「あ、聞いた聞いた！　前に営業部で企画したのが好評だったんでしょ？　今回は総務部も行くみたい」

「え、じゃあ高畠《たかはた》さんも行くのかな？　それだったら私も行きたい！」

高畠さんとは、総務部所属のイケメンだ。女子社員の間で、結構人気があるらしい。

……それはさておき、朝から本当に賑《にぎ》やかだ。パタンとロッカーの扉を閉め、鍵をかけていると、話を振られてしまった。

「羽坂さんは参加するの？」

「うーん、どうしようかな。私、スポーツ苦手だから……ちょっと悩み中なんですよね」

困ったように笑って、軽く首を傾《かたむ》ける。あくまでお嬢様っぽく、清楚《せいそ》さを忘れない。

私のようなメッキ女は、いつボロが出るかもわからないから、常に注意を払う必要がある。

ちなみにスポーツが苦手なのは本当だ。むしろ嫌いの部類に入る。正直なところ、スノボなんぞに行く暇があるなら、レアモンスターを狩るべく日がな一日パソコンに向かっていたい。

「あはは、確かに羽坂さんってスポーツは苦手そう～」

「そうなんですよ。参加しても、麓《ふもと》の施設で待機することになっちゃいそうです」

「それじゃ行く意味がないよ～。そうだ、教えてもらいなよ。結構、面倒見のいい人いるよ？　営業部だと……笹塚さんとか？」

笹塚――その名前を聞いて、私の鉄壁スマイルが一瞬引きつった。

「そういえば、笹塚さんは面倒見がよかったよね。スノボがはじめてな人にも丁寧に指導してくれて」

「うんうん。前回、水沢《みずさわ》さんも教えてもらってたよね？」

「はい。教え方がとても丁寧でしたよ。運動が苦手な私でも、ちょっとは滑《すべ》れるようになりましたし……」

水沢さんはそう言って、頬をうっすらと染めた。メッキな私と違って、彼女は本当にお嬢様然としている。きっと、自分を偽《いつわ》る必要なんてないんだろうな……羨《うらや》ましい限りだ。

「良かったねぇ。笹塚さんって、スノボの他にもサーフィンが得意なんだって。見てみたいよねー。来年の夏にも、何か企画してくれないかなー」

……スノボにサーフィン。本当、私からは最も遠い人種だな、笹塚。そんな奴が、オンラインゲームをやっているなんて――やっぱり信じられない。

私は、昨晩のことを思い出す。

『安心しろよ。誰にもバラさないから。二人だけの秘密な？』

耳元でそう囁《ささや》かれた後、私は動揺を隠すべく、奴のゲームキャラクターを見てみたいとせがんでみた。しかしIDとパスワードを覚えていないと言われ、会話は終了。その後、ネットカフェを出た私たちは、夕飯を一緒に食べてから解散した。

笹塚は「残業のお礼に」とトンカツ定食を奢《おご》ってくれたのだが、奴も同じ定食を食べていた。ネットカフェでもあれだけ食べていたというのに……どれだけ食べるんだ。びっくりしたよ。

他の女子社員たちと一緒にロッカールームを出て、事務所に移動する。こうしてできるだけ集団行動を取ることも、処世術《しょせいじゅつ》の一つなのだ。

やがて始業時刻となり、朝礼がはじまる。恒例のラジオ体操をしながら、私はちらりと後ろを見た。

そこには、眠たげな顔でダルそうに体操している笹塚の姿。

ナチュラルに後ろへ流した髪、涼しげな目元、シャープな輪郭《りんかく》、高い鼻梁《びりょう》。

……やっぱり、見た目はイケメンだ。加えて背が高く、体格もいい。

噂によると、週に一回、営業部の仲の良いメンバーでフットサルをしているのだとか。夏はサーフィン、冬はスノボ、おまけに毎週フットサル……絵に描いたようなリア充ぶりである。

奴に私の秘密がバレてしまったのは痛い。どこかでポロリとバラされてしまったらどうしようと不安に駆られるが、同時に、笹塚はそんなことをしないのでは……という妙な信頼感もあった。笹塚は基本的に誠実な人間なのだ。二年ほど共に過ごしていれば、それくらいはわかる。おそらく笹塚の人柄によるものも大きいのだろう。昨夜はちょっと意地悪な感じもしたが、彼は『いい人』のはず。これまでだってずっと、そう思って彼と接してきた。

私は気持ちを切り替えるために何度か首を振り、体操に集中する。そして朝礼を終え、今日の業務に取りかかったのだった。

——終業後、私はイライラしながらネットカフェの前に立っていた。

なぜかというと、今日の夕方、ある付箋《ふせん》の貼られた発注書を受け取ったからだ。付箋《ふせん》に書かれていたのは、『十九時、昨日のネットカフェ前』というメッセージ。もちろん、これを渡してきたのは笹塚である。

我が社の終業時刻は十七時半なので、待ち合わせまでは一時間半もある。秋も深まった夜はさすがに寒く、外で待つのは苦行すぎると、近くのカフェで時間を潰した。……ものすごく暇だった。そんな時間があるなら、ゲームをしていたい。

そして十九時を過ぎた今、私はこうしてネットカフェの前で奴を待っているのだが——

笹塚はなかなかやってこない。

というか寒い。付箋《ふせん》なんて見なかったことにしてさっさと帰ればよかった！　そもそも、どうして私は一時間半も奴のことを待っているんだ‼

……いや、私は怯《おび》えているんだ。

根暗なゲーマーであることがバレてしまったから。この約束をすっぽかすことで、笹塚に手のひらを返されないか恐れているんだ。

つまり弱み！　弱みを握られているも同然！　なんということだ！

「おー、羽坂。待たせてすまんな。ミーティングが――」

私はようやく現れた笹塚に、勢いよく詰め寄る。

「後生《ごしょう》だ、笹塚さん！　なんとか六千円で手を打ってください！　来月、必ず払うから！」

「はぁ？　だから金なんていらねえって何度も――」

「クッ、金じゃなびかないか！　じゃあお米！　うちのお米をあげるから、昨日のことはすっぱり忘れて、私のことは放っておいてください！　バラさないでください！　お願いします頼みます！」

私の必死の懇願《こんがん》に、なぜか笹塚はものすごく不満げな顔をした。

「金も米もいらないいし、バラさねえって言ってるだろ。信じろよ」

「うう、じゃあどうしてこんなふうに呼び出したんですか？　一時間半も待たせて……

その上、お米もいらないとか……うちのお米はすごいんですよ！　お米への価値観が変わること間違いなしなのに！」

「コメコメうるさいな。待たせたのは悪かったよ。週一のミーティングが長引いてな。あと、呼び出した理由はコレだよ」

そう言って笹塚がポケットから取り出したのは、ＩＤとパスワードの書かれたメモ用紙。

……そういえば、昨日、キャラクターを見せてってせがんだんだっけ。

「わざわざ見せてくれるんですか？　律儀《りちぎ》ですね……」

「まぁ、お前ほどレベルは上げてねえけどな」

「私のキャラクターレベルはなんというか……廃人《はいじん》の域《いき》なんで」

「なんでそこで照れ顔なんだよ」

ぺしっと頭にチョップされた。軽く痛い！　今のはツッコミか！

「先にキャラクター見せてもいいけど、ネカフェはろくな食い物ないし、先に何か食いに行こうぜ」

「私はネカフェのカップ麺《めん》でいいです。月末だからお金がないんです」

「奢《おご》ってやるよ」

ななな、なんというブルジョア発言。私もかるーく『奢《おご》ってやるよ』なんて言って不敵に笑ってみたい。でも現実は厳《きび》しい。今の私は、悲しいかなお金がない。

「いいんですか？　笹塚さん、ありがとうございます！　嬉しいです！」

「……その『お嬢様面《づら》』やめろよ。素《す》を知った後で会社のお前見ると、鳥肌立って仕方なかったぞ」

「失礼ですね。笹塚さん、私、焼肉食べたいです」

「俺は焼き鳥が食いたい。だから居酒屋」

そう言って、笹塚はスタスタと歩きはじめる。奴の足は長く、歩幅も広い。私は小走りで笹塚を追いかけた。


居酒屋でとりあえずビールを注文するのは、サラリーマンのお約束なのだろうか。

私は小ジョッキ、奴は中ジョッキで乾杯する。「お疲れ」と言い合ってジョッキをかちんと合わせ、ぐびぐび飲んだ。美味《おい》しい。

笹塚はジョッキの半分以上を一気に飲むと、メニューを広げて私に向けてくる。

「何食う？」

「鶏《とり》なんこつとタコワサをお願いします」

即答すると、笹塚が肩を震わせて笑う。昨日から笑われてばっかりだ。どうせ『会社の飲み会ではシーザーサラダとか頼むくせに』とか思っているんだろう。その通りだよ。

会社の飲み会でタコワサなんか頼めるわけないでしょ！

　眉根を寄せる私に、笹塚は笑いを堪《こら》えながら声をかける。

「すまん。別に悪い意味で笑ったんじゃなくてな」

「……悪い意味以外に、どんな意味があるっていうんですか？」

「うーん、なんていうか——羽坂は面白いヤツだなぁって」

「面白いは褒《ほ》め言葉じゃありませんからね。お嬢様面《づら》するなって言うから、普通にしてるのに……それで笑うんなら、会社の対応で行きます」

「悪い悪い、もう笑わねえよ。だから敬語もやめて普通に話してくれ。あの会社での喋《しゃべ》り方は寒気がする」

　寒気って……本当に失礼な奴だな！

　笹塚は店員を呼んで、鶏《とり》なんこつとタコワサ、焼き鳥の盛り合わせ、ししゃも焼きとオムそばを頼んだ。……本当によく食べるよね。

　やがて料理がテーブルに並び、笹塚はビールをおかわりする。私はレモンサワーを注文した。

「それで、羽坂。いつからやってるんだ？　そのお育ちのよいお嬢様面《づら》」

「……短大の頃から」

　なんでこんな身の上話をしているんだろう。それも、昨日はじめてまともに話したような笹塚に。

口を尖《とが》らせる私に、笹塚は続けて尋ねてくる。

「ふうん。理由、聞いてもいいか？　趣味を隠したいのはわかるけどさ、なんでお嬢様面《づら》をする必要があるんだ？」

「別に、笹塚さんには関係ないでしょう？」

「俺は自分を偽《いつわ》ったことがないから気になるんだよ。なんでそんなことするのかなって」

「……色々とふかーいくらーい事情があるんですよ。リア充の笹塚さんは、一生おわかりにならないかもしれませんけど。あとは黙秘《もくひ》です」

私の言葉に、笹塚が眉をひそめた。そんな顔しても絶対に話さないぞ。そこまで話す必要性はまったくないし、話したところで面白くもなんともない。

その後は当《あ》たり障《さわ》りのない話をして食事に集中し、居酒屋を出た。

そして改めて、笹塚とともにネットカフェへ向かう。その道すがら、笹塚の話を聞いた。

彼は、二十二歳である私より五歳年上の二十七歳。割と有名な大学出身で、スポーツが趣味。学生時代にはアウトドアサークルに入っていたそうで、夏にはツーリングやサーフィン、冬はスノボと年中出かけていたらしい。

「そういやさ、次回のスノボは羽坂も行くのか？　前回は行かなかっただろ」

「うん。この前の冬は、ドゥンケルでの活動が忙しかったから。スノボに行くかはまだ考え中」

「は？　ドゥンケル……？」

「ドゥンケルエリア、知らないの？　『ヘイムダルサーガ』のエリアの一つだよ。時間制限つきだけど、レア装備が狙えるんだ。去年はそれが欲しくて、休みの日はずっと家にこもってたの」

「なるほど。で、その装備は取れたのか？」

「もちろん！　頭《あたま》から足《あし》装備までフルコンプした！」

「ふはは」と笑えば、笹塚が疲れた表情を浮かべる。

そして二人一緒に昨日のネットカフェに入り、再びカップル席を選んだ。……この席、ペアシートが狭くてあんまり好きじゃないんだけどな。

「ねえ、やっぱりオープン席にしようよ。隣同士にしてさ」

「隣同士で取れる席がねえ。行くぞ」

ええっ、どれだけ人気があるんだ、このネットカフェ。駅前だから仕方ないのかな。

カップル席のペアシートに座ると、今日は笹塚がゲームを立ち上げた。そしてＩＤとパスワードを入力し、ログインする。

ぱっと現れた笹塚のキャラクター画面。それを見て私はビックリした。

「えっ、これ？」

「うん」

「レベル7じゃない！　え、セカンドキャラじゃなくて、メインでそれなの？」

「お前が何を言っているのか、俺にはさっぱりわからん。しかし、育てているのはこのキャラだ」

笹塚のキャラクターは、育てているという言葉を使うのはどうかと思うほど弱かった。私なら、一時間もあればレベルを10くらい上げられるというのに……

私は笹塚に許可を取り、装備やアイテムなどを確認させてもらった。すると装備は初期設定のままで、アイテムボックスもスッカラカンだった。

「……笹塚さん、初心者？　このゲーム、いつからやってるの？」

「うーん、一ヶ月前くらいかな」

「えっ、一ヶ月!?　そんなに時間かけて、どうしてまだレベル7なの!?　何やってたの!?」

「何やってたって……とりあえず街中《まちじゅう》を歩き回ったな。その後、外に出て適当な敵を殴《なぐ》ってみたらすげえ強くて瞬殺《しゅんさつ》されてさ。仕方ないから街に近いところで弱そうな敵を倒してた」

私は頭を抱える。笹塚の行動は、どう考えても――

「……ねぇ、笹塚さん。もしかして、超初心者なの？　他のオンラインゲームはしたことない？」

「おう。このゲームがはじめてだぞ」

笹塚の言葉に、私は唖然《あぜん》とした。よりによってはじめてのオンラインゲームが『ヘイムダルサーガ』だなんて！　このゲーム、最初の一週間こそ無料だけれど、その後は課金しなくちゃいけない玄人《くろうと》向けのゲームなのに！

「どうしてわざわざこのゲームを選んだの？」

「ああ～、いや…………友達がさ、面白いって誘ってきたんだ」

笹塚は、妙に歯切れ悪く答える。

「ふぅん。その友達とは、一緒にゲームをしないの？」

「……お前と同じ感じで、やりこんでる奴だからな。ゲーム上では、会えずじまいだ」

なんという放置プレイ！　せめて装備を買うお金くらいあげたらいいのに！　友達でしょ!?

「それは……大変っていうか、可哀想っていうか……つまんないでしょ？」

「つまらんというか、何が面白いのかよくわからんな。敵を倒したら虫の石ってアイテムをもらえるだろ？　でもそれで鞄《かばん》が一杯になっていくんだよ。最近は捨てるようにしてる」

「もったいない！　その虫の石はクエストアイテムなの！　五つ集めると、お金をもらえるんだよ！」

初心者にとって、一番手軽にお金を貯められる方法なのに、そんなことも知らないなんて……

「そうなのか」とのんびり頷《うなず》く笹塚を、私は同情の目で見てしまった。

うう、むくむくと湧き上がるこの気持ち。

……放っておけない。

何が面白いかわからないのなら、教えてあげたい。一緒に冒険する楽しみを伝えたい。

それは、オンラインゲームをやりこんでいる人特有の感情なのかもしれない。上級者があれこれ世話を焼くと初心者ゆえの楽しみを奪ってしまう、と言う人もいる。ただ、笹塚は明らかにこのゲームを面白いと思っていない。課金したから、仕方なくやってる感じがする。

……それなら、ちょっとだけ。ほんの少し手助けするだけ。それでこのゲームを『楽しい』と思ってくれたら――

「あの、さ。あの……」

「ん、なんだ？」

あれ、どうしたんだろう。なんでこんなに緊張してるの、私！　言葉がうまく出てこない。ネットなら、ゲームなら、『手伝おうか？』って簡単にメッセージを送れるのに。戸惑ったところで、ハッと思い至る。——そっか。私、現実世界でこんなことを言うのははじめてなんだ。

黙りこんでいると、笹塚は不思議そうに顔を覗《のぞ》きこんできた。うう、余計言いづらい。でも、意を決して口を開いた。

「てて、て、手伝おう……か？」

「手伝う？」

「そ、その……何が面白いのかわからないなら、お、教えようか？　余計なお世話じゃないなら」

「……へぇ？　羽坂が教えてくれるのか？」

器用に片方の眉を上げて、笹塚が聞いてくる。私はこくりと頷《うなず》いた。なんだか体が熱い。このネットカフェ、暖房が効きすぎているのかもしれない。

「教えてくれるなら、ありがたいな。正直、途方に暮れてたし」

「このゲームさ、初心者には優しくないって有名なんだよ」

「なるほどなぁ。つっても、どうやって教えてくれるんだ？」

「帰宅後に、お互い家からログインしよう。それでフレンド登録すれば、一緒に遊べるし。夜は大体ログインしてるから、私のほうはいつでも大丈夫。笹塚さんの都合がいい時に、ログインしたら声かけて」

「それって、毎晩でもいいの？　今夜も？」

意外なほどやる気な笹塚の反応に、私はちょっと驚く。

「……いいけど」

「わかった。――ついでだし、携帯の番号も交換しないか？　連絡しやすいほうが便利だろ」

それもそうか。

私と笹塚は、携帯の番号を教え合って解散した。

笹塚、妙に嬉しそうだったけど――気のせいかな？

一方の私は、秘密を共有した仲みたいに思えて、ちょっと恥ずかしかった。

笹塚と別れた後、電車に揺られ、ようやくアパートに辿《たど》り着いた。

私はさっそくコタツに置いていたパソコンを起動し、ゲームにログインする。

私のキャラクター・エカリナは、レベル85である。笹塚のレベルに合わせて敵と戦えば、一撃で倒してしまうだろう。そんなキャラクターと一緒に遊んでも、笹塚は楽しくないに違いない。

だから私は、新たなキャラクターを作成することにした。性別はエカリナ同様、女にする。キャラクター名をどうしようか少し悩んだが、笹塚が見てもわかりやすいよう『ユリネ』にした。

キャラクター作成後、ようやく鞄《かばん》やコートを仕舞い、スマートフォンをコタツの端に置いて半纏《はんてん》を着る。そして、手前にノートパソコンを引き寄せた。

新しいキャラクターでログインした私は、さっそく友人にチャット機能でメッセージを送る。

『ゆーま君、エカリナです』

『おっす。エカちゃん新しいキャラクター作ったの？』

『うん。初心者さんと遊ぶんだ。しばらく、顔出せないと思う』

『了解。メンバーにも言っとくよ。初心者さんによろしくね』

ありがとうと返して少し世間話をしていると、スマートフォンが鳴る。笹塚からだった。

『ログインした』

メールには、件名もなく必要事項しか書かれていない。短《みじか》っ！　まぁそんなものかと思いつつ、私もぽちぽちとメールを返す。

『ちょっと待ってて。ユリネってキャラクターで向かうから』

友人にも『またね』とメッセージを送った後、私はユリネを操作して街をウロウロする。程なくして、笹塚のキャラクターが見つかった。

私はゲームのチャット機能を使って、笹塚にメッセージを送る。

『お待たせー』

『よろしくな、先生』

先生と呼ばれて気をよくした私は、笹塚と一緒にさっそく街の外に出かけた。

ちなみに、笹塚のキャラクターはなぜか女の子である。名前はコッコ。本名がコウタだから、女の子風に子をつけてコッコにしたらしい。

……それにしても、コッコちゃんはすごく可愛い。現実世界《リアル》でも女である私が作ったキャラクターより可愛いって、どういうことだろう？

『ユリ』

笹塚からのメッセージに、私は眉をひそめる。

『何？　ユリじゃなくて、ユリネだってば』

『略してユリでいいだろ。なんでキャラ変えたんだ？　エカリナってキャラは？』

『あれは育ちすぎだから。そんなのと遊んでも面白くないでしょ？』

街の外には野原が広がっていて、モンスターがあちこちでフラフラしている。私は説明を交《まじ》えつつ、コッコちゃんと一緒に敵を倒して回った。

気がつくと、時計の針は深夜零時《れい》を指していた。お互いレベル9になったところで、街に戻って解散する。『またな』と言う笹塚に、私は『またね』と返した。

ゲームをログアウトしてシャワーを浴び、歯を磨《みが》いて布団に潜《もぐ》りこむ。そして寝るまでの間、私は今後のことを考えた。

レベル10を超えた頃には、簡単なイベントに挑戦できるかも。そのうち、仲のいい他のメンバーにも紹介したいなぁ。あと、簡単にお金を入手できる方法を教えておかないと。馬に乗れるようになったら、あちこち冒険して……そうだ、海の見える街に行こう。あのあたりの敵は、レベルを上げるのに丁度いい。

そこまで考えて、私はふと我に返った。自分がとてもワクワクしてることに気がついたのだ。どうしてだろう？

その答えは出ないまま、私は睡魔《すいま》に身を任《まか》せたのだった。

◆　◇　◆

私が勤めている印刷会社の営業部には、三人の営業事務がいる。新婚ほやほやの横山《よこやま》三咲《みさき》主任、水沢愛莉《あいり》さん、そして私の三人だ。

事務所には営業部、製造部、総務部があり、隣接する印刷工場には技術部がある。

女性事務員は営業事務もあわせて八人。会社全体の雑務は、ローテーションを組んで行《おこな》っている。来客対応や給湯室の片づけ、毎朝のフロア掃除にゴミ出し、出前注文を兼ねた昼当番、その他にも色々ある。

本日の私の担当は、昼当番。

朝九時半までに出前希望者から注文を取り、十一時半頃に出前の電話をしなければならない。

今日の出前希望者は——製造部の宗方《むなかた》さんが天ぷらうどん、総務部の高畠さんが親子丼、椎名《しいな》部長がたぬきそば。あ、珍しい、社長も出前だ。天ぷら丼、特上って……さすが社長。あとは営業部の園部さんが南蛮《なんばん》そばで——笹塚はカツ丼か。今は外回りしてると思うけど、昼には帰ってくるのかな?

——笹塚とゲームをするようになってから約一週間。私たちは平日の夜、欠かさず一緒にゲームをしている。笹塚がログインする時間は、だいたい夜の九時頃。それから二、三時間ほどレベル上げをしたりクエストをしたりして遊ぶ。

気がつくと私は、夜の九時が近づくと用事を終わらせ、笹塚を待つようになっていた。

普段の私はオタクであることを隠しているし、笹塚も自分がオンラインゲームをやっていることを公《おおやけ》にするつもりはないらしい。そのため会社での私たちは、あくまで仕事の話しかしない。でも、夜になると友人のように二人で遊ぶ。

そんな関係がなんだかこそばゆいし、不思議だ。こんな気持ちは、はじめてだった。

――正午を知らせるチャイムが鳴る。

仕事をしていた人たちはきりのいいところで席を立ち、ぞろぞろと休憩フロアに向かっていった。

「今日の昼当番は誰だっけ?」

「あ、私です」

「羽坂さんか。じゃあ、あとはよろしくねー」

横山主任はそう言ってひらひら手を振ると、水沢さんと一緒に事務所を出ていった。

昼当番のもう一つの役割は、休憩時間中、事務所で待機すること。急な来客や電話応対をするためだ。その後、一時から二時が休憩時間になる。

お腹《なか》減ったなぁ……私は、ぐうぐう鳴るお腹《なか》を押さえた。

黙々と仕事を進めていると、事務所のドアがカチャリと開いて水沢さんが帰ってくる。

時計を見ると、まだ十二時三十分だ。

「お帰りなさい、水沢さん。早いですね?」

「休憩フロアがいっぱいになっちゃって。こっちでゆっくりしようと思ったんです」

困ったように笑うと、水沢さんは自分の席に着いて鞄《かばん》から本を取り出す。

「そうだ、羽坂さん。はい、チョコレート。お腹《なか》すいたでしょ?」

「わぁ！　ありがとうございます。いただきますね」

わざとらしくない程度に喜んで、チョコレートを受け取る。いや、実際チョコは好きなんだけど、少しオーバーに喜ぶのが大事なのだ。ただし女性限定である。男性に対して同じ態度を取ると、逆に女性の反感を買ってしまう。相手に応じて喜び方を変える必要があるなんて、つくづく人付き合いは難しい。

「羽坂さん、今回のスノボは行くんですか？」

「まだ考え中なんですよ。水沢さんは行くんですか？」

「うん。思い切ってボードも買おうかなって。今度の休み、笹塚さんに見てもらうんですよ～」

……なぜそこで笹塚の名前が出る？　いや、別に関係ないけど。

それにしても、スノーボードか。高いんだろうなぁ。冬はクリスマス商戦に向けてたくさん新作ゲームが出る時期だから、私には他のものを買う余裕なんて一切ない。

もちろん、そんな話をするわけにもいかないので、私は適当に話を合わせておく。

「ボードって、やっぱり買ったほうがいいんですか？」

「続けるつもりなら、買ったほうがいいですよ。レンタル品はあまりいいものがないですからね～。でも、一シーズンに一、二回しか行かないならレンタルでいいかも」

「そうなんですか。じゃあ私はレンタルで充分ですね」

そもそもゲレンデに行ったところで、滑《すべ》れる気がしない。正直にそう言うと、水沢さんは口元に手を当ててクスクスと笑う。

……私は『なんちゃってお嬢様』だけど、水沢さんは『リアルお嬢様』という感じだ。育ちがよさそうで、とても可愛らしい。ふわふわした髪型もいいなぁ。私は剛毛《ごうもう》なので、ああいうナチュラルパーマはかけられない。羨《うらや》ましい限りだ。

その後、再び仕事に取り組んでいると、程なくして一時になった。私は事務所に戻ってきた横山主任に挨拶《あいさつ》し、水沢さんにも頭を下げてから休憩フロアへ向かう。

弁当を手に休憩フロアへ入れば、いつもよりざわざわしていた。そういえば今日、別の支社の人たちが来てるんだっけ。朝礼で言ってたよね。

空《あ》いてる席を探していた時、ふと、カツ丼を頬張《ほおば》る笹塚が目に入ってしまった。

……どうしよう。

いや、なぜ悩むんだ、私。関係ないだろう。会社では他人だ。奴とは、ただ一緒にゲームをやっているだけの間柄なんだから。

笹塚から離れたところに空《あ》いてる席を見つけて座り、弁当を開ける。そしてもぐもぐと惣菜《そうざい》を食べていると、目の前に影ができた。顔を上げれば、カツ丼とビニール袋を手にした笹塚の姿がある。

「なんでそんな隅っこで食うんだよ」

「……いや、ここが空《あ》いてたから」

「俺の向かいだって、空《あ》いてるだろ。来ればいいじゃん」

「……や、その……まぁ、そうなんだけど……」

なぜどもるんだ、私。そしてなぜ私の向かいに座るのだ、笹塚よ。

奴はガツガツとカツ丼の残りを食べ、脇に置いたビニール袋からコンビニおにぎり三つとインスタント味噌汁《みそしる》、菓子パン二つを取り出した。……それ全部を食べるつもりか。

笹塚はインスタント味噌汁《みそしる》のフタを開けると、「ん」と言って私に差し出した。

「何？」

「お湯入れてきて。どうせお前、お茶汲《く》んでくるんだろ？」

「……お茶は淹《い》れてくるつもりだったけど、キサマはお願いしますの一言も言えんのか」

「お願いします」

即答か！　まぁいいけど。なんか悔しいのはなぜだ！

仕方がないと給湯室へ向かい、二人分のお茶を用意する。それから味噌汁《みそしる》に湯を注《そそ》ぎ、盆に載せて休憩フロアに戻った。

「お湯、入れてきたよ」

「ありがとう。あ、俺のお茶まで淹《い》れてくれたのか。気が利くな」

「……いや、これは私が飲むんだ。お茶を二杯飲むつもりだったんだ」

「なんだそれ？　もらうぞ」

「クッ、なんか笹塚さんにお茶を渡すのが腹立たしい！　淹《い》れなきゃよかった！」

意味がわからんと笹塚はツッコみ、コンビニおにぎりのフィルムを剥《は》がして食べはじめた。

私も自分の弁当に箸《はし》を伸ばす。すると笹塚は、物珍《ものめずら》しそうに眺めてきた。

「羽坂さ、料理はできるのか？」

「できないよ。これは、近所の惣菜屋《そうざいや》で買ったおかずをお弁当箱に詰めたもの」

「……それも、あれか？　お嬢様面《づら》のためか？」

「うん。手作り弁当はポイントが高いからね、女子力が高いと思われる」

「お前なー。絶対、詐欺《さぎ》だからな？　それは手作り弁当って言わねえ」

「惣菜《そうざい》と言ってもお店の手作りだし、厳密に言えばこれだって手作り弁当でしょ」

「それを詭弁《きべん》と言うんだよ」

笹塚は呆れたように言って、コンビニおにぎりをパクパクと食べる。すごい、三口でおにぎり食べたよ。口が大きいというか、食べ方が潔《いさぎよ》いというか……

私も笹塚も、黙って食事を続ける。しばらくして、また笹塚のほうから話しかけてきた。

「ホントに何も作れねえの？　料理」

「うん」

「まじで？　何一つ？」

「しつこいな。……おにぎりくらいなら作れるけど」

「ああ、おにぎりね。羽坂の家が米農家だからか？」

「それは関係ないと思うけど。でも田植えや稲刈りは手伝いに行くから、その時におにぎりをいっぱい作ってる」

繁忙期《はんぼうき》は、家族総出で働くのが我が家のしきたりだ。両親や姉夫婦はもちろん、じいちゃん、ばあちゃん、おじさん、おばさんも手伝う。だから昼食に、大量のおにぎりとおかずを作るのだ。おかずは母さんと姉ちゃんが作るけど、おにぎりは私が作る。

笹塚は「なるほどなー」と相槌《あいづち》を打って、味噌汁《みそしる》に口をつけた。……もうおにぎりを三つ食べたらしい。私はまだお弁当の半分が残っているというのに。

しかし、こうして笹塚と話してると、さすがに周りが気になってくる。素《す》の口調がバレそうでヒヤヒヤだ。

「笹塚さん。会社ではあまり私に話しかけないでくれないかな？　仕事の話は除くけど」

「なんでだよ。昼飯食ってる時くらいはいいだろ」

「笹塚さんがよくても、私はよくない。私たちの会話が聞こえて、お嬢様が実は根暗ゲーマーだってバレたらどうしてくれるんだ」

するとと笹塚は「はぁ?」と呆れたような顔をした。そして何か考えこむような表情を浮かべ、菓子パンの袋をぴりぴり開けながらぼそりと呟《つぶや》いた。

「……お前は別に根暗じゃねえよ。ゲーマーなことは否定しねえけど」

「へ?」

何を言っているんだ。私が根暗じゃない?　どこが?

首を傾《かし》げていると、笹塚は言葉を続けた。

「根暗っていうのはな、文字通り根が暗いってことだ。だが、お前は別に暗い性格でもなければネガティブでもないだろ。だからもう、自分のことを根暗って言うな」

「……夜ごとパソコンやテレビに向かって黙々とゲームしてる私は、充分暗いと思うんだけど」

「それなら俺だってそうだろ。夜はいつも、お前とゲームしてるじゃん」

「そ、それはそうだけど。休みの日だって、一日中ゲームしてるもん。あと、面白いことがあったら『グフフ』って笑っちゃうし。パソコンの前で一人グフグフ笑うのは、我ながら絶対暗いと思う」

「……それはお前が変なだけであって、暗いわけじゃない。俺だって、一人でテレビ見て笑ってるよ。それは暗いのか？」

変なだけって、失礼だな。……否定できないけど。

それはさておき、テレビを見て笑うことは、確かに暗いわけじゃないと思う。という
ことは――

「私は……根暗じゃなかったのか」

「ああ。おかしな奴ではあるけどな」

「……それは褒《ほ》め言葉じゃないよね？　怒っていいとこだよね？」

「真実だろ。だから怒る必要はない。褒《ほ》め言葉じゃないことは確かだけどな」

笹塚は私を見てニッと笑う。

……なぜか顔がカァッと熱くなった。なんで？　え、まさかこれ、私、照れちゃって
るの？

どうしよう、すごく居たたまれない。話題を変えるべきだ。何を話そう……ってああ、
思いつくのはゲームの話題しかない！

「あれだ！　えっと、そう、レベル15！」

「は？」

「レ、レベル15になったら、馬に乗れるクエストができるの。そ、それで、そのクエス
トはちょっと時間かかるから、今度の休みにでもやらない!?」

「今度の休み？　あー、土曜ならいいけど日曜は……」

言葉を濁《にご》す笹塚。そこでハタと思い出す。そういえばさっき、水沢さんが笹塚と出かけると言っていた。

「私、今週の休みはずっと家にいるつもりだし、土曜日でいいよ。日曜日は水沢さんと二人でボードを見に行くんでしょ？」

「……なんで知ってるんだ？　って、水沢が言ったのか」

「うん。今年もスノボに行くから、ボードを買おうかなって」

するとなぜか笹塚は黙ってしまい、パクパクと菓子パンを食べた。すごい、あれだけ大きくて細長いパンを三口で食べた。口の中、パサパサにならないのかな？

笹塚はゆっくりお茶を飲むと、湯呑みをテーブルに置く。

「……二人じゃねえよ」

「ん？」

「だから、水沢と二人で行くわけじゃねえよ。皆でボードを見に行くんだ。他にも園部とか総務の高畠とか……高畠目当てに事務の子とか、色々来る」

「そうなんだ」

「そうだよ」

結局、笹塚は何が言いたいんだろう？

『俺、会社に友達いっぱいいるリア充なんだぜ』って自慢してるのかな？　ちなみに私は、会社の人と出かけたことなど皆無である。当たり前だけど。

「いいね、友達多くて」

「……いや、言いたいのはそうじゃなくて……まぁ、いいや。そういうことだから。勘違いするなよ」

「勘違い？　何を勘違いするのかも、さっぱりわからないよ。実は友達が少ないとか？」

「ちげえよ。友達の多い少ないから離れろ。……ハァ、もういい」

言いたいことがあるなら言えばいいのに。なんで呆れたようなため息なんかつくんだ？　ちょっと悔しい！

それから笹塚、前から思っていたけど、大食漢《たいしょくかん》を超えて食べすぎだ！　炭水化物を取りすぎだ！

◆◇◆

――賑《にぎ》やかな街から馬に乗ってしばらく走れば、海の見える街が見えてくる。少し寂《さび》れた雰囲気のある、のどかな漁村だ。

これは、もちろんゲームの世界の話。私はユリネを操作して馬から降りると、後ろからついてきたコッコちゃんも同じように馬を降りた。

『ここがセーテの街？』

チャット画面に表示された、笹塚からのメッセージ。私はキーボードを叩いた。

『そう。街から定期船が出てるんだよ。それに乗って、次はラズナの街に行こう』

先日の土曜日、晴れてレベル15になった私たちは乗馬クエストを終わらせた。……ちなみに、日曜日についてどうなったのか知らない私は、月曜日にロッカールームで水沢さんが楽しそうにスノーボードの話をしているのを聞いた時、なぜか胸がざわざわして、すぐに事務所に向かってしまった。

昼休みにそれとなく笹塚にメールしてみたら、早々に返事が来た。

どうやら日曜日は、水沢さんに園部さん、総務の高畠さんと事務の人たち、さらには製造部からも何人か来たようで、繁華街のスポーツショップに行って買い物をしたらしい。笹塚からのメールには、『興味があるなら一緒に来ればよかったのに』と書かれていた。

別に興味はない。スノーボードなんてやりたいとも思わないし。ただ、笹塚のメールの内容に、どこか安心する自分がいた。その理由はさっぱりわからないのだが……

そして今日は火曜日。仕事を終えた私たちは、相変わらずゲームの世界を一緒に冒険している。

セーテの街を歩いていくと、ほどなくして港《みなと》に到着。丁度船が来ていたのでそれに乗りこみ、しばらくすると船が動き出した。

波の効果音に、爽《さわ》やかなBGM。私はユリネを操作して、コッコちゃんと一緒に甲板《かんぱん》に出る。そして釣竿《つりざお》と餌《えさ》を差し出した。

『これは？』

『ラズナの街まで十五分くらいかかるから、お金稼ぎも兼ねて甲板《かんぱん》で釣りでもどうかなって』

甲板《かんぱん》から海に向かって釣り糸を垂らすユリネ。すると、隣でコッコちゃんも釣りをはじめた。

『釣りができるなんて面白いな。それに、船から見える景色もどんどん変わっていって綺麗だ』

『でしょ？　飛行船に乗れるようになったら、もっと面白いよ！　空からフィールドが見下ろせてね、絶対感動すると思う。レベル30になったら飛行船クエストができるようになるんだ。頑張ろうね』

『そうだな、楽しみだ』

ぱちゃんと水の撥《は》ねる音がする。釣り糸を引いてみると、イワシだった。……これは、ハズレ。

『ユリは、実際に海とか行くのか？』

『行くわけないじゃん。リアルで海に行っても、何が楽しいのかさっぱりわからないもん』

ラズナの街に船が着くまでもう少し。その間に、一匹くらい高価な魚を釣りたいな。

そんなことを考えていると、笹塚からのメッセージが届く。

『リアルな海もいいもんだと思うけどな。そうだユリ、今週の木曜、空《あ》いてるか？』

『木曜って、仕事の後だよね。別に、ゲームする以外には何もないけど？』

『じゃあ、ちょっと出かけないか？　俺たちがやってるフットサル、見に来いよ』

フットサル？　そういえば、営業部の面々で週に一回フットサルをしているんだっけ。

平日の夜にやっていたとは……仕事の後だというのに、元気だな。

私は笹塚たちの体力に感心しつつ、だが断る、とキーボードを叩いた。

『嫌だよ、興味もないし。それに色々と気を使わないといけないでしょ。皆にお夜食用意したりとかさ』

会社を出た後にまで、お嬢様面《づら》はしたくない。

『いや、そんなのいらないよ。コンビニで適当に弁当とか買ってってくし』

『それでも、手ぶらってわけにはいかんのですよ！　料理好きって設定があるんだから！　そして私は、仕事の後に惣菜屋《そうざいや》で購入したおかずを重箱に詰める作業なんてしたくない』

『だから、いらないって。それより俺に弁当作ってくれよ。おにぎりだけでいいから』

え、おにぎり？

なぜに私が笹塚におにぎりを作らねばならないんだ。もしかして、お弁当代を浮かしたいとか？　今月、厳《きび》しいのかな。この間、居酒屋で奢《おご》ってもらったことを考えると、おにぎりくらい作ったほうがいいのかな……いや、でもやっぱり面倒くさい！

『確かにウチのお米は実家から送ってもらってタダだ。でも、嫌だ！』

『なんでだよ。それにしても、やっぱり実家の米なんだな。ホント羨《うらや》ましい。俺、米好きだしさ』

そういえば、確かに笹塚はよくお米を食べている。明らかに食べすぎだが。

……そうか。お米好きなのか。米農家の娘としては嬉しい限りだ。お米の需要が年々伸び悩む昨今、笹塚のような人間は貴重である。ここは一つ、米食《べいしょく》推進のために一肌脱いでもいいかもしれない。もしかしたら、ウチのお米を気に入って購入してくれるかもしれないし。

『仕方ないな。おにぎりだけでいいなら、作ってもいいよ。あ、でも、こっそり渡すからね？』

普段はお嬢様仕様の手作り弁当なのに、差し入れはおにぎりのみだなんて、格好悪くて誰にも見せられない。

『いいよ。ありがとうな』

『美味《おい》しかったら、是非ともウチのお米を買ってください。ネット通販もしております』

『しっかりしてるなー。それじゃ、よろしく』

笹塚は釣り糸を垂らしながら、キャラクターを操作してお辞儀をさせる。

——おにぎりの具は何にしようかな。釣りをしつつ、私はそんなことを考えていた。

◆◇◆

約束の木曜日は、あっという間にやってきた。定時に会社を出てアパートに帰った私は、朝に炊飯予約をしていた炊飯器をぱかりと開けて、ご飯をかきまぜる。

ふんわりと漂《ただよ》う、ご飯のいい香り。うん、すごく美味《おい》しそうだ。

私は料理の腕はからきしだが、おにぎりだけは自信がある。何しろ小学生の頃から実家で握ってきたのだ。はっきりいってプロ並みと言えよう！

ボウルに塩水を張り、三角おにぎりを握る。具は梅干と塩昆布《しおこんぶ》だ。五つできたところで、海苔《のり》を巻いてラップで包む。

ふぅ、ミッションコンプリート！

……時計を見ると、まだ七時。フットサルがはじまるのは九時半だと聞いている。考えてみれば、おにぎりを作るのには三十分もかからないのだし、もっと後で握ればよかったかも……

どうしようかな、ちょっとだけパソコンを起動してゲームをしようかな。それとも、別のゲームで暇を潰そうか。

ふと、おにぎりを見る。五つ並んだおにぎり。

さすがに寂しすぎるだろうか？　ちょっとしたおかずでも用意するべき？

面倒くさいなあ。こういう、つまらないところで悩んでしまう自分が嫌になる。

仕方がないと、私はスマートフォンを手に取った。そして数少ないアドレス帳を開き、電話をかける。

「もしもし、姉ちゃん？」

『もしもしー、久しぶりねぇ。稲刈り以来だっけ？　元気ぃ？　米、食べてる？』

「お米も食べてるし、おかずも食べてるよ！　それより、簡単に作れるお弁当のレシピ教えてくれない？　一品くらい、可及的速《かきゅうてきすみ》やかに」

『は？　由里がお弁当作るの？　うわぁ、どうしたの？　――って男か。男しか理由はないわね！　そうかぁ、とうとう由里にも男がねぇ、母さーん！　由里がねぇ～、とうとう——』

「待って！　母さんにバレたら、絶対話が長くなるからやめて！」

姉は、婿入りしてくれた旦那さんと一緒に、両親と同居している。

電話の向こうから『何なに、由里ちゃんがどうしたの～』と母の声が聞こえてきて、恐々《きょうきょう》とした。母は話が長い上に、根掘《ねほ》り葉掘《はほ》り聞いてくるから、時間がない時は非常に困るのだ。

『ごめん母さん、後で話すよ～。んじゃ、さっそく由里にお弁当レシピを伝授してあげましょう。スタンダードに、卵焼きとアスパラベーコン巻きでいいかな？　簡単だし、早く作れるよ～』

「なるほど、簡単で早く作れるのは素晴らしいね。ちょっと待って、メモメモ……っと、はい、どうぞ！」

その後、私は姉から卵焼きとアスパラベーコンの作り方を教えてもらい、材料を買うべくスーパーへ走った。どちらも、すごく簡単なレシピだった。要は巻けばいいのだ、巻けば。こんな簡単なものでも料理と言えるのなら、もっと早くに作っておけばよかった。何しろ、惣菜屋《そうざいや》で卵焼きを買うと三切れで九十円もする。割高だ。これからは、卵焼きくらい手作りしようと思いながら、卵とアスパラ、ベーコンを購入した。

そして——

いつの間にか、時計の針が八時四十分を指している。そろそろ出なければ、約束の時間に間に合わない。

だが、しかし！

私はタッパーを前に、葛藤《かっとう》していた。これを持っていくべきか、いかざるべきか。ちなみに、出来についてては聞かないでほしい。

やがて私は覚悟を決め、おかずが入ったタッパーとおにぎり五つをハンカチで包み、トートバッグに詰めこんだ。……もういい。笑いたければ笑えばいい。そしてこれに懲《こ》りたら、私にお弁当など頼んでくれるな！

アパートを出て鍵をかけ、駅に向かって夜道を走る。それから電車に乗って数駅。改札を出ると、切符売り場の前で笹塚が待っていた。いつものスーツに黒いハーフコート、肩がけのスポーツバッグ。笹塚は私を見つけると、「よっ」と手を上げた。

「お疲れ」

「笹塚さんも、お仕事お疲れ様。——ところで、誰にも見られなかった!?」

さながらスパイ映画のように壁に張りついてきょろきょろする私に、笹塚は不思議そうな顔をしている。しかし、すぐに「ああ」と手を打った。

「安心しろ。俺以外のメンバーは、先に行ってるから」

「よかった……。じゃあこれ、おにぎりと……その他。開けて驚愕《きょうがく》するがいい」

感動とは一八〇度違う方向で、驚くがいい！　自分でもびっくりだからね。笹塚は嬉しそうな顔をして私から包みを受け取る。……そんなにウチのお米が食べたかったのかな？　ありがたい話だ。

「ありがとうな。じゃ、行こうか」

肩に手を置かれて、ビクッと体が震えた。思わず笹塚を見上げてしまう。奴は首を傾《かし》げて、「どうした？」と声をかけてくる。

どうしたも何も……か、肩に、手が置かれているのですが……。さらには、ちょっと抱き寄せられた気もするんですが……。これはどうツッコめばいいんだろう。笹塚にとってはなんでもないことなのだろうか。笹塚流のスキンシップってこと？　私が意識しすぎ？

フットサルができるというスポーツクラブに向かうまでの間、私の思考はずっとグルグル回っていた。笹塚の手をどけることもできず、気がつけば、もう目的地に到着だ。挙動不審《きょどうふしん》な感じで立ち止まった私に、笹塚は顔を近づけてくる。そして——

「じゃあ、また後でな、由里」

耳元で囁《ささや》かれ、顔がカァッと熱くなった。

「ち、近いですっ……。そ、それに笹塚さん、私のこと、呼び捨てにしました!?　しかも名前で！」

「あー、ネットでの呼び方がクセになったのかな？　じゃあ俺、ロッカーに行くから。由里はコートのほうに行ってろよ」

ポンと私の背中を叩き、すたすたとスポーツクラブに入っていく笹塚。私は呆然とする。開いた口が塞《ふさ》がらないとは、このことを言うのだろうか。

「ネットでの呼び方って……そもそも、ユリネなのに……」

私は一人呟《つぶや》き、笹塚の背中を見送ったのだった。


フットサル専用のコートに入ると、コートを囲む金網の外側に、女性が何人か集まっているのが見えた。

あれは……うちの会社の女子社員たち？　嘘、あんなに見学に来てるの？

お嬢様スマイルは、時間が経てば経つほどボロが出やすい。気をつけないと。

ぐっと頬の筋肉を動かして笑みを作り、皆のほうへ近づく。すると向こうも私に気づいたらしく、手を振ってくれた。

「あれー、羽坂さんだ。珍しいね～」

「こんばんは。見学に来ないかって誘われて、見に来てみたんです。皆さんは毎週来てるんですか？」

「うん！　だって高畠さんがいるんだもん！　そりゃあ見るよね～」

女子社員たちが頷《うなず》き合う。なるほど、よくよく見ると、総務の人ばかりだ。

高畠さんは美形で、会社でも大人気である。フットサルはてっきり営業部だけでやっているのかと思っていたけど、総務部も参加しているのか。

「もしかして、営業部や総務部の他にも、色んな人が参加してるんですか？」

「うん。工場勤務の人とか、製造部の人とか。時々、社長も参加してるし」

えっ、社長まで!?　それはもはや、社内イベントでは？

よくよく見ると、コートには各部署でも人気の男性社員たちの姿がある。もしかしたら、皆、目の保養も兼ねて応援に来ているのかもしれない。

「あら、羽坂さんじゃないですか。こんばんは」

振り返ると、そこには水沢さんが立っていた。手には大きなバッグを持っている。

「こんばんは。水沢さんも来ていたんですね。誰かの応援ですか？」

「え、ううん。その、前にも営業さんに誘われて……試合を見てみたら面白いし、それからはなんとなく見に来てるの。羽坂さんこそ、どうしたの？」

「私も、今日は営業さんに誘われたんです。フットサルって、サッカーとは違うんでしょうか？」

「サッカーの縮小版みたいな感じですね。ただ、フットサルは勝負が早くつくから、見ていて楽しいですよ」

へぇ、と相槌《あいづち》を打ちながらコートに目を向ける。確かに、サッカーのコートよりずっと狭い印象だ。

それにしても、スノボといいフットサルといい、水沢さんはスポーツが好きなのかな？　やるのも見るのも好きだなんて、私とは真逆だな。

しばらく皆と話していると、やがて試合がはじまった。営業・総務・製造チームと、工場チームに分かれて戦うようだ。

黒いジャージ姿の笹塚は、意外なほど活躍していた。サッカーすらほとんど見ない私にはよくわからないが、きっとうまい部類に入るのだろう。

自然と笹塚の姿を目で追っていることに気づき、慌てて他の人にも目を向ける。

周りにいる女子社員たちは、高畠さんに声援を送っている人が多かった。一方、工場チームを応援している皆さんも、目当ての男性社員を応援しているみたいだ。ちなみに、笹塚への声援はほとんど聞こえない。よかった。

……ん？　あれ、何が『よかった』のだろう？

やがて勝負は営業・総務・製造チームの勝利で終わり、男性陣がこちらにやってきた。

「高畠さん、お疲れ様です～！」

「これ、よかったらどうぞ～。皆さんも召し上がってくださいね」

なんだろう。まるで少女漫画みたいだ。女子社員の皆さんは手作り弁当をベンチに並べ、目当ての男性にタオルを渡しつつ、他の男性陣にもお弁当をすすめている。

……こんなことを毎週やっているのか。すごいな。

私はそのノリについていけず、少し離れた場所に座る。笹塚は、お弁当の並ぶベンチの脇に座っていて……あ！　私の渡した包みを開けようとしてる！　やばい!!

「あれ？　笹塚、弁当用意してきたの？」

ツッコんでくれるな、園部さん！　笹塚はいないものとして、放っておいてあげて！

……本当に計算外だった。こんなに女子社員たちが来ていて、気合いも充分なお弁当を用意しているなんて――知っていたら、ちゃんとしたお弁当を用意したのに。惣菜屋《そうざいや》でおかずを買って重箱に詰めて……いや、そもそも断っていたかも。そうだよ、来なければよかったんだ！

私は殺意のこもった目を笹塚に向ける。一方の笹塚は、何が嬉しいのか笑顔で「まあな」と返事をし、包みを開けてしまった。そこには、五つのおにぎりと小さなタッパー。

周りにいる人たちも、笹塚の膝に置かれているそれを覗《のぞ》きこむ。なぜだ。高畠さんも見ないでくださいお願いだから！　あなたが見ると、他の女子社員たちもつられて見ちゃうんです！

「な、なんか笹塚さんのお弁当……シンプルだね」

「あの、笹塚さん。よかったらこっちもどうぞ？　おにぎりだけじゃ、おかずが足りないでしょう？」

色々と見かねた水沢さんが、バッグから重箱を取り出して笹塚にすすめる。その大きなバッグには、そんなものが入っていたのか。つくづく失敗した。もしかして、ちゃんとしたお弁当を用意してないのって私だけ？　笹塚め、何が『コンビニで適当に弁当とか買ってくし』だ！　男性陣は皆、手ぶらじゃないか！　そりゃ、こんなにお弁当を並べられたら買う気にもならんわ！

笹塚は水沢さんに礼を言いながらも、タッパーを開けた。ああ、よりにもよって水沢さんの前でそれを開けるなんて……。せめてもの救いは、あれを作ったのが私だとバレていないことか。

「……え、それ、おか……ず？」

「ちょ、笹塚。それホント、誰が作ったの⁉　どう見ても酷《ひど》い出来なんだけど。もしかして自作？」

「なわけないだろ。作ってもらったんだよ」

笹塚の返事に周囲がざわめく。私は、顔を手で覆《おお》ってしまった。もう見ていられない。恥ずかしい。

タッパーの中身は、卵焼きとアスパラのベーコン巻きだ。でも、卵液《らんえき》がフライパンの底にくっついてうまく巻くことができず、形の悪いスクランブルエッグと化してしまった。アスパラのベーコン巻きも酷《ひど》い。ベーコンだけじゃなく、アスパラもカリカリだ。というか焦げているし、カリカリになりすぎたベーコンじゃ、アスパラは巻けなかった。

そう、確かにあれは酷《ひど》い出来だ。巻くだけなんて簡単なお仕事だと思っていた自分を、ラリアットしてやりたい。

「ふふ、でも、なんだか一生懸命作ったって感じがしますね。微笑ましいというか」

そんなフォローいらないです、高畠さん！

笹塚は「そうだろ？」と言って、卵焼きのようなモノを箸《はし》でつかみ……いや、掬《すく》って口に入れた。ちなみに爆笑一歩手前みたいな表情をしていて、非常に憎《にく》たらしい。

「お、味はいい。美味《うま》いな」

「マジで!?　見てくれ酷《ひど》すぎるのに味はいいって、なんだよそれ。一個くれよ」

「やるわけねえだろ。これは俺の弁当」

園部さんの箸《はし》をペシッと叩き、笹塚はおにぎりのラップを剥《は》がしてぱくぱく食べはじめる。

……味がいいのは当たり前だ。味付けだけは、ちゃんと姉ちゃんのレシピ通りにしたんだから。

俯《うつむ》いていると、足元に影が差した。顔を上げれば、水沢さんが立っている。そして「よかったら、いかがですか？」と重箱を差し出してくれた。

色とりどりのおかずは、どれも美味《おい》しそうだ。水沢さんは、なんでもできるんだなぁ。

……あれ？　このおかず――いや、気のせいかな。

私は、水沢さんの重箱から出汁《だし》巻《ま》き卵をいただく。彼女は私の隣に腰かけておにぎりを食べつつ、「笹塚さんのお弁当、誰が作ったのかな」と呟《つぶや》いた。「さぁ……」と首を傾《かし》げてお茶を濁《にご》しておく。もう、すべての記憶を空の彼方《かなた》に葬《ほうむ》り去りたい。二度とお弁当なんぞ作るものかと心に誓ったのだった。

◆◇◆

悪夢のお弁当事件の翌週、虎視眈々《こしたんたん》と機をうかがっていた私に、やっとチャンスが訪れた。

営業部の定例会議が終了した後、営業さんたちが会議室からぞろぞろと出ていく。私は課長に頼まれて、彼らが飲んだ後の湯呑みを片づけていた。そして給湯室から営業部のフロアに戻ろうとした時、トイレから出てきた笹塚の後ろ姿が目に入った。

私は手首をクロスしてチョップの構えを取ると、奴に向かって走り出す。

「くらえ、怒りの鉄槌《てっつい》！　羽坂クロスチョーップ！」

「いてぇ‼」

小気味《こきみ》の良い音を立てて、笹塚の背中に私のクロスチョップが入る。笹塚に制裁を食らわせることができて痛快だが、チョップをした手が痛い。この技は、諸刃《もろは》の剣だったんだね……。

「なんだよ、いてぇじゃねーか！」

「当たり前だよ！　痛くなかったら逆に困る！　笹塚さん……この前の一幕を忘れたとは言わせないんだから！　私のお弁当をあんな……あんな豪勢《ごうせい》なお弁当の横で晒《さら》しものにして！　あと、何が『皆、コンビニで買ってくる』だよ。皆、手ぶらだったじゃない！」

「あー、悪かったよ。色々と事情があったんだ」

「事情!?　事情があれば私の弁当を晒《さら》しものにしていいの!?　絶対に許さない！　どれだけ恥ずかしかったか……しばらくの間、ずっと思い出してヘコんでたんだから！」

「悪かった。……でも美味《うま》かったぞ。おにぎりも、いり卵も」

背中をさすっていた笹塚は、ふいに私の頬に手を伸ばす。奴の大きな手が頬に触れた瞬間、心臓がドキリと音を立てて、思わず後ずさった。な、なんだ！　また笹塚流のスキンシップ!?　慣れないから、やめていただきたい。あと、お弁当のおかずはいり卵じゃなくて卵焼きだ！

「そ、その。色々な事情って何？　内容によっては許さないこともないけど……」

お弁当のおかずについての話題は、ヘコむから封印しよう。

話を変えてみると、笹塚は難しい表情を浮かべた。

「女性陣が持ってくる弁当——羽坂も見てわかっただろうけど、高畠たちに食わせるために持ってきてるんだよ。ついでにどうぞって言われても、遠慮なしにバクバク食えるわけないだろ？　皆も同じ感じでさ。コンビニで弁当は買ってきてるんだよ。でもそれをあの場で出すのも、当てつけみたいで、結構気を使うんだ」

「あー、そういうこと……」と私は納得した。そりゃ気を使うよね。お目当ての相手のために作ってきたお弁当だとわかっていているのに、ぱくぱく食べられるわけがない。

それにしても意外だな。笹塚目当てにお弁当を作ってくる人はいないのだろうか。

「もしかして笹塚さんは日陰者なの？　モテまくりのリア充野郎だと思っていたんだけど」

「日陰者って、失礼な奴だな。それにモテまくりのリア充とか、何を根拠にそんなこと言うんだ？」

「だって笹塚さん格好いいじゃない。それだけ顔がよかったら、モテそうだって思うでしょ？」

ピタ、と笹塚の動きが止まった。……おや？　電池でも切れたのかな？

笹塚の前でぶんぶんと手を振るが、まったく反応がない。どうしよう。

……仕事中に、無駄口を叩きすぎただろうか。ふと、今が業務時間内だったことを思い出す。電池切れの笹塚を置いて営業部のフロアに戻ろうとしたら、いきなりパシッと手を掴まれた。

振り返ると、笹塚が私の手を掴みながら、もう一方の手で自《みずか》らの口元を押さえている。

「ゆ、由里、お前な」

「何？」

「……な、なんでもない。とにかくそういうことだから、今週も弁当頼むな」

は？　と私が呆《ほう》けている間に、笹塚はスタスタと先にフロアへ戻っていった。

え、ちょっと待って！　またあの酷《ひど》いお弁当を作れと言うの？　どんな罰ゲーム!?

理不尽すぎる！

その後、『絶対嫌だ、作らない！』と笹塚にメールを送ったのだがスルーされ、ゲーム中にもチャットで『作らない』と明言したのに流されて――小心者の私は、仕方なく今週の木曜日もいり卵……いや、卵焼きとアスパラベーコン、おにぎりを作って笹塚に渡す羽目《はめ》になったのである。

余談だが、「先週とまったく同じなのがウケるんだけど」という園部さんのツッコミには、無性に腹が立った。悔しいので、姉ちゃんに新たなレシピを教えてもらおうと思っている。

◆◇◆

土曜日――いつもはアパートに引きこもってゲームをしている私だけれど、今日は外出の予定。友人宅へ遊びに行くのだ。

一応、私にだって友人はいる。……一人だけだが。高校時代からの付き合いで、親友と言っても差し支えないほど親しく、なんでも話せる仲だ。

電車に乗って一時間。そこからバスに乗り換え、さらに三十分ほどの場所に友人宅はある。インターフォンを押すと、柔らかな女性の声が聞こえてきた。

『はい、どなた？』

「こんにちは。羽坂です」

『あらあら！　由里ちゃん。ちょっと待っててねぇ～』

しばらくすると、玄関ドアがガチャリと開く。顔を出したのは、友人の母親だった。

「どうぞ、入ってくださいな。久しぶりね、由里ちゃん」

「はい、お久しぶりです。……お邪魔します」

玄関に入ると、ふわりと花の香りがした。靴箱の上には可愛らしい花かごが置かれていて、壁にはドライフラワーが飾られている。

「あの子なら部屋にいるから、上がってちょうだい」

靴を揃《そろ》えた私は、さっそく二階へ続く階段に向かった。そして足音を立てつつ二階へ上がり、一番手前のドアを開ける。ノックをしないのは、いつものこと。かわりに、なるべく足音を立てて階段を上《のぼ》ってほしいと言われているのだ。

部屋の中には、パソコンのモニターに向かう友人の姿があった。

「悠真《ゆうま》君、久しぶり。元気？」

「ヨッス。元気だよ～。ちょっと待ってね……っと、よし」

パソコンで何か作業をしていたのだろう。キーボードをカタカタ鳴らした後、悠真君は椅子をくるりと回して振り返る。

「現実世界じゃ久しぶりだね、由里ちゃん」

たった一人のリアルな友達――それが悠真君。普段は、オンラインゲームで一緒に遊んでいる。ちなみに彼のキャラクター名は、本名と同じ『ゆーま』だ。

「あ、このゲーム買ったんだ？　面白かった？」

「うん。もうクリアしちゃったし、貸そうか？」

「本当？　やったー！」

悠真君と話していると、ドアの向こうから「悠真、お菓子取りにきて～」とのんびりしたお母さんの声が聞こえてきた。

私は悠真君を見送り、何気なく部屋の様子を眺める。本棚にはたくさんのゲームソフトや漫画、ＤＶＤなどが並び、ところどころに可愛らしいフィギュアが置かれている。

悠真君は、私と同類――すなわちオタクだ。だからこそ、話が合うし気も合う。そして、それ故にお互い傷ついたこともあって……

高校時代のある出来事を思い出しそうになり、私はぶんぶんと首を横に振った。暗い顔をしたら、悠真君に心配をかけてしまうよね。明るく振る舞わなければ。

しばらくすると悠真君が戻ってきて、小さなテーブルにお菓子とお茶を置いた。

「由里ちゃんが来るとお母さんがはりきっちゃって。こんなに食べられないよねぇ」

少し困り顔をする悠真君。テーブルには、ケーキとクッキー、チョコレート、おせんべいにみかん。確かに多いけど、笹塚ならぺろりと食べてしまいそうだ。……って、どうしてここで笹塚が出てくるんだ。私は軽く頭を振り、悠真君に笑いかける。

「全部食べるのは難しいなー。とりあえず生菓子からいただこうかな。ケーキ、食べてもいい？」

「もちろん。紅茶もどうぞ。熱いから気をつけてね」

私は、イチゴの載ったショートケーキに手を伸ばす。お菓子作りが得意な悠真君のお母さんは、私が来る時、いつも手作りケーキを用意してくれる。しかもすごく美味《おい》しい。羨《うらや》ましい特技である。

……何を隠そう私の『お嬢様スタイル』の見本は、悠真君のお母さんなのだ。いつもふんわりと笑っていて、優しく上品なお母さん。会社では、是非そんな女性を目指したいと思っている。

「最近、ゲームのほうはどう？　初心者さんとはうまくいってる？」

悠真君の問いかけに、私はこくりと頷《うなず》く。

「うん、楽しくやってるよ。今はレベル27でね。もう少しで飛行船クエストなんだ」

「飛行船クエスト、懐かしいなぁ。敵が強くて面倒なんだよね。あ、そういえば、初心者さんってどんな人なの？」

「あのね、実は同じ会社の営業さんなの。笹塚さんって男性でね。偶然、私がネットカフェでゲームしてるとこを見られちゃってさ」

私は、笹塚とゲームをすることになったきっかけを話した。すると悠真君は「なるほどねー」と頷《うなず》く。

「リアルの知り合いだったんだ。由里ちゃん、やっと二人目の友達ができそうな感じ？」

そう問いかけて、軽く笑う悠真君。私は紅茶を飲みながら、眉間《みけん》に皺《しわ》を寄せた。

「どうせ友達、少ないよ。……でもね、笹塚さんは友達っていうより、会社の知り合いって感じかな。まぁ、会社の中では一番仲がいいけど……私がこういう性格だって知ってるくらいだし」

「由里ちゃん、会社では猫被ってるもんね。でも、笹塚サンは『お嬢様』じゃない由里ちゃんを知ってるんだ？　よかったねぇ、由里ちゃんの本当の姿を知っても、一緒に遊んでくれて」

「それじゃまるで、私が遊んでもらってるみたいじゃない……遊んであげてるの、私がっ」

思わずムキになって言い返すと、悠真君は声を上げて笑う。

「笹塚サンのこと、早く紹介してね。僕も会いたいから」

「うん。近いうちに、他のメンバーにも紹介したいと思ってたんだ」

「一緒にクエストができたら楽しいね。……それにしても、笹塚サンも大変だな。由里ちゃん、鈍《にぶ》いから」

「失礼な！　……っていうか、私が鈍《にぶ》いと、なんで笹塚さんが大変なの？」

眉を寄せて尋ねると、「それを聞いちゃうところが鈍《にぶ》いんだよ」と悠真君に言われた。

……どういう意味なんだろう？

でも、悠真君はそれ以上何も教えてくれなかった。

◆　◇　◆

悠真君の家へ遊びに行った日の夜。笹塚に、私のゲーム仲間を紹介したいとメールを送ったところ、すぐに返事が来て了承してくれた。そして翌日の日曜日――

『皆ー！　初心者さん連れてきたよ』

『ようやくお目見えだね。こんにちは、はじめましてー』

悠真君を含めたゲーム仲間は、最近、私が初心者さんと遊んでいることを知っている。その子を紹介したいと話せば、皆、快《こころよ》く集まってくれた。

『はじめまして。コッコといいます』

敬語で挨拶《あいさつ》するコッコちゃんは可愛い。笹塚のキャラクターは女の子だからね。

『はじめまして、僕がリーダーのゆーまだよ。コッコちゃんはユリちゃんの知り合いなんだってね？』

『はい、そうです』

『ユリちゃんがプレイしてるトコを見つけたんだって？　面白い偶然だよね～』

そんな悠真君のコメントに、他のゲーム仲間は『へぇ～！』とか『そうなんだ？』とか返事をしてくれる。でも、笹塚の操作するコッコちゃんは黙ったままだ。

緊張してるのかと思っていたら、チャット画面に笹塚のコメントが表示された。

『ユリから聞いたんですか？』

『うん。僕もね、ユリちゃんの知り合いなんだ。彼女をこのゲームに誘ったのも僕。かれこれ五、六年の付き合いになるかなぁ。昨日も家で遊んだんだよ〜』

『そうですか』

短く返すコッコちゃん。……そんな無愛想な返事をしなくてもいいのに。あんまりチャットに慣れてないのかな？　私とやりとりする時は、普通に見えたんだけど。

その後は、皆でコッコちゃんの飛行船クエストを手伝うことになった。強いメンバーで戦闘に挑んだこともあり、厄介な敵も瞬殺《しゅんさつ》で、ちょっとしたお祭りみたいだった。

ただ、その間もコッコちゃんは妙に言葉少なで……それは、緊張しているからじゃなく、機嫌を損ねているような気がした。

笹塚の様子が気になった私は、翌日、会社へ向かう電車の中で、笹塚にメールを送ってみた。

『昨日、もしかして機嫌悪かった？』

それに対する笹塚の返事は、『そんなことない。別に機嫌も悪くなかったよ』というもの。

……そうか。私の気のせいだったのか。それならよかった。

出社し、ロッカールームで制服に着替え、他の女子社員と一緒にフロアへ行く。その途中、喫煙室から笹塚と園部さんが出てくるのが見えた。笹塚と目が合った気がして

「おはようございます」と挨拶《あいさつ》する。すると向こうも、「おはよ」と笑みを返してくれた。

……よかった。笑ってくれた。

その時、場の空気が固まったように思えて、私は首を傾《かし》げる。あれ、どうしたんだろう?

でも、すぐに他の皆も挨拶《あいさつ》を交わしはじめる。気のせいだったようだ。

私は、他の人に気づかれないよう、チラリと笹塚を見る。彼の笑顔を見て安心した私は、心が浮き立っていた。

第三章　私と彼を繋ぐ架け橋

突然だが、私は女子トイレという場所はカオスだと思っている。つまり混沌《こんとん》だ。女子トイレが混沌《こんとん》の海原《うなばら》だと気づいたのは、小学校低学年の頃。学校の七不思議や怪談話の定番は女子トイレのネタだし、噂話だって大抵は女子トイレからはじまる。それに、イジメの舞台にも使われる。女子たちが群れる時にはトイレへ行き、そして女子が集まれば、カオスが生まれる。

その様式は、社会人になった今も変わらない。会社の女子トイレにも、変わらず混沌《こんとん》が存在しているのだ。事件は会議室で起こるのではない。女子トイレで起こるんだ！

——休憩時間。昼食を終えた私はトイレに行き、軽く化粧直しをしていた。

ふと、今朝の笹塚の笑顔が頭に浮かぶ。彼の機嫌が悪くなくて本当によかった。……いや、よかったって、私はどうして安心しているんだろう？

一人俯《うつむ》きそんなことを考えていると、背後から声をかけられた。

「羽坂さん。もしかして笹塚さんと付き合っているんですか？」

びっくりして顔を上げると、目の前の鏡に、自分と水沢さんが映っていた。

いつの間に、トイレに来たんだろう？　それに、なぜそんなことを聞いてくるのか。私は首を傾《かし》げつつ、そんなわけないじゃないですかと答える。すると、水沢さんは悲しそうに目を潤《うる》ませた。

「だって、最近フットサルで笹塚さんが持ってくるお弁当――あれ、羽坂さんが作ってるんでしょう？」

バ、バレたぁー!?　なぜだぁー！　しかし、ここで頷《うなず》くわけにはいかない。あんなショボいお弁当が羽坂製だと肯定するわけにはいかない。なぜなら私は、表向き料理上手という設定を貫《つらぬ》いているのだ。

「まさかぁ、違いますよ～」

「でも羽坂さん、笹塚さんがお弁当を持ってきた日から、フットサルを見に来てますよね？」

「ぐ、偶然ですよ。たまたま、笹塚さんがお弁当を持ってきた日と被っちゃっただけで――」

「それに、会社でも時々話してますよね。廊下とか、ロビーとかで。今朝だって、なんだか親しげに挨拶《あいさつ》してたし……」

えっ！　親しげ!?　いやいや、普通だったと思うけど……というか、なぜ笹塚と私が話していることを知ってるの？　そりゃあ、ゲームをする仲だし、会社でもちょっとした世間話くらいしますよ。それだけで付き合ってるのかなんて、深読みしすぎじゃないだろうか？

水沢さんはしばらく俯《うつむ》いていたが、やがて意を決したようにキッと顔を上げる。その表情は、いつものふんわりした雰囲気とはまったく違う、悲痛なものだった。

「……お願いします。笹塚さんに近づかないでください。フットサルも見に来ないで」

「は？　いや、えっと……」

コホンと咳払いをして、私は視線をさまよわせる。危ない危ない、思わず素《す》が出るとこだった。

「そんな無茶なことを言われても困ります。近づかないと、仕事もできないでしょう？　フットサルは……その、私は別に行きたいと思っているわけじゃないんですけど」

なんと言えばいいんだ。正直なところ、私はフットサルなんて見に行く暇があるなら、ずっとゲームをしていたい。だけど笹塚にお弁当作りを頼まれてしまった以上、断りづらくて、ズルズルと見に行っているだけなのだ。

しかし、それを正直に話すわけにはいかない。芋づる式に、あの悲惨なお弁当を作ったのが私だとバレてしまう。

ただ、この時私は確信した。水沢さんは、きっと笹塚のことが好きなのだ。私にこんなことを言ってくるのは、それが理由だろう。それはわかる。わかるけど、ああ！　なんて説明すればいいんだ。

「羽坂さんは、行きたくもないのに足を運んでいるんですか？　それは、誰かに見に来てって言われているからですか？」

「あ、うん。そう。え、営業の人に、ですね」

「営業の人？　営業の人って誰ですか！」

熱が入ってきたのか、水沢さんの声が大きくなる。

どうしよう。ここで笹塚の名前を出すわけにはいかない。かと言って、他の人の名前を出すのはもっとまずい。

いっそのこと、笹塚とはなんでもないし、私のことは気にしないでくれと言うべきか。それとも、笹塚と水沢さんの仲を邪魔しようなんて思ってないよ、ガンバッテ！　と言うべきか。

悩んだ挙句《あげく》、私は後者を採用することにした。

「わ、私、水沢さんの邪魔をしようなんて思ってないですよ。だ、だから、ガンバッ……」

「もうすでにすげえ邪魔なんだよ、空気読めよ、ぶりっ子女」

——女子トイレがしんと静まり返る。もっとも、ここには私と水沢さんしかいないのだけれど。

私が呆然としていると、水沢さんはハッとした表情を浮かべて口元に手を当てる。そして悔しげな様子で、ボソボソと呟《つぶや》くように話しはじめた。

「……と、とにかく。私の気持ちをわかっているのなら、これ以上、笹塚さんに近づかないでください。アレは私が先に目をつけ……いや、狙って……」

「――いや、もうわかったから。私のことをぶりっ子女って呼んだけど、あなたも同類でしょ？」

そう尋ねると、チッと舌打ちして顔を歪《ゆが》める水沢さん。うわぁ、清楚《せいそ》・控えめ・穏やかと三拍子揃《そろ》っていた彼女のイメージが、ガラガラと音を立てて崩れていく。ネットカフェで私を見つけた時の笹塚も、こんな感じだったのだろうか。

思わず遠い目をしてしまう。そんな私に、ビシッと指を突きつける水沢さん。

「じゃあハッキリ言ってやるわ！　アンタが猫被るのはいいけど、男に色目を使いたいなら、笹塚さん以外の男にしてちょうだい！」

「なっ……色目なんて使った覚えはないです！　大体ね、笹塚さんが好きなら、こんなトコでつまんないことしてないで、さっさと告白したらどうですか？　こういうの、迷惑です！」

「告白するために外堀《そとぼり》埋めてるところなんだって、なんでわからないのよ。ちったぁ考えろよ！」

「そんなの、わかるわけないでしょ！　自分の恋路で他人に迷惑かけないでください！」

　ぎゃあぎゃあと女子トイレが騒がしくなる。やっぱり女子トイレはカオスだ。

「フン、これ以上私の邪魔をするなら、笹塚さんにバラすわよ。あんたが嘘つき女だってね」

「いいですよ！　もうバレてるんで、好きにしたらどうですか？」

「っ……！　さ、笹塚さんは、あんたが猫被ってること、知ってるっていうの⁉」

　私はこくりと頷《うなず》く。笹塚は私の本性をすべて知っているので、水沢さんが何を言っても気にしないだろう。水沢さんは悔しそうに眉を寄せつつ、さらに言い募《つの》る。

「じゃ、じゃあ他の人にもバラしてやる！　どうせ紅茶が好きとかパンケーキが好きとかいうのも嘘なんでしょ」

　……なかなかの悪者っぷりだな、水沢さん。だが私も負ける気はない。そっちがその気なら、こっちにだってカードはある。

「確かに嘘だけど、それなら私もバラすよ？　水沢さん、お料理が趣味って嘘ですよね。フットサルでも社内運動会でも、豪勢《ごうせい》なお弁当を重箱で持ってきてましたけど」

　私の指摘に、「なッ！」と声を詰まらせる水沢さん。私は、フフンと勝ち誇った笑みを浮かべた。

「あなたのお弁当、ぜーんぶ『みず菜』の惣菜《そうざい》でしょ。それにご飯だってレトルトじゃない。わかるのよ、私。米農家の娘だからね！」

水沢さんはみるみると顔を赤く染め、怒りの表情を浮かべる。

「どっ、どうしてそんなことがわかるのよ⁉」

「だって私も、毎日お弁当に『みず菜』のお惣菜《そうざい》を詰めてるんだもん」

「なっ、じゃあ私と同じじゃない！　偉そうに言ってんじゃないわよ！　と、とにかく、皆にバラしてやる！」

「だから、いいですよ。あなたが私のことをバラしたら、私も全部バラしますから！」

再び、しーんと沈黙が訪れる。その時、狙いすましたように、休憩の終わりを告げるチャイムが聞こえた。

「会社の人間にバラすのは、お互いのためにならなさそうね……」

「……そうですね」

二人して嘘がバレるくらいなら、互いに黙っていたほうが得策だろう。

水沢さんは踵《きびす》を返してトイレの出入り口に立つと、キッとこちらを睨《にら》みつけた。

「とにかく、私は笹塚さん狙いなんだから。邪魔すんじゃないわよ！」

「頼まれても、するつもりはありません。あなたが私に、ちょっかいをかけない限りね」

最後にまたチッと舌打ちする水沢さん。そして足取りも荒く、フロアに戻っていく。

かくして、羽坂由里と水沢愛莉による、笹塚浩太を巡《めぐ》る戦いのゴングが鳴らされたのだった。カーン！

……なんてコトは、あるはずもなく——だって私は、笹塚のことをそういう目で見ていない。自分の頬を軽くパチンと叩き、私も急いでフロアに戻った。

私は笹塚に恋愛感情は抱いていない。だから、笹塚と水沢さんがどうなろうと関係ない。……それなのに。

「笹塚さぁん！　おかえりなさい。発注書、受け取りますね！」

女子トイレがカオスだと再認識した数時間後——自分の席で業務をこなしていた私は、水沢さんの甘ったるい声に、なぜかイライラしていた。

取引先から戻った笹塚のもとに、水沢さんはパタパタと駆けていき、彼から発注書を受け取ろうとする。一方の笹塚は、困った声を上げた。

「いや、俺の担当は羽坂だろ？　わざわざ水沢が受け取らなくても、こっちから渡すから」

「発注書のデータ入力は誰がやっても同じですから、私がやりますよ。実は時々、手伝ってあげてるんですよねえ。羽坂さん、ちょっと仕事が遅いですから」

その言葉にムカッとして、私は思わず立ち上がる。

私の仕事が遅いんじゃない。水沢さんの担当営業が持ってくる発注書より、私の担当営業が持ってくる発注書のほうが多いから、処理に時間がかかるだけなんだ！　あと、手伝ってもらったのはかなり前に一回だけだ！

「……笹塚さん、早くその発注書をください。ちゃちゃっとやりますから。笹塚さんの担当じゃない水沢さんは、早くご自分の仕事に戻ってくださいね。ほら、園部さんが発注書を置いてますよ」

私がそう言うと、水沢さんは明らかにムッとした顔をして私を睨《にら》む。……笹塚やその他大勢にバレないように私だけを睨《にら》むとは、なんて器用な技なんだ。できることなら、私も習得したい。

水沢さんは、気を取り直したようにニッコリ笑って言う。

「園部さんの発注書はどうせ五枚くらいですから、三十分もかかりません。羽坂さんみたいに、発注書一枚に何十分も時間をかけてませんから」

「え、いや、俺今日がんばったよ！　ほら、八枚だよー！」

水沢さんの辛辣《しんらつ》なお言葉に、情けない声を上げる園部さん。すると、冷たく課長がツッコむ。

「五枚も八枚も変わらん。さっさと工場に行ってこい」

園部さんは、トボトボとフロアを出ていった。なんだかちょっと可哀想だ。

いや、しかし今はそれどころじゃない。私は水沢さんの主張に反論すべく、声を上げた。

「作業に時間をかけてるわけじゃありません。笹塚さんの担当している案件は、外注品が必要になることも多いから手間がかかるんです。水沢さんみたいに、製造部に投げて終わりってわけじゃないんですよ！」

「手間がかかるって言うけど、電話で発注してファックス送るだけですよね？」

「それにも、在庫の確認だったり納期の打ち合わせだったり、色々あるんですよ」

「色々？　そんな言葉で誤魔化《ごまか》さないでほしいんですけど。単に仕事が遅い言い訳でしょう？」

むっかー！

再び反論の声を上げようとした時、笹塚が疲れたような顔をして、私の頭にペシッと発注書の束を置いた。そして「技術部、行ってくるわ」と言い残し、フロアを去っていった。

一方、私と水沢さんは睨《にら》み合ったままである。そこに、横山主任の声が飛んできた。

「お互いの仕事に物申したいなら、相手より早く仕事を終わらせたらいいんじゃない？」

「確かに！」

「それもそうですね！」

私はすぐさま椅子に座り直し、発注書の処理をはじめた。絶対に水沢さんより早く仕事を終わらせてやる！　園部さんの発注書八枚に対して、こっちは十五枚。明らかに不利だけど絶対負けない！

私たちがドリャーと仕事をしている間に、課長が横山主任に近寄って何か話していた。横山主任はニッコリ笑い、「なんとかとハサミは使いようです」と言っていたけど……なんの話だろう？

なんだか水沢さんと笹塚を取り合っているようにも見えるが、断じてそんなことはない。すべては、私の負けずぎらいな性格によるものだ。

——こうして私と水沢さんは、事あるごとにぶつかるようになったのだった。

『そういや最近、水沢と喧嘩でもしてるのか？』

今夜も変わらず、ゲーム世界を並んで歩くユリネとコッコちゃん。

飛行船乗り場の前でそんなことを聞かれ、私は眉をひそめながらキーボードを打つ。

『喧嘩じゃない。向こうがつっかかってくるだけだ』

『それを喧嘩と言うんだが。まぁ、ホドホドにしろよ。見てて面白いけど』

面白い!?　私はまったく面白くない。

水沢さんとトイレでやりあってから数日——私は毎日、彼女の一挙一動にイライラしているのだ。ちなみに今週のフットサルはお休みとのことで、正直なところホッとしている。

昏を尖《とが》らせつつ、キャラクターを操作して飛行船に乗りこんだ。今夜の行き先は、空中都市。空に浮かんだ都市のグラフィックが、とても綺麗なんだよね。

やがて飛行船が動き出し、空を飛びはじめた。

『本当だ。フィールドが下に見えるな』

『この見渡す限りのフィールド、全部に行けるんだよ。ほら！　あそこに街が見えるでしょ？　あれがコッコちゃんと私がはじめて会った街だよ』

『へぇ。あ、海が見えてきた。よくできてるなぁ』

そう、このゲームは、細かいところがよく作られている。はじめて飛行船からこの景色を見た時は、本当に感動したものだ。

しばらく景色を楽しんでいると、珍しいものを見つけた。私は急いでキーボードを叩く。

『虹《にじ》だ！』

『虹《にじ》、どこ？』

『甲板《かんぱん》の先からちょっと右のとこ』

このゲームには、ちゃんと天候がある。晴れ、くもり、雨、場所によっては雪や嵐も——そして雨が降った後に晴れの天候が来ると、虹《にじ》が現れるのだ。それも見える時と見えない時がある。

『これ、いつも見られるわけじゃないんだよ。綺麗だよねえ』

『確かに綺麗だけど。ユリって、いつもゲームであそこが綺麗、ここが感動するって言ってるな』

『そうかな？　他にもいっぱい素敵な場所があるんだよ。そうだ、確かゆーま君がおすすめスポットの情報を集めてたはず。今度聞いてみるね』

そう返したところで、飛行船が目的地に着く。まずはどこに行こうか考えていると、笹塚から問いかけがあった。

『——ユリってさ、あの、ゆーま……って子の家に、よく遊びに行ってるのか？』

『うん。ゆーま君とは、リアルでも仲良くしてるからね』

『そうか』

それきり、コッコちゃん——もとい笹塚は黙りこむ。私は特に疑問も抱かず、新たな街を紹介してまわったのだった。

◆　◇　◆

翌日——仕事を終え、ロッカールームで帰り支度をしていると、近くにいた総務部の女子社員たちに「ねぇ」と声をかけられた。

「羽坂さんって、営業部の笹塚さんと付き合ってるの？」

「えっ？」

驚きの声が出る。水沢さんに続き、またその話か……。私はげんなりしつつ、とりあえず否定する。

「付き合ってるわけないじゃないですか。やだなぁ」

「え〜、そうなの？　すごくそれっぽいのに。皆、言ってるよ？」

「それっぽい……そんなつもりはないんですけど。どのあたりがそう見えるんですか？」

参考のために聞いておこう。異性との噂は、相手にも迷惑がかかる。笹塚のところにも変な話がいかないように、きちんと対処を考えなくちゃ。

とにかく女子というのは噂話が好きなのだ。特に男女に関する噂は光の速さで広がっていく。

「どのあたり……そうだなぁ、目が合った時に微笑み合ったり、仕事の話をする時も仲いいし。ちょっと二人の世界に入ってるかな〜って」

まったく参考にならなくてガックリする。目が合った時、微笑んだつもりなんてない。無愛想にしてるわけでもないけど、アレはいつもの『お嬢様スマイル』だ。

……どうでもいいが、ロッカーの端から水沢さんがすごい顔で睨《にら》んできている。視線だけで人を殺せそうな勢いだ。かなり怖いから、この話は早く終わらせたい。

「気のせいですよ。ただの同僚です」

私はにっこり笑って、そう言い放った。

「え〜、残念だなぁ。お似合いなのにね〜」

そんなことないですと手を振り、私は俯《うつむ》く。

――ちょっと二人の世界に入ってるかな〜って。

先ほどの言葉を思い出し、体がぴくりと震えた。……いや、さっきの言葉だけじゃない。もっと嫌な記憶まで蘇《よみがえ》りそうになる。……そうだった。女子は、こういう噂話が大好きなんだった。ちょっと異性と仲が良いだけで、騒ぐ。くっつけたがる。からかう。根も葉もない噂を立てる。

私は顔に笑みを貼りつけて、周りにいた女子社員たちに挨拶《あいさつ》する。

「それじゃ、お先に失礼しますね」

そして、ロッカールームを後にした。

――気分が最悪だ。こんな日は美味《おい》しいお酒と惣菜《そうざい》を買って帰って、録《と》り溜めた深夜アニメでも見よう。そうすれば、きっとすっきりする。明日にはいつも通りだ。

会社を出た私は、駅に向かってひたすら歩く。すると、前からやってきたのは――

「……笹塚さん」

「お疲れ。今帰りか？」

「うん。笹塚さんは今から会社に帰るところ？」

「そう」

笹塚はじっとこちらを見たあと、すぐ傍にあったコンビニを指差してこう言った。

「煙草《たばこ》、付き合えよ」

「え？　私、煙草《たばこ》は吸わないよ？」

「知ってる。俺の煙草《たばこ》に付き合えって意味だ」

なんだそりゃ。一応あたりを見まわして、会社の人がいないことを確認する。そして私は、コンビニの横に設置された灰皿の前に移動した。

「何コソコソしてんだよ」

「色々あるのよ。……会社の人に見られたら誤解されるでしょ」

「は？　まぁ、いいか」

笹塚はライターを取り出し、煙草《たばこ》に火をつけた。煙がふよふよと宙に浮かび、消えていく。

「……聞いていいか？」

笹塚の問いかけに、私は首を傾《かし》げる。

「ん?」

「あの、ゆーまって人のこと。時々、遊びに行くって言ってたよな。……もしかして、付き合っているのか?」

……思わずため息が出た。水沢さんといい総務の人たちといい……笹塚といい、どうして皆そういうふうに考えるのか。

「付き合ってないよ」

「じゃあ、付き合っていないのに、高校の頃からずっとその男の家に行っているのか?」

「そうだよ。友達だもん。行ったら悪いの?」

ああ、だめだ。自分の口調が刺々《とげとげ》しくなっているのがわかる。今日の気分が最悪だからだろう。

人は、恋愛とは関係なく異性と仲良くなっちゃいけないのか? 異性の家に遊びに行けば、皆男女の関係になってしまうのか?

イライラしていて、思考がまとまらない。いや、確かに、私と悠真君は高校時代からの仲だし、家にも遊びに行ってるくらいだから付き合ってるのかな、という疑問を抱いても仕方ない。

……そう、仕方ないんだ。でも友達だと答えたんだから、納得してくれるはず。むしろしてください。私は嘘なんて言ってない。

「悪くはないが……。もしかして高校の頃に付き合ってた元彼なのか？」

その時、ぷちんと何かが切れた。

「だから元彼じゃないし、付き合ってない！　最初からずっと悠真君は友達なの！　なんで信じてくれないの？」

「由里？　ちょっと……どうした」

「私も悠真君も、そんな風に思ってない。私たちは親友なの。どうして異性が親友じゃだめなの？　水沢さんも総務の人も笹塚さんも、皆、同じ！　高校のあいつらと同じだ！　つまんないことばっかり気にして、囃《はや》し立てて……否定しても疑って！　そういうの、もう嫌なの！　いい加減にして！」

そう言い放つと、私は走った。冬空の下、歩道を走りまくった。

会社の最寄駅を通り越して、次の駅までひた走る。それからやっと足を止め、駅の前でしゃがみこんだ。……頭を占めるものは、ただ一つ。『後悔』、それだけだった。

——笹塚に、当たり散らしてしまった。彼は何も悪くない。ただ私が嫌いなワードをいくつか口にしてしまっただけ。

私、子供すぎる。もういい大人なのに、馬鹿みたいに喚《わめ》いてしまった。

口からこぼれたため息は、とても長く——吐いた息は白くなって、まるで笹塚が吐いた煙草《たばこ》の煙のように、夜の冬空に消えていった。

◆◇◆

どうして異性と仲良くなったら、『恋人』だと思われてしまうのだろう。

そりゃ私だって、そういう関係があることはもちろん理解している。学生の頃、さぞかしぶいぶいと言わせていたであろう笹塚など、遊びに行くのは決まって『彼女』の家だったのだろう。

でも私にとっては、悠真君が唯一の友達なんだ。そして彼にとっても、私は唯一の友達。

そんな『友達』の関係を何年も維持しているのは、一般的におかしいのだろうか。

……わからない。ただ一つ言えるのは、異性との仲を勘ぐられるのは嫌だってこと。高校時代の——いや、あの時だけで、もうこりごりだ。

でもこれは私の事情であって、笹塚はそのことを知らない。当たり散らすみたいに怒《ど》鳴《な》ってしまったのは、完全に私が悪い。それはわかってるんだけど……

謝るにしても、どう謝ればいいのかわからない。怒《ど》鳴《な》ったことに対して謝ればいいのか、もしくは私の事情を話すべきなのか……でも、話したところで笹塚にとっては迷惑なだけなんじゃないか。そんなふうにぐちゃぐちゃと悩んでしまい、ゲームにログインできず、笹塚ともろくに話せないまま、数日が過ぎていった。

「羽坂さぁ、最近どうしたの？」

来客の後、会議室のテーブルを布巾《ふきん》で拭《ふ》いていると、湯呑みを片づけていた水沢さんに声をかけられた。この頃、二人きりになると呼び捨てにされる。まったく、失礼な奴め！

心の中では悪態《あくたい》を吐きつつ、表面上はいたって冷静に返事をする。

「何が？」

「笹塚さんと何かあったの？　よそよそしい感じがするんだけど。昨日のフットサルにも来なかったしさ」

よそよそしい『感じ』ね……またか。その『感じ』とか『雰囲気』ってやつは、そんなにわかりやすいものなの？　仕事上では普通に接しているつもりなのに、何が違うというのだろう。……もしかして、私は鈍《にぶ》いのか？

「……別に」

それだけ返すと、水沢さんは挑発的な笑みを浮かべた。

「ふぅん？　まぁ、こっちとしては好都合なんだけど」

「じゃあいいでしょ、放っておいてよ」

「そう？　じゃあ、遠慮なく笹塚さんにコーヒーの差し入れしよーっと」

はいはい、好きにして。差し入れなら、いつでもしているじゃないか。そしてその気遣いを、担当営業の園部さんにももうちょっと向けてあげてほしい。帰社した笹塚に、チョコレートやら栄養ドリンクやらを差し入れするたび、園部さんが寂しそうな顔をしてるんだから。

ふと、捨てられた犬のようにしょんぼりした園部さんを思い出す。そうしたらなぜだか肩の力が抜けてしまって、水沢さんの問いかけについ素直に答えてしまった。

「で、喧嘩しちゃったの？」

「うん」

……ああ、くそ、笑えばいい。ざまぁーとか言えばいいんだ。笹塚とまともに話ができず、ゲームにもログインできずにいるチキンな私を蔑《さげす》むがいい。

案の定、水沢さんはクスッと笑った。

「ふーん。で、仲直りできずにいるんだ」

「そうだよ」

会議室のテーブルを拭《ふ》き終わる。さぁ、さっさと自分の席に戻ろう。

「そうやって悶々《もんもん》とするくらいなら、人に相談したらいいじゃない。あ、もしかして友達いないの？」

うるさいな。いるよ、一人だけど。

「うじうじ悩んで動けずじまいで。相手がアクションしてくるまで延々と待つつもり？　格好悪すぎ。どうせなら少しでも自分から行動してみれば？」

むっかー！

今、確信する。彼女は私を苛立《いらだ》たせる天才だ。前世があるなら、きっと敵同士だったに違いない。もう金輪際《こんりんざい》『さん付け』なんてしない！　今この瞬間から水沢って呼んでやる！

「……私の事情も知らないくせに、好き勝手言わないでください。それに、友達はいます！」

「あ、いるんだ。ぼっちの寂しい子だったら、ちょっとは優しくしてあげないと可哀想かなって思ってたんだけど、それならよかった」

「余計なお世話です！　上辺だけの薄っぺらい付き合いじゃない、ちゃんとした親友がいるんだから！　なんでも言えて、なんでも相談できるんだから！」

「ふーん。じゃあ、さっさとその親友とやらに相談すれば？　本当に、そんな親友がいるならね」

信じてないなー!?　水沢に言われなくても、今度相談しようと思ってたんです！

自分の席に戻った私は、さっそく悠真君にメールする。ふと顔を上げれば、営業に出かける笹塚と目が合った。私は奴をギッと睨《にら》みつける。

待ってろ、笹塚。ちゃんと自分の気持ちを整理して、キサマに謝ってやるからな！

その日の夜、私は悠真君に電話をした。そして笹塚との経緯を話すと、悠真君は若干《じゃっかん》呆れた口調で言う。

『ふぅん、なるほど。要は一方的にキレて怒鳴《どな》って、そのまま放置してるってことだね』

「……まったくもってその通りでございますです」

私はベッドで正座し、面目次第《めんぼくしだい》もございませんと肩を落とした。

『まぁ、どう考えても由里ちゃんが悪くて、コッコちゃんが可哀想だね。さっさと謝ったら？』

「謝りたいよ！　でも、『なんであの時キレたの？』とか聞かれたら、どうすれば……」

『全部話したらいいじゃない。向こうがそれを望むなら』

あっさり言われてしまうが、私はどうにも踏み切れない。あまり面白い話ではないし、自分語りになってしまう。そんなものを聞かされて、笹塚は嫌にならないだろうか。

「あぁ」とか「うぅ」とか唸《うな》っていると、悠真君は事もなげに続ける。

『別に悩むことなんてないと思うんだけどね。ある意味、どこにでもありそうな話だよ。僕のことも含めてね』

「……そうかもしれないね。なのに、どうして私は迷っているんだろう？」

『本当だよ。謝って理由を言って終わる話だと思うけど。コッコちゃんがそれを聞いてどう思おうと、由里ちゃんには関係ないでしょ？』

「え？」

　悠真君の言葉に、思わず息を呑む。笹塚がどう思おうと私には関係ない……そうなのかな、本当に？

　私が戸惑っていると、電話の向こうからくすりと笑う声が聞こえた。

『だって、彼の感想なんてどうでもいいじゃない。謝罪した時点で、スジは通してるでしょ？』

「そ、それはそうだけど。でも、暗い理由だと思われたり、あるいはしょうもないって笑われたりするかもしれないし……もし無反応だったらどうしよう、とか考えると、なんか……」

『なんで？　そんな反応取られたら元に戻ればいいだけでしょ、会社だけの付き合いに。得意の「お嬢様スマイル」でさ』

……悠真君の言うことはもっともだ。私の事情を話して嫌な態度を取られたら、以前の関係に戻ればいいのだ。会社で仕事の会話しかしない、そんな関係に。でも、そうしたら……

「会社だけの付き合いに戻っちゃったら、さすがにもう、ゲームは一緒にできないよね。……なんだか途中で放り出すみたいで、ちょっと気が引けるんだけど」

『そう？　コッコちゃんも、もうレベル30以上だし、基本はすでに教えてあるんでしょ？』

「……うん、まぁ」

『それならいいじゃない。もう充分、一人でやっていけるレベルだよ』

そうだよね。確かに、その通りだ。でも、なぜだろう。どうしてもモヤモヤが晴れない。私は一体何に迷っているのだろう。そして、このよくわからない感情はなんなのだろう。

悶々《もんもん》としながらベッドに転がると、悠真君が内緒話をするように囁《ささや》いてくる。

『ね、由里ちゃん。ひょっとして怖いの？』

「……怖い？」

『うん。コッコちゃんに事情を話して、それで彼の反応を見るのが怖いの？　彼の本心を知るのが怖いの？』

怖い……笹塚の本心を知るのが、怖い……

心の中で繰り返すと、つっかえていた感情が面白いほどストンと落ちた気がした。

「そうか、私は怖いんだ」

『ふぅん。それはどうして？』

「……笹塚さんの反応によっては、もう一緒に遊べないかもしれないから。今みたいな掛け合いも、できなくなるかもしれないから」

『でも、由里ちゃんはそれでもよかったんじゃないの？　ずっと前に言ってたじゃない。もうリアルの友達なんていらないって。上辺だけで付き合ってるほうが楽だって』

……確かに、私はそう言った。あれは、そう……短大に入った頃だったと思う。リアルの友達なんてもういらない。何を言っても理解されず笑われるくらいなら、上辺だけの付き合いで充分だって。

だから私は、メッキを何度も何度も塗り重ねて生きてきたんだ。

だけど、笹塚は——

「笹塚さんは違ったの。ゲームが趣味なことも、私の性格も、全部受け入れてくれたの」

『うん。由里ちゃんの本当の姿を認めてくれた人が、事情を聞いた途端、自分から距離を取るんじゃないかって、それが怖かったんだね』

私はこくりと頷《うなず》く。

短大に入った頃から隠すようになった、私の本当の姿。でも、それまでは見せていた。そしてその姿は、そう簡単に受け入れてもらえなかった。だから私は諦《あきら》めていたのだ。

『普通の人』は私を認めてくれないのだと。

『ねぇ、由里ちゃん』

「ん？」

『コッコちゃん……いや、笹塚サンはさ、そういう人なのかなぁ』

「……え？」

『由里ちゃんと僕の事情を聞いて、引いたり馬鹿にしたりする人なのかな？』

それは……

頭の中に、笹塚の顔が浮かぶ。ネットカフェで私がゲーマーだと知った時の顔。どうして自分を偽《いつわ》っているのか聞いてきた時の顔。会社で挨拶《あいさつ》する時の顔。……私の作ったおにぎりを美味《おい》しそうに頬張《ほおば》る時の、顔。

――お前は別に根暗じゃねえよ。……だからもう、自分のことを根暗って言うな。

笹塚にそう言われた瞬間、私は――

「引いたり、馬鹿にしたり……しないと思う」

なんの根拠もないのに、口からそんな言葉がこぼれる。悠真君は、電話の向こうで優しく笑った。

『じゃあなおさら、迷う必要なんてないんじゃない？』

そうだ、迷う必要なんてない。むしろ、私はどうしてこんなに悩んでいたんだろう。

心が軽くなり、自分のやるべきことがしっかりとわかった。

「そうだね。迷う必要なんて、なかったんだね」

私たちは、ふふっと笑い合う。悠真君は、穏やかな口調で続けた。

『僕のことは気にしないで。全部、話していいから』

「うん、ありがとう」

怒鳴《どな》ってしまったことを謝ろう。そして事情も話してしまおう。きっと笹塚は受け入れてくれるはずだ。

……信じてみよう。ううん、信じてみたい。

そういえば、他人に対してそんなことを思ったのは、はじめてだった。

さぁ、やることは決まった。私は笹塚にすべてを話すぞ！

……と決意したわけだが、なかなか実行に移せずにいた。悠真君に電話で相談した翌週——ゲームにはログインできていないし、会社でも仕事の話以外はまったくできずにいる。

チキン！　私のチキン！　お前はとんだ逃げ腰野郎だ！

「羽坂、この発注書なんだけど納期を早めてくれないか？　他の案件は後回しでいいから」

「はい、わかりました。問い合わせてみます」

発注書を受け取りながら、ジッと笹塚を睨《にら》……いや、見つめる。ほら、目と目で会話するってやつだ。察するんだ、笹塚。私はあなたに謝りたい！　故《ゆえ》に話し合いができるよう、セッティングしていただきたい所存！

……なのに笹塚は、「よろしく」とだけ言って営業に出かけてしまった。今日は朝からどしゃ降りの雨だ。足元には気をつけて、と心の中で呟《つぶや》く。

それにしても、ヒトというイキモノは言葉でしかわかり合えないものなのか。熟年夫婦の阿吽《あうん》の呼吸とやらは、どうやって培《つちか》われるんだろう。

笹塚の表情は、さっぱり読めない。私に対して怒っているのか、それともなんとも思っていないのか。……後者だったら悲しいな。悩んだり迷ったりしている私が馬鹿みたいだ。

笹塚に頼まれた件を処理すべく、私は外注先に電話をかける。そしてあれこれ相談し、なんとか納期を早めてもらうことができた。その後、納期変更の確認書をファックスしてため息をつく。

『納期を早めることができました。明日十四時に納品です』と笹塚の会社アカウント宛にメールを送り、ふと閃《ひらめ》いた。そうだ、メールという方法があるではないか。

　昼休み——私はトイレに駆け込み、スマートフォンを睨《にら》みつけた。

『話があるので、場を設《もう》けてくれないか』

　そう打ったところで、慌てて消去する。謝る立場はこちらなのに、なんという上から目線。次に、『謝罪いたしますので、つきましてはこちらで手配するお店に来ていただけますでしょうか』と打った。よし、送信……って、いやいやへりくだりすぎだろう。ここは、もっとフランクに……

『とにかく飲みに行こうぜ！』

　……あんだけ怒鳴《どな》っておいて、これは軽すぎかもしれない。いや、待って。そもそもメールして無視されたら！　確実にヘコむ。立ち直れない。

　結局メールを送れないまま、よろよろとトイレを後にし、お弁当を手に休憩フロアへ向かう。すると、先に食事をはじめていた水沢たちが声をかけてくれた。

　いつも通りの惣菜《そうざい》を詰めたお弁当を、上《うわ》の空で食べる。一方、女子社員の皆さんは、元気に昨日のドラマについて話していた。

「羽坂さんはどう思う？　あの俳優さん。格好いいよね～」

「確かに、格好いいですよね。演技も上手ですし。あの俳優さん、前に映画も出てましたよね。悪役も上手でびっくりしました」

「そうだよね〜！」

満足げな顔で頷《うなず》く、女子社員の皆さん。フッ、話題の俳優や女優は抜かりなくチェックしてある。ドラマはまったく見ていないけど、ある程度のあらすじはネットで確認しているから問題ない。加えて感想ブログって便利だよね。

ふと水沢と目が合う。彼女は、『絶対ドラマ見てないし、その俳優も興味ないだろ』って目をこちらに向けている。『当たり前だ。水沢こそ、さっき大好きですって話してた女優、むしろ嫌いでしょ』と目で語る。うう、水沢とはこんなに目で会話できるのに、笹塚とはできないなんて。悲しい。

窓の外を見れば、いつの間にか陽が射していた。さっきまでは、どんより雨が降っていたのに。ああ、私も早く晴れやかな気分になりたい。

ぼんやりおにぎりを食べていると、ポケットの中のスマートフォンがブルルと震えた。滅多《めった》に着信がこない、私の携帯。取り出すと、メールが一通入っていた。差出人は——笹塚だ。

『外、駅ビルの方角を見てみろ』

駅ビル？　思わず立ち上がり、休憩フロアの窓に近づく。そしてメールにあった駅ビルのほうを見ると、そこには——

「……虹《にじ》、だ」

「え、虹《にじ》？　どこどこ？」

私の呟《つぶや》きが聞こえたのか、一緒にご飯を食べていた面々もこちらにやってきて、私が見ている方向に目を向ける。

「わぁ！　本当だ。きれーい！」

「結構クッキリだね～」

「うんうん。なんか虹《にじ》が見られると、ラッキーって思っちゃうね」

彼女たちの楽しそうな声を聞きながら、私はふと、コッコちゃんと見た虹《にじ》を思い出した。仮想世界の、デジタルが作り出した虹《にじ》。私はあの虹《にじ》が綺麗だと言い、笹塚も同意した。でも、その時、彼は――……

――ユリって、いつもゲームであそこが綺麗、ここが感動するって言ってるな。

……だって私の心は、いつの間にかゲームの中でしか動かなくなっていたから。現実の世界には、諦《あきら》めと落胆《らくたん》しかない。つまらない。

でも今の私は、現実世界の虹《にじ》を見て綺麗だと感じている。

どうして私は、今まで気づかなかったんだろう。これまで生きてきて、何を見てきたんだろう。

半円を描く虹《にじ》の架け橋を辿《たど》って視線を落とすと……会社の駐車場が目に入る。並ぶ社有車と、煙草《たばこ》を吸っている男性。見覚えのある、その姿。

無意識のうちに、私は走り出していた。

はぁはぁと荒い息を吐き、私は立ち止まった。

駐車場の片隅に、彼は立っている。ぼうっとした表情で煙草《たばこ》を咥《くわ》え、手に持ったスマートフォンを見つめている。

「……笹塚さん」

す、と私に向けられる視線。彼の表情はやっぱり読めない。読めない、けど――

「はな、話が、ある。あっ、あやまって、はな、話を、したい。そっそれで、ば、場所とか」

どもりすぎて、泣きたくなる。

笹塚はそんな私をじっと見つめていたが、やがて煙草《たばこ》を近くの灰皿に押しつけた。

「今日だよな？　前に行った居酒屋でいいか？」

「うっ、あ、で、できれば、もうちょっとその、静かな、落ち着けるところのほうが」

「そっか。じゃあこっちで決めていいか？　行きたいところがあるなら、そこでもいいけど」

「いっ、いや、ない。決めてもらえると、た、助かる……ります」

ぷっと噴き出す声が聞こえる。いつの間にか俯《うつむ》いていた私は、パッと顔を上げた。笹塚は、優しく目を細めて笑っている。

「変な日本語。じゃあこっちで決めとくぞ。俺の仕事が終わったら連絡するから、暇潰してろ」

「うん。あり……ありが、とう」

お礼までどもるなんて、実に情けない。

けれど笹塚は、大きな手で私の頭をくしゃりと撫《な》でて、そのまま会社に入っていった。

……頭に残る、手の感触。冬だというのに、体がじんわりと熱くなった。


笹塚の仕事が終わるのを待って駅で落ち合い、連れていかれたお店の前で、私は立ち尽くした。確かにお店は任《まか》せると言ったけど、こんなお店、入ろうと思ったことすらない。

「バー……だと！　キサマはどこのオサレマンだ！」

「ネーミングセンス最悪だな、お前。そんなこと言われても、静かな店ってここしか思い浮かばなかったんだよ」

なんの躊躇《ためら》いもなく、木製の洒落《しゃれ》たドアを開ける笹塚。看板も格好いいし、ダウンライトの照明が大人っぽい。店内に置いてあるインテリアも、一つ一つがいちいちハイセンスだ。

笹塚は慣れた様子で店員さんに話しかけ、テーブル席に案内される。彼はこのバーの雰囲気にとても馴染《なじ》んでいて、よく来るのだろうとわかった。

くっ……リア充だ！　こんな店の常連になるような男など、リア充以外の何ものでもない。さぞかし都会的な女性を連れこんでいるのだろう。そんな彼女も、オサレなカクテルをご馳走《ちそう》されて軽く酔わされたら、一発でフォーリンラブだ！

「さっ、笹塚さん、私は屈しないぞ！」

「はぁ？　なんの話だよ。早く座って注文しろよ」

眉をひそめながら、席をすすめてくる笹塚。私はしぶしぶ席に着き、メニューを開いたのだけれど――

「これがどういった飲み物なのか、さっぱりわからない……」

「どれ？　あぁ、それはカクテルだよ。こっちはウィスキーで、そっちはラム」

「ウィスキーって、ガソリンみたいな匂いのする、あれ？」

「お前、今の発言は、ウィスキー愛飲者《あいいんしゃ》すべてを敵に回したからな。由里は軽いカクテルでいいだろ」

笹塚はそう言って、ヒョイっと私からメニューを奪う。そしてカウンターにいた店員さんを呼んで注文した。

「マティーニとキールをください」

店員さんは、「かしこまりました」と言ってカウンターに戻る。もしかして、バーテンダーってやつかな。飲み物を作る時、シャカシャカするのだろうか。あと、笹塚が口にした呪文が気になる。

「何を注文したの？　まさか、巷《ちまた》で有名なレデーなんとかってやつ？　女性を酔い潰す時に飲ませる、あの――」

「それはレディキラーと言いたいのか？　違うぞ。両方ともカクテルだけど、めちゃくちゃ軽いやつだ」

「そっか」

めちゃくちゃ軽いなら、問題ない。私は、お酒は好きだけど割と弱い。チューハイ二杯で、いい感じに酔っぱらえる、安上がりな女なのである。

しばらくして、店員さんが飲み物を運んできた。さっそく私は、キールの入った綺麗なグラスに口をつける。

「……甘くて美味《おい》しい」

「それならよかった。で、話って？」

その言葉に、私は一気に緊張する。いやいや、今さら何を迷っているんだ。……よし、覚悟しよう。

「さ、最初に……この前はその、怒鳴《どな》ってごめん。いきなりキレて、申し訳なかった」

「おう。びっくりしたけど、別にいいぞ。それで、なんで怒ったのか理由くらいは話してくれるのか？」

「うん、もちろん。その、ですね。理由を話すには、そもそも私の過去を話さなくちゃいけないんだけど……。い、いい、かな。あんまり面白い話じゃ、ないんだけど」

だんだん声が小さくなる。怖い。信じようと思っていても、怖いものは怖い。人に自分のことを話すのなんてはじめてだから、どうしても不安が消えない。

だけど笹塚は、あっさり「うん」と頷《うなず》いた。

「いいぞ、聞きたい。話してくれ」

「……わかった」

ほっとする。……良かった。

飲み物と一緒に出されたピスタチオを一つ摘《つ》まみ、ぱきりと割りながら、私は口を開く。

「あのね。私、小さい頃から、こういう趣味だったんだ。とにかくゲームが好きでさ。あと、テレビ番組も男の子が見るようなロボットものが好きだったし、少年漫画ばかり読んでいたし」

「ああ、そういう女の子っているよな。俺が小さい頃の友達にも、いた気がする」

「……それでね、昔はそういうの、隠してなかったんだ。小学生の時、休み時間には、普通にゲームやロボットの話をしてた。そうしたらね、男の子の友達はたくさんできたんだけど、女の子の友達はできなくて……」

その頃、女の子たちが話すことのほとんどが、私にとって興味のない話題だった。好きな男の子の話、少女漫画の話、女の子向けのテレビアニメの話、ファンシーな文房具の見せ合いっこ、仲のいい友達同士の交換日記。私にとっては、ちっとも面白くないものばかりだった。

昔は空気を読むことなんてできなかったから、きっと私はつまらない顔をしていたんだろう。女の子たちはだんだん私から離れていって、かわりにゲーム好きな男の子と仲良くなり、少年漫画を貸し借りしたり、時には家に遊びに行くようになった。

「でも、そんなことしてたらさ。当たり前だけど、女の子はいい気分じゃないんだよね。男の子たちと仲良くてさ、人気のある格好いい子とも気軽に話せて、いっつもつるんでいて。そのせいか、気がつくとイジメがはじまったんだ」

笹塚はじっと黙って聞いている。私は言葉を続けた。

「仲間外れにされたり、無視されたり。呼び出されて暴力を振るわれたことはなかったけど、私がトイレに入ったのを見計らって、個室の外で陰口を言われたこともあったかな」

……イジメは確かにあった。でも、私はあまり気にしなかった。男の子の友達はいっぱいいたし、仲間外れや無視、陰口程度なら、へこたれない自信があった。

そして私は、中学生になる。……何も変わらないまま。

「小学校と中学校で違ったのは、友達。小学生の頃は男の子が友達になってくれたけど、中学生になると、同性で仲間を作るの。それでも私は、どうしても女子独特の雰囲気に合わせることができなくて……ずっと一人だった」

思い返すと、つくづく協調性のない子供だった。

「そんな子だからね、中学校でもイジメられた。特にお洒落《しゃれ》でもなかったし、学校ではいつも本ばかり読んでたから、根暗とかオタクっぽいとか言われてさ。まぁ、実際オタクなんだけど」

ちょっとしたことでクスクス笑われたり、グループを組む時には誰も入れてくれなかったり、「うぜー」って言われてものを投げられたり、机に落書きされたこともあった。そんなことをポツポツ話すと、笹塚は心配そうな表情で尋ねてきた。

「その強靭《きょうじん》な精神力は賞賛に値《あたい》するが……よくそれで、三年もったな。陰湿な嫌がらせもされたんだろ?」

「悪質なイジメは、すぐ先生にチクったからね。チクるなよって後で怒られても、それをまたチクった。先生も立場上、無視できないでしょ? 面倒だっただろうけど、ちゃんと対応してくれたよ。そんなことが続いて、そのうち放っておかれるようになったの。

小学校と同じ、無視と仲間外れに落ち着いたわけです」

非常に微妙な表情をして、笹塚はマティーニを飲む。まぁ、そうだよね。全然、気持ちのいい話でもないし。

……やがて私は高校生になった。やっぱり何も変わらないまま。

「高校に入ると、目に見えるイジメはなくなった。友達は相変わらずできなくて一人だったけど、放置って感じかな。あの子は暗そうだから放っておこうって感じ。そんな時、悠真君に出会ったんだ。……高校二年の時に」

ある日、下校途中に立ち寄ったゲームショップ。自分が欲しかったゲームソフトを見つけて手に取ろうとした瞬間、タッチの差で取られてしまった。そのゲームソフトを手にしていたのが、悠真君だ。一つのゲームソフトをきっかけに、私たちは知り合った。趣味が合い、気も合い、私たちはどんどん仲良くなって、学校でも一緒に過ごすようになった。私たちの話題は、いつもゲームやアニメの話。自分の好きな話を包み隠さずできて、ニコニコと聞いてもらえることはすごく嬉しかった。それに、楽しかった。

……周りがそんな私たちを見てどう思うかなんて、考えもしなかった。

「根暗キモオタ夫婦」

「……え？」

「気づいた時、周りにそう言われていたの。ゲームやアニメの話ばっかりして、二人で盛り上がっていたから……そんな風に言われて、笑われてた」

何がきっかけだったのかわからないし、もしかしたらそんなもの、なかったのかもしれない。ただ、それまでは放置されていたのに、急に周囲が騒がしくなったのだ。

「……悠真君は友達だって言っても信じてもらえなくて、何かあるごとにくっつけようとして騒ぎ立てたり、黒板にチョークで色々書かれたり……。そんなことが毎日続いた。毎日、毎日……。でも私はさ、そういうことに慣れていたから。嫌だったけど、耐えられた。だけど、悠真君は……耐えられなかった」

悠真君も私と同じで、あまり協調性のない一人ぼっちだった。暗いと言われていた。そして私と仲良くなったことで、女子生徒だけでなく男子生徒にもあれこれ言われるようになったのだ。下卑《げび》た笑みを浮かべた男子生徒に、取り囲まれていたこともある。きっと、酷《ひど》いこと、いやらしいこと、傷つけられること、たくさんの嫌な言葉を投げつけられたのだろう。悠真君は話さないけど……もっと悪質で凄惨《せいさん》な行為もあったのかもしれない。

やがて彼は、学校に来なくなった。そして私は、周囲にからかわれる日々を過ごしながら、卒業した。……卒業式にさえ、悠真君は現れなかった。

「これが私たちの高校時代。……そういうことがあったから、異性と仲がいいだけで関係を疑われたりすることが嫌になっちゃって。それで笹塚さんに怒鳴《どな》っちゃったんだ。……ごめんね」

　ぺこりと頭を下げる。すると、笹塚は慌てたように声を上げた。

「いや！　その、もう謝るな。わかったから。俺こそすまない。無神経にお前を傷つけて――」

「知らなかったんだもん、仕方ないよ。私が話さなかったことなんだから」

「……そう、なんだが。悠真は、その、今は大丈夫なのか？」

「うん。多分、時間が解決してくれたんだと思う。今は通信制の高校で勉強しているみたい」

　笹塚は、「そっか」と頷《うなず》く。そして店員さんを呼び、お酒とチーズの盛り合わせを頼んだ。

　私はキールをもう一口飲んで、ため息をつく。

「暗い話でしょ？　要約すると、イジメられっこ二人が輪をかけてイジメられたって話だし」

「……それで由里は、自分を偽《いつわ》るようになったのか」

「そういうこと。もうね、自分を出しても、いいことないなって思ったんだ。ちゃんとお洒落《しゃれ》して、皆と同じような格好して、ニコニコ笑って――皆と一緒に行動して、皆が好きな話題に乗っていれば、波風立たない人生が送れると思ったの」

……それがだんだんエスカレートして、いつの間にか『育ちの良いお嬢様』を装《よそお》うようになってしまったのだ。女子力が高いほうが、女の子の輪に入りやすかったこともある。

しばらくすると、店員さんが丸い氷の入った琥珀色《こはくいろ》の洋酒とチーズを運んできた。

私はキールを飲み終えて、ため息をつく。いい感じに頭がぼーっとしているけど、本当にこのお酒はめちゃくちゃ軽いものなんだろうか？

思わず笹塚をじっと見つめると、彼は少し困ったように視線をさまよわせて言った。

「まぁ、なんだ、そんな事情があったにもかかわらず、しつこく詮索して悪かったな、由里。辛いことだったろうに、話してくれてありがとう」

「ううん、こっちこそ。聞いてくれてありがとう。……話せてよかった。なんか、心が軽くなった気がする」

そうか、と言って目を細める笹塚。

時々彼は、驚くほど優しく笑ってくれる。その笑みが私の体を熱くすることを、彼は知っているのだろうか。……知っているのだとしたら、恐ろしい奴だ。リア充なだけはある。

「酒、何か追加で頼むか？」

そう尋ねられ、私はバッと身を乗り出した。

「度が強くなくて、キールみたいに甘いカクテルがいい。あと、シャカシャカが見たい！」

「シャカシャカ?」

「バーテンダーがほら、シャカシャカーするると、シャカシャカって」

見よう見真似でジェスチャーすると、笹塚は「ああ」と声を上げる。

「シェイカーか。うーん、シェイカー使うカクテルは、大抵強いからな。さっきのよりちょっと強めだけど、ギムレットなんてどうだ?」

「どうだって言われても、わからない……それにするよ」

笹塚は店員さんを呼んで、ギムレットを注文してくれた。私は、ワクワクしながら待っていたのだが――

「あぁっ！　ここからじゃ、シャカシャカが見えない！」

カウンターのほうからシャカシャカ音が聞こえる。しかし、私たちが座っているテーブルの前には仕切りのような壁があるので、カウンターが見えないのだ。盲点《もうてん》だった！

「見たかったのに……失敗した！」

肩を落としていると、笹塚がクックッと喉で笑う。

「今度また連れてきてやるよ。次はカウンター席に座ろう。そうしたら見られるだろう?」

「……また連れてきてくれるの？」

「ああ、もちろん」

それから私は、店員さんが運んできてくれたギムレットをちびちび飲んだ。このお酒は、とてもヒヤッとした口当たりである。注射をする前、腕を消毒する脱脂綿《だっしめん》みたいな……そして、なんだか大人な味がした。とても素敵なものを飲んでいる気分になる。

淑女《しゅくじょ》になったつもりで店内を眺めてみると、さりげなくクリスマスツリーが置かれていることに気がついた。……もうそんな季節か。

「そういえば、そろそろクリスマスか」

どうやら笹塚も同じものを見ていたらしい。

「クリスマス、由里は何か予定があるのか？」

「リアルはないけど、ネットでならある」

即答すると、笹塚はがっくりと肩を落とす。……どうして？

「それは、ゲームの予定か？」

「そうだよ。二十四、二十五日限定のイベントがあるんだ。クリスマス限定モンスターが出てきてね、五匹倒したらサンタの帽子、十匹倒したらサンタの服、三十匹倒したら――」

「わかったわかった。じゃあ、そのイベント前の日曜は？」

「特にないけど」

「じゃあ、一緒に出かけよう。そうだ、街でイルミネーションやってるだろ？　あれを見に行こう。でかいクリスマスツリーもあるらしいし、ぶらぶらするだけで楽しいぞ」

え？　それはいわゆる、アレではないのか……。そう、デートというやつでは……いや、友達でもぶらぶら一緒に歩くか。あれ？　じゃあ私はなんでデートだと思ったのか……

「……」

「由里？」

「……あっ！　その、笹塚さんのほうこそ、クリスマスに予定ないの？　そ、そんなリア充イベント、女の人との約束が入っていそうなのに」

思考の袋小路《ふくろこうじ》に迷いこみそうだった私は、慌てて笹塚に尋ねる。すると彼は、『俺、めちゃくちゃ呆れてます。お前はアホですか？』みたいな表情を浮かべた。おお、今、奴の心が読めたぞ！　まったく嬉しくないけど。

笹塚はテーブルに片肘《かたひじ》をつき、軽く頭を抱えた。ついでに長いため息までつかれる。

「他に約束があったら、誘うわけねーだろ」

「そ、そうなの？　笹塚さんは女の人にモテるし、あちこちから声かけられていそうなのに」

「お前は、俺を一〇〇パーセント誤解してる。俺は普通なの。別にモテたこともない。わかったか？　俺は普通。はい、復唱」

「……俺は普通」

よし、と満足げに頷《うなず》いて、笹塚はグラスを呷《あお》る。つられるように、私もギムレットに口をつけた。……美味《おい》しいな、これ。でも頭がぼーっとする。体も熱くて、なんだか気持ちいい。

「っと、そろそろ九時半か。順番が逆になったが、夕飯でも食いにいくか。ラーメンでいいか？」

「うん、いいよ。あんまり濃いラーメンじゃなければ、どこでも」

「じゃあ、普通の醤油《しょうゆ》ラーメンでいいな」

私は「うん」と頷《うなず》き、ギムレットを飲み干す。そしてふらふらと立ち上がったのだけれど――

ぐにゃりと、地面が揺れた。いや、思っていたよりも足に力が入らなかったのだ。

傾《かたむ》いた体は、クッションのようなものにふわりと支えられる。

それは笹塚の体だった。まるで私を抱きかかえるように、腰と後頭部に手を添えている。

「大丈夫か？　足元がフラついているぞ」

「ごめんね。ちょっと、酔ったみたい」

座っている時は気づかなかったけど、結構酔っぱらっていたらしい。頭がぐらぐらして、視界もぼんやりする。急激に眠気のようなものが襲いかかってきて、笹塚の胸に頭を預けてしまった。

「うー、カクテルって結構強いんだね。ラーメン食べたらましになるかな……」

相変わらず彼からは、お洒落感《しゃれかん》満載のオーデコロンの香りがする。

その時、唐突に体が締めつけられた。私の頬は笹塚の胸に強く押し当てられる。息苦しくなって、私は顔を上げて息を吐いた。

「ん、笹塚さん、痛いよ。どうしたの……?」

笹塚は答えない。ただ、私のこめかみに柔らかいものがスッと当たった。

「由里……」

耳元で名前が囁《ささや》かれた。熱のこもった声に戸惑っていると、彼はゆっくりと力を抜き、私の肩に手を回して「行こうか」と促《うなが》してくる。

バーを出て、人通りの少ない夜の道を歩く。

笹塚は足取りのおぼつかない私を支えるように、ずっと肩を抱き寄せてくれていた。

誰かに寄りかかるのが心地よくて、その相手が笹塚だということを意識すると体が燃えるように熱くなって――それは酩酊《めいてい》の熱さとは明らかに異なったものだった。

第四章　リアルのキラメキ

――答えを示せ。我が腕は『叡智《えいち》の神』の依り代《よしろ》。指先よ、心想《しんそう》に従い我が問いを映し出さん！

そんな痛いセリフを唱えながら、私は死にそうな気分でノートパソコンに向かい、検索ワードを打ちこんだ。

「クリスマス……二十代……ファッション……」

困った時のネット検索。参考にならないものも多いが、中には的確なアドバイスもある。しかし……膨大《ぼうだい》な検索結果を前に、まったく関係ないサイトの記事まで読みふけってしまい、気がつけば時間だけが過ぎていく。

はー、とため息をついて、卓上カレンダーを見る。今日は、笹塚との約束の約一週間前だ。

……服とか、どうしよう。着飾ったほうがいいのでしょうか。別に、こ、ここ恋人でもないんだから、気合いを入れる必要はないんだろうけど、ほら一応クリスマスだし。街に行くんだし。周りの人たちが着飾ってる中、適当な格好をするわけにもいかないし。

ね？　ね？

って、私は誰に確認しているんだろう……。

別にいいじゃん、会社に行く時みたいな無難《ぶなん》な服で充分だよ。何、気合い入れちゃってんの？　ぶふー、と笑う私。その陰から、一応クリスマスなんだし、お洒落《しゃれ》したほうがいいんじゃないの？　ユー服買っちゃいなヨ！　と背中を押してくる私。

いやいや、改めて——一体私は、なぜこんな真剣に悩んでいるんだろう。

ブツブツ呟《つぶや》きながら、再びワードを変えて検索をかける。そして辿《たど》り着いた先のサイトで、つい『クリスマスデートでしてはいけないこと』という記事を読んでしまった。

『男にデートプランを任《まか》せっきりにしてはいけない』

……計画を彼氏に丸投げするのはいけないらしい。彼女も、それなりにプランを組んで提案することが大事なんだそうだ。へぇ～。いや、私たちは彼氏でも彼女でもないんだけどね。

『つい、過去のクリスマスデートの話をしてしまう』

訪れたデートスポットで、『ここって毎年ナニナニが綺麗だよね』とか『去年とツリーの飾りが違うね』など、過去のデートを匂わせる発言をするのは絶対だめらしい。

まぁ、そうだろうな。私はクリスマスにデートなんてしたことがない……というか、彼氏もできたことがないから関係ないけどね。

『プレゼントを喜ばない』

……喜ばない人なんているの？　世の中には、色んな人がいるんだなぁ。

いや、でもクリスマスプレゼントか。そういえば、クリスマスといえばプレゼントだ。すっかり忘れていた。

笹塚に何か渡したほうがいいかなぁ。一応、仲良くしてるわけだし、クリスマスだし。あとはプラン？　こればかりは、さっぱり思い浮かばない。でも、叡智《えいち》の神――もといネットの検索サイトで調べたら、たくさん出てくるだろう。

うん。改めて考えたら、なんだか楽しくなってきた。滅多《めった》にない機会だし、たまにはお洒落《しゃれ》してみようかな。

高校まではお洒落《しゃれ》にまったく興味がなかったけど、お嬢様を装《よそお》うようになってからは、色々と研究するようになった。今はそれなりに、着飾ることに楽しみを覚えている。

さっそく行動だ。明日の会社帰りに、駅の地下街に行くことにしよう！

そうして私は次の日に買い物へ出かけ、検索サイトで調べたコーディネート通り、ボアつきの白いニットワンピースと、シンプルなベージュのブーティ、安価で見つけたネックレスを購入して、来《きた》る日に備えるのだった。

◆　◇　◆

ぽかーんと口を開ける笹塚の顔など、はじめて見た。

今日は、彼との約束の日。

このあたりで一番栄《さか》えている繁華街の駅前で、私たちは待ち合わせをした。すでに駅前で待っていた笹塚に「おっすー」と声をかけて駆け寄った途端、奴はそんな顔をしたのである。

何かおかしい部分があるのだろうか。

髪は、普段より念入りにブローして軽くカールさせた。化粧はほぼいつも通りだけど、平日には使わないラメ入りのアイシャドウを入れている。先日購入したばかりのニットワンピに茶色のコート、ベージュのブーティ。うん、別におかしくないと思う。

「おーい、笹塚さん。どうしたの？」

「あ、いや。すまん……」

パッと目を逸《そ》らす笹塚。本当に、一体どうしたんだろう。

「……私、どこか変？」

「いや！　おかしくない。全然おかしくない。……そうだよな。クリスマスだもんな」

笹塚はブツブツと呟《つぶや》き、場をとりなすようにコホンと咳払いをする。

「じゃ、行くか」

「とりあえず昼飯かな。何か食いたいものはあるか？」

「うん。……って、どこに？」

「別になんでも……ハッ！」

慌てて口を押さえて言葉を止める。そうだ、先週読んだサイトに書いてあったではないか。彼氏任《まか》せはよくないと。笹塚は彼氏じゃないけど、ここはちゃんと提案を……そう、提案をせねば！

「肉！」

「……にく？」

「あっ、お、お肉料理、みたいなのが……いいなとか」

「お前、夜も肉の予定で……いや、まぁいいか。うーん、そうだな。そういえば高畠が、このあたりに美味《うま》いハンバーグの店があるとか言ってたな」

スマートフォンを取り出し検索をはじめた笹塚は、やがて「よし」と頷《うなず》く。

「店の場所がわかった。行こうか」

そう言うと、笹塚は私の背中に腕を回して肩に手を置く。そのまま誘導するように歩き出し、私は挙動不審《きょどうふしん》にカクカクしながら足を動かした。

……笹塚のスキンシップには、なかなか慣れない。妙にドキドキしてしまうし、体も熱くなってしまうし、何を興奮しているのか息苦しくなる。

……でも、そういえば。

私は、笹塚の長い脚を見る。いつからだろう。笹塚が、私の歩幅に合わせて歩くようになったのは――

高畠さんイチオシのハンバーグランチプレートはとても美味《おい》しかった。きっと情報源は女子社員の誰かであろう。笹塚はライスをおかわりしていた。

レストランを後にして、私の肩に手を添えながらすたすた歩く笹塚についていく。もしや本日は、ずっとこのスタイルで歩くのだろうか。そろそろツッコむべき？　しかし、なんて言えばいいのだろう。

どうやら笹塚には目的地があるらしく、まっすぐ百貨店へ入っていった。

目指すは六階のようだ。乗りこんだエレベーターには、たくさんの人が乗っていた。揃《そろ》いも揃《そろ》ってカップルばかりである。狭い密室なのをいいことに、野郎どもが恋人の腰などを引き寄せている。すごいな、このエレベーターの雰囲気は完全にピンク色だ！

でも皆、幸せそうな顔をしている。見つめ合い、ふふっと笑い合い、はっきり言ってラブラブだ。こんな空間、間違ってもひとり身では入れない。壁を殴《なぐ》るどころじゃ済まないだろう。

でも、端《はた》から見たら私と笹塚も恋人同士に見えるのだろうか……って！　私は今、何スマスリクがすさ。だのるあがり入出の人、にとご階一せ何。い長がでま階六……!?たえ考をを考えた!?

……六階までが長い。何せ一階ごとに、人の出入りがあるのだ。さすがクリスマスシーズン。百貨店からしたら稼ぎ時だものね。

四階に到着し、数人が出ていって大量のカップルが入ってくる。あっ、これは、無理だ。重量オーバーのブザーは鳴らないものの、明らかに人数オーバーだ。ぎゅうぎゅうと押しつけられて呻《うめ》き声が出そうになった瞬間、グイッと肩を掴まれた。頬に、硬くて平べったいものが当たる。

……え？

それは、笹塚の胸だった。満員のエレベーター内で、私は奴に抱き寄せられているような体勢になる。

や、やばい、どうしよう。だ、誰か状況の説明を！　うわぁ、笹塚いい匂いする。じゃなくて、違う違う。問題は、なぜこんなことになっているのかということで……早く六階に着いて！　はやくー!!

目がぐるぐる回り、酸欠になりそうになったところで、ようやく六階に到着した。

な、長かった。一階から六階へ行くだけなのに、呼吸困難で倒れるかと思った……よろよろしている私の体を支えつつ、笹塚は「どうした？」と聞いてくる。

——え、それはフラグ？

笹塚さん、さっきどうして私のことを抱き寄せたの……とかもじもじ言ったら立っちゃう、アレ？　いやいや、ないない。きっと混雑していたから、人の波からかばってくれただけ。他意なんてない。ないったらない！　流せ！　流すんだ、羽坂由里！　必殺スルーイング！

「なんでも……」

「そうか。しかし、さすがクリスマスだな。人多すぎだろ、これ」

「そうだね……」

「買い物したら、すぐ出よう。後でお茶でもしような」

「わかった……」

よろよろな上に、ふらふらする。私は謎の動悸《どうき》を抑えるのに必死で、四文字以上の受け答えができなかった。

六階はフロア全体がスポーツ用品の専門店になっているらしい。笹塚には目的のお店があるようで、迷うことなく歩いていく。やがて彼は、ウィンタースポーツの用品店で足を止めた。

ようやく動悸《どうき》が治まった私は、あたりを見回す。スノーウェアにスキー板、スノーボード、他にもソリとかゴーグルとか色々ある。

「何か買いたいものでもあるの？」

「ああ。由里のスノーボードをな」

……は？

「な、なぜ!?」

「クリスマスプレゼントだ」

「プ、プレゼント!?　いや、そんなのもらっても困るし、そもそもなんでスノーボードなの!?」

クリスマスデートでやってはいけないこと──『プレゼントを喜ばない』。一瞬頭によぎったが、さすがにこれは喜べないだろう！　私はスポーツと呼ばれるものすべてが満遍《まんべん》なく苦手……いや、嫌いなのだ。

スノーボードをもらったところで、確実に持て余す。クローゼットの肥《こ》やしもいいところだ。そもそも、クローゼットに入るのか。絶対に困る。

なのに、笹塚は人の悪い笑みを浮かべて口を開いた。

「お前は、人がいい上に小心者だからな。プレゼントとしてボードを渡せば、絶対に使ってくれるだろう？　まずは、今度会社の連中と行くスノボで使うのはどうだ？」

「なっ……！」

それは以前、女子社員の皆さんがきゃっきゃと話題に出していたあのイベント？　結局答えを出さないまま年末になり、今さら誘われることもないだろうしなーとか思っていたのに……笹塚は私を誘う気なのか！

「待って。私、スノボなんてやったことない！　断言するけど絶対できない！　もらったところで滑《すべ》れない！　言っておくけど、私の運動神経のなさはすごいんだから。プールで泳げば沈む、ボールを投げたら見当違いの場所に飛ぶ、五十メートル走は十秒をぶっちぎりで超える！　わかった⁉　私はスポーツが嫌いなの！」

「大丈夫だって、俺が教えるから」

「教えてもらっても、絶対滑《すべ》れない！　大体、人がいい上に小心者とか……なんの根拠があってそんなこと言うんだ！」

「だってお前、フットサルには弁当持ってきてくれるし、誘われるとなんだかんだで断れないじゃん。だからボードをプレゼントしてスノボに誘えば、絶対来るだろ。人の厚意を無下《むげ》にできない女だからな」

な……ほ、褒《ほ》められているのか、そうじゃないのか……

「と、とにかく行かない！　絶対にスノボなんて行くもんか！」

「はいはい。ボードはこれでいいな。初心者用で、余計な構造もないやつだ。板も柔らかくて練習がしやすい。それからスノーウェアも一式買おうな。どうせ持ってねえんだろ」

「も……持ってるわけないでしょ……っていうか、絶対に行かないから！　こ、これは善意の忠告なんだよ！　無駄なものにお金を使うなって言ってるの！　いや、本当に使わないで。ボーナス出たからって、そんなものに使わないで！　やめてー！」

「はっはっはっ、なるほど。こっちが金を使いまくると、お前は気を使って行かざるを得なくなるんだな。わかりやすい小物っぷりだなぁ。よーし、すげぇいいヤツ買ってやるからなー」

　やめてくれー!!

　しかし、どんなに私が喚《わめ》いても拒否しても、奴はサクサクと商品を選び、ニコニコする店員に渡していく。ボードにウェア一式だとかさばりすぎるため、後日、私のアパートに配送することになった。そこで「住所」と言われたのだが、私はプイッとそっぽを向く。絶対教えてなるものか。

「住所」

「……」

「住所」

「……い、いらないもん、教える必要はない」

「住所」

「ほ、本当に使わないし、行かないから。大体、なんで寒い日にわざわざ寒いとこ行って――」

「住所」

…………

私は笹塚からボールペンを受け取り、送り状にカリカリと住所を書く。

小物！　私の小物！　小心者！　お前の心臓はノミ並みだ！　そして笹塚の心臓は鋼《こう》鉄《てつ》並みだ！

買い物を終えた私たちは、百貨店を出てカフェに向かった。

カウンターでコーヒーとキャラメルラテを頼み、空《あ》いている席に座る。笹塚はさっそくコーヒーを飲みはじめ、私はキャラメルラテをスプーンでかきまぜつつ、意を決して顔を上げた。そして――

「あっ……あの、プ、プレゼント、ありがとう」

――大笑いされた。

く、くそぅ！　やっぱり言うんじゃなかった。一応買ってもらったんだし、お礼は言わなければと思ったんだけど、やめとけばよかった！

不貞腐《ふてくさ》れてラテを飲んでいると、たっぷり笑った笹塚は疲れたようにため息をつき、口を開く。

「由里は本当に面白い奴だなぁ」

「あぁ、そうですか……」

「あんなにごねてたのに礼を言うとか、マジで小心者っつうか、可愛いというか」

「うるさいな。意地悪な笹塚さんには、これでもくれてやる！」

私はバッグから包装された箱を取り出し、ペシッとテーブルに置く。笹塚はそれを見て目を丸くした。

「もしかして俺に？」

「そうだよ。……クリスマスプレゼント」

笹塚はおかしそうに笑って、テーブルに置かれた箱を手に取り、包装を剥《は》がしていく。

さっきのボードやウェアに比べたらかなり安いが、それでも私にしたら太《ふと》っ腹《ぱら》なほうだ。

「……これ、ゲーム機とソフトか？」

「うん。私、こういうのしか思いつかなくて。本当はもっとお洒落《しゃれ》なものとかがいいのかなーと思ったけど、検索サイトは私に答えを示してくださらなかった」

検索したとも。しまくったさ。

まずは、腕時計などの貴金属。でも趣味が合わなかったら意味がない。自分のセンスがいいのか悪いのかもわからず、これは却下。同様に、指輪やネックレスなどの宝飾品も諦《あきら》めた。

次に財布……って、そんなものもらって嬉しいのかな？　さほど買いかえるものでもないだろうし、時折見る彼の財布は、革張りのぴかぴかしたもので傷《いた》んでいる様子もない。

意外なプレゼントで、ボクサーパンツという検索結果もあった。しかし一秒で却下した。

こうして悩みに悩んだ結果、思いつくものはやはりゲームしかなかったのである。

笹塚にプレゼントしたのは、携帯ゲーム機とアクションゲームのソフトだ。

「あ、このゲーム知ってるぞ。芸能人もやってるらしいな」

「有名どころだからね」

笹塚にあげたゲームは、自分用にも同じものを買った。通信機能で一緒に遊べるし、面白そうだったのだ。

「オンラインゲームもいいけど、携帯ゲーム機で遊ぶのも楽しいよ。だから、一緒にやろ？　ウチとかでさ」

そう言うと、笹塚は今日の待ち合わせの時と同じように、ポカーンとした表情を浮かべた。

「……え、と。うち？」

「うん。だって、ウチじゃないとゆっくり遊べないでしょ」

「あ、そう、だよな。ははは」

どこか困ったように笑う笹塚。あれ、あまり嬉しくなかったのかな？

一瞬不安になったけれど、笹塚はすぐに優しい笑みを浮かべる。

「ま、さっそく家で遊んでみるよ。ありがとうな」

「よかった。人気があるだけ面白いから、是非やってみてね」

へへ、と笑ってキャラメルラテを一口飲む。私もお正月休みに、ちょっと練習しておこう。このゲームの前作はやっているけど、新作では操作方法が変わることもあるしね。


しばらくお茶と会話を楽しんで、クリスマスカラーに彩《いろど》られた街を歩く。どこからともなく流れてくるのは、やっぱりクリスマスソング。有名な洋楽だ。

日本人はホントにクリスマスが好きだな。最近はハロウィンやイースターなどといった外国のお祭りも少しずつ浸透しているが、やはりクリスマスの盛り上がりに比べたらまだまだだろう。

夕食は、いつかのバーを思わせる、お洒落《しゃれ》なお店に連れていってくれた。外観は普通の一軒家で、レストランのようには見えない。でも看板はあって、ドアを開けると美味《おい》しそうな香りが漂《ただよ》ってきた。鉄板焼きのお店で、目の前でコックさんがお肉や野菜を焼いてくれるという。

どうして笹塚は、腹が立つほどセンスのいい、お洒落《しゃれ》な店を知っているのだろう。リア充のネットワークみたいなものがあるのだろうか。

でも笹塚曰《いわ》く、彼は『普通』らしいし、私が思うほどモテないのかもしれない。……まぁそのほうがいいけど。

……あれ？　どうしてそのほうがいいんだろう……

また思考の袋小路《ふくろこうじ》に迷いこみそうになったところで、コックさんの調理していたお肉がちょうど焼き上がった。グッドタイミング！　にんにくとお肉の香《こう》ばしい香りに、悩みも吹っ飛んだ。

柔らかいお肉に、舌鼓《したつづみ》を打つ。笹塚は、やっぱりライスのおかわりをしていた。

お店を出ると、あたりはすっかり真っ暗だ。しかし細い石畳の裏通りを歩いて大通りに出た瞬間、光の洪水が目に飛びこんでくる。イルミネーションが街を彩《いろど》り、美しくきらきらと光っていた。

「わあ、すごい！　街路樹が全部光ってる」

「綺麗だな。ツリーは、この先のファッションビル前にあるみたいだ。そこまで行こう」

てくてく歩く私たちの周りは、笑っちゃうくらいカップルだらけだった。もしかしたら、私たちもそう見られているのかもしれない。つまり、恋人同士に――

……なんだか無性に謝りたくなる。何にだろうか？　ネットの匿名《とくめい》掲示板で、クリスマス爆発しろスレに張りつく住人だろうか。それとも、今もオンラインゲームで頑張っているプレイヤーたち？　あるいは、クリスマスに外出なんてしないと決めていた去年までの私自身に？　それとも――

その時、頭をよぎったのは水沢の姿だった。

私は、とてつもない罪悪感に捕らわれる。そういえば彼女は、この日をどう過ごしているのだろう。笹塚を誘ったのだろうか。そうだとしたら、笹塚はなんて返したのだろう。

――私は、彼女に邪魔しないって言った。でも、今この瞬間、私はまさに彼女を裏切っているのではないだろうか。

違う、これはデートじゃない。私たちは付き合っていない。恋人でもない。友達でもクリスマスプレゼントの交換くらいする。……そうでしょう？　そうだよ、前提がなければ、私と笹塚はあくまで仲のいい友達のはず。前提、それは笹塚のことが好きかということ。私は笹塚のことなんて――好き、じゃ……

「ついた」

笹塚の声にハッとして、私は足を止める。彼が見上げているほうへ目を向けると、そこにはとても大きなクリスマスツリーがあった。色とりどりの電飾に彩《いろど》られ、あたりの建物も一緒にチカチカと光っている。

……綺麗。

「壮観だなー」

「そうだね」

私よりも、ずっとずっと背の高いクリスマスツリー。電飾だけでなく、ツリー自体も金や青、白、赤——様々な色に変わっていく。

私たちと同じようにツリーを見上げる、恋人たち。彼らはきっと、私が今まで心の中で散々恨《うら》み、悪態《あくたい》をつき……どこかで見下してきた『普通』の人たちだ。

でも、今だったらわかる。

高校時代、イジメられたことは今でも許せない。ただ、一方で私も協調性がなかったし、とても視野が狭く、限られた話題にしか対応できなかった。小さな世界に閉じこもっていた。

……それはきっと、今も同じ。

だけど私は今、周りの人と同じようにツリーを眺めている。その姿は、他人から見たらきっと『普通』。クリスマスを楽しんでいる、大勢の中の一人なのだろう。

……私は、特別じゃない。他人から見たら私もまた普通だったのだ。ゲームやアニメが好きというだけの、平凡な、ただの『普通の人』。

そんな当たり前のことに気づかせてくれたのは、誰？

「どうした？　ぼーっとして」

優しく目を細めて、私を見つめる笹塚。……その眼差《まなざ》しが訴える感情は、わからない。

「……なんで笹塚さんは、私にフットサルを見に来いって誘ってくれたの？　虹《にじ》が出てることを教えてくれたり、綺麗なツリーを見に行こうって誘ってくれたり……どうして？」

そう尋ねると、笹塚の口角がふっと上がった。

「由里曰《いわ》く、俺はリア充らしいからな。だからリアルもいいもんだぞって教えたかったのかもしれない。パソコンのモニターの外にも、綺麗なものや感動するものはあるって。楽しいことや嬉しいこともな」

笹塚の企《たくら》みは大成功だ。私は事実、この景色を綺麗だと思って感動している。

だけどそれ以上に――目の前の笹塚の笑みが、目を細めた時の顔が、彼の姿そのものが、私の体を熱くする。

……笹塚浩太。

フットサルの時には真剣な表情で汗を飛ばし、ボールを追いかけている。ただのおにぎりと出来損ないのおかずでも、美味《おい》しそうに食べてくれる。会社ではキリッとした表情で指示を飛ばすのに、二人でいる時は穏やかな表情になる。会社帰りに夕飯を食べる時、ネクタイに指を入れて緩めるその仕草が格好いい。

もっと、もっと見たい。色んな笹塚を見たい。

笹塚が笑うと胸がドキドキして、体がぐんぐんと熱くなっていく。

こんな気持ちは、はじめてだ。自分はどうしてしまったのだろう。さっぱり答えがわからない。

……それも、仕方ないか。何せ私は、今まで人と深く付き合おうとせず、殻《から》に閉じこもっていたのだから。勝手に相手の内面を決めつけて落胆《らくたん》し、人と真面目に付き合ってこなかった私。他人の気持ちはもちろん、自分の気持ちさえもわからなくなる時がある。

今この時、はっきりと自覚した。――私は救いようがないほど鈍感なのだと。

◆◇◆

短いお正月休みが終わって、今年もまた安月給のために働く日々がはじまった。

そして一月某日の、連休――私は白いゲレンデで立ち尽くしていた。

小物で小心者な私は、結局、笹塚が買ってくれたスノボ用品一式から目を背けることができず、会社の人たちとのスノボ旅行を了承してしまったのだ。

どう考えても無謀である。私の運動オンチっぷりは、本当に酷《ひど》いのだ。教えてもらってどうにかなる問題には思えない。

……まぁ、ちょっとやってみて、やっぱり無理だと思ったら麓《ふもと》でコーヒーでも飲んで待っていよう。笹塚もきっと、その頃には考えを改めているに違いない——無理なものは無理なのだと。

それではまず……スノボの基本、ブーツの履《は》き方から！

そこからかよ！　と言うなかれ。本当に私は初心者なのである。

ゲレンデに来るのは、中学時代のスキー合宿以来だ。あの時はよくわからないうちにブーツやスキー板を取りつけられていた。そして歩く練習をしてみたら、板が雪に埋まってズッコケて、ちょっと滑《すべ》る練習をして、あれよあれよとリフトに乗せられた私。辿《たど》り着いた山頂で「さぁ、ここから滑《すべ》ってみなさい」と先生に無茶振りされ、無理ですと泣きついて終了したのだった。

思わず遠い目をしていると、スノーボードを弄《いじ》っていた笹塚が私を見下ろす。

「履《は》き終わったか？　じゃあ、ソコで練習するぞ」

「はい、せんせい……」

ああ、不安だ。しかもなんで笹塚の生徒は、私一人なんだ。……とその時、水沢の楽しそうな声が聞こえてきた。

「笹塚さ～ん。嫌になったら、いつでもリフトに乗ってこっちに来てくださいね。待ってますからぁ！」

「ああ、行ってらっしゃい」

「ちょ、ちょっと待ってくださいっ！　嫌になったらってどういう意味ですかっ！」

履《は》き慣れないブーツでよたよたと水沢に近づくと、彼女は人の悪そうな笑みを向けてきた。

「ドシロウトにスノボを教えるのって、すっごいストレスなんですよ～？　スポーツが大の苦手だと自称する羽坂さん相手じゃ、笹塚さん苦労するだろうなぁ～って。ま、そんな時はスカッと滑《すべ》りに来てくださいって意味です」

「なっ……！」

「さっ！　行きましょ、園部さん。笹塚さんも早く来てくださいね～！」

うふふふ～と笑った水沢は、私を完全に馬鹿にした目で見た後、リフトのほうに行ってしまった。くっ……水沢も去年、はじめてだったんじゃ……ってもしかして、アレは嘘なの？　スノボ経験者だけど、わざと初心者のフリして笹塚に教えてもらってたとか？　うわぁ、なんて策士だ。恐ろしい女……！

「俺たちも行くぞ。って、俺たちはすぐソコだけどな。まずは基本を教えてやるから」

「はい……」

水沢と違って本当に運動オンチな私は、がっくりと肩を落とす。

そして――

……辛い。簡単な動作も、慣れない格好とブーツでは思うようにいかない。脳からは「こうしろって言ってるだろ、さっさとしろよ。まともに動かすこともできねえなんて、本当に能なしだな！」という檄《げき》が飛んでくる。一方、脚からは「てめえ頭ごなしに命令ばっかかしてんじゃねえよ！　現場も知らねえインテリが！」という文句が返ってくる。

私は笹塚に言われたように、なんとかバフッと雪に向かって倒れた。……雪、冷たい。このまま埋もれてしまいたい。

「そうそう、そんな感じ。こける時は正面から体ごと行くか、尻餅《しりもち》をつくようにな。こけることを怖がらないのが大事だ」

「……はぁい」

雪の中からもごもごと返事をする。

転び方、ボードに乗っている時のポーズの取り方を、真っ平らな雪の上で練習する私。正直なところ、恥ずかしい。いや、周りに人はいないんですけどね。しかし笹塚は、仕事の時と同様、真面目な表情で教えてくれる。だからこっちも文句が言えない。

その後、ようやくボードを使った練習に進んだものの――

「わっ、わっ、滑《すべ》るんですけど、これ！」

「そりゃ、滑《すべ》るだろ。そういう乗り物なんだから。ほら、よろよろしない。ポーズ思い出して」

「うっ……と、あっ！」

どすん、と尻餅《しりもち》をつく。ボードを片足に固定して滑《すべ》る練習をしているのだが、全然うまくいかない。とにかく滑《すべ》るという行為が怖いのだ。そして怖いと思うと、体がよろよろして腰が引ける。

運動オンチなりに、笹塚の教えに応《こた》えたい。応《こた》えたいが、これは無理！

ふと、遠くの斜面を爽《さわ》やかに滑《すべ》っていく若者たちに目を向けた。実に気持ちよさそうだ。

羨《うらや》ましくなって眺めていると、笹塚がしゃがみこみ、私の頭にぽふっと手を置いた。

「ま、練習だ。うまくいけば、昼にはリフトに乗って滑《すべ》れるよ」

「……そんな気は一向にしない」

「大丈夫。やってりゃ体が覚えるから」

……生まれながらスポーツのセンスがある人間なら、体も覚えてくださるだろう。けれど運動オンチな私の体に、そんなに素晴らしい機能がついているとは思えない。

うぅ、こういう苦手なことをやっていると、どんどん卑屈《ひくつ》になっていくなぁ。

「はい、もう一回スケーティングをやってみて。ボードを固定してる足で片足立ちする状態を覚えて、そのまま反対の足で蹴る。スケートしてる感じだ」

「スケートしたことがないんで、わかりません」

ブツブツ悪態《あくたい》をつきながら片足立ちをして、反対の足で雪面を蹴る。しゅーっと滑《すべ》って……よたよた、ボードに両足を乗せて…………ふらふらだな、私。

「お、コケなかったな。上手い上手い」

優しい笑みを浮かべる笹塚に、顔が熱くなるのを感じて思わず俯《うつむ》く。

「…………」

べ、別に褒《ほ》められたのが嬉しかったわけではない！

――その後、午前中はずっと麓《ふもと》で基本の練習をした。お昼にはうどんを食べて、午後は少し傾斜のあるところで止まる練習。

滑《すべ》っては止まるを何度も繰り返し、筋肉痛で脚がガクガクしてきたところで、笹塚に無茶振りされた。「そろそろリフトに乗ってみるか」と言い出したのだ。……必死に泣きつき、今日は勘弁してもらったのだった。

怒涛《どとう》のスノボ教室が終わり、私たちは宿泊先のホテルに帰ってきた。

笹塚は私に付き合いっぱなしで、一度も皆のように滑《すべ》っていない。本当に、申し訳ない気持ちでいっぱいである。彼は何しにスキー場まで来て、なんのためにリフト料金を払ったのか。……一〇〇パーセント私にボードを教えるためじゃないか。ああ、やっぱり来るんじゃなかった。ヘコむ。

今日のことを謝ると、笹塚は「ナイターで滑《すべ》る予定だし、明日は一緒に滑《すべ》ろう」と言ってくれた。なんていい奴なんだろう。ハイスペック・リア充野郎とか、定時間際に仕事を持ってくるなハゲとか、もう思いません、ごめんなさい。考えを改めます。

ホテルの夕食はしゃぶしゃぶで、食べ放題だった。大食漢《たいしょくかん》の笹塚、本領発揮の瞬間である。

私も肉は大好きなので、楽しくしゃぶしゃぶしてお肉をたくさんいただいた。もちろん、笹塚はライスをおかわりしていた。

そして、一番楽しみだった温泉に向かった私。

極楽だ。癒《いや》される。楽園はここにあったのだ……

露天風呂は、とろけるくらい気持ちがよかった。寒いのは嫌いだけど、寒い時期に入る温泉は最高だ。

時々入ってくる会社の人たちと話をしつつ、脚をマッサージしながら長湯する。私が住んでいるアパートはユニットバスなので、こうやってゆっくりと湯船につかる機会があまりないのだ。こんな時こそしっかり堪能《たんのう》せねば！　ホテル代も払っているのだし。

空を見れば、星がきらきら光っている。冬は夏より星が綺麗に見える。月も浮かんでいて、風流かな。

……そういえば、こうやってのんびり温泉に浸かって星を見るなんて、どれくらいぶりなんだろう。去年の社員旅行以来だろうか？

一人で旅行なんてしたことないし、一緒に行くような友達もいない。

でも、旅行はいいものだったんだなぁ。のんびり好きな場所に行って、色んなものを見てまわるのも悪くない。

……少し前までは、そんなこと、考えもしなかった。どこかに行くくらいなら、家でずっとゲームをしていたいと思っていた。

その変化に、自分でも驚く。

星が綺麗といえば北海道かな。冬のボーナスも少しだけど出たし、思い切って行ってみるのも悪くない。写真をたくさん撮って、悠真君に見せたりもしたい。もしかしたら興味を持って、彼も旅行に行きたいと言うかもしれない。

……笹塚は、写真を見て喜ぶかな？　それより、俺も行きたいとか言いそうだな。アクティブな人だから。そうすると二人旅か？　うーん、さすがにそういうのは、笹塚も恋人と行くだろうな。

恋人――それは、誰だろう。そのうち水沢が彼女になってしまうのかな。そうしたら、今のような関係は終わりにしないといけない。水沢も、彼氏の近くに私がいては、気分が悪いだろう。

　小さなため息を一つ。

……嫌だな。笹塚との関係が終わるのは、嫌だ。

かといって、あの二人が付き合ったとしたら、自分は間違いなく邪魔になる。水沢を嫌な気分にさせたくないし、それなら身を引くべきだと思う。

……だけど。

湯船に深く沈むと、ちゃぷんと音がした。

　笹塚だけじゃなく、水沢に対しても、私は気持ちを持て余している。あんなに嫌な奴だと、憎《にく》たらしい奴だと思っていたのに……というか今も思っているのに、傷つけたくないのだ。嫌われたくない。いや、嫌われてはいるんだろうけど、そういうことじゃなくて。

……もしかして、憎《にく》まれたく、ない？

どうしてそんな気持ちを彼女に抱いているのか。

自分の感情の攻略本があればいいのに。全部答えが書いてあれば、その感情に合わせて行動できるし、考えることもできる。

最近は、一人になると、こうやって悶々《もんもん》としてばかりだ。本当に私は、どうしてしまったんだろう。

若干《じゃっかん》のぼせた状態で、ふらふらと一階のロビーへ向かう。悩みすぎて長湯してしまった。ロビーの自販機コーナーで水でも買おう。

エレベーターに乗って、自販機コーナーに近づく。すると、かすかに話し声が聞こえてきた。

思わず足を止める。いや、足が竦《すく》んで動けなくなってしまったのだ。なぜなら――

「……ずっと前から、笹塚さんのことが好きなんです。だから付き合ってください」

――水沢と笹塚が、自販機の前に立っていた。

ドクンと鈍《にぶ》く鳴る、心臓の音。こんなに不規則に刻まれる自分の鼓動《こどう》を、はじめて聞いた。

指が震える。唇が震える。

行かなくちゃ。私はここにいてはいけない。二人に気づかれないよう、可及的速《かきゅうてきすみ》やかに立ち去らねばならない。エレベーターに乗るのは得策じゃない。エレベーターを待っている間に、二人が来てしまうかもしれない。だから、階段で十一階まで――筋肉痛にのたうちまわるのは必至だけれど、今は脚を動かさなくちゃ。静かに、音を立てずに……早く！　このままじゃ、会話が聞こえてしまう！

「俺は——」

どうして夜中のホテルはこんなに静かなんだろう。聞きたくないのに、二人の小さな話し声がしっかり聞こえてくる。

体がブルブル震えて動かない。膝がガクガクしている。

早く、ここから立ち去らなくちゃいけないのに！

「——好きな人がいるんだ。だからごめん。水沢とは付き合えない」

その時、かちんと空気が凍った気がした。しかし、凍ったのは空気じゃない。……私だ。

笹塚に好きな人がいる。だから水沢とは付き合えない。それはつまり、どういうこと？　笹塚が誰かに片思いしているということ？

私が硬直している間に、二人の話は続く。

「私のほうが、あの子より笹塚さんのことを思っています。それでも、ダメですか？」

「……俺は、あいつのどうしようもないところが好きなんだ。不器用で、意地っ張りで、呆れるほど鈍《にぶ》いところが……悪いな」

「謝らないでください。……私こそ、ありがとうございます。ちゃんと、答えてくれて」

水沢は、笹塚の思い人を知っているらしい。そして、笹塚もそのことをわかった上で話していたようだ。やがて二人は、自販機の前で別れた。笹塚は滑《すべ》りに行くのか、ホテルの出口へ向かう。そして水沢は――

「あっ」

「……羽坂。あんた、最悪のタイミングね」

自販機の裏にいた私に、水沢が気づく。彼女は呆れたような顔をして腰に手を当てると、ため息をついた。

「まぁ、こんなところで告白した私が悪いのか。今しかないって思ったから、後悔してないけどね」

「……その、ごめんなさい。すぐ立ち去ろうと思ったんだけど、足が竦《すく》んで」

「別にいいよ。結果はわかってたもの。ケジメをつけるために告白したようなものだし」

水沢が諦《あきら》め顔で微笑む。

結果はわかっていた？　笹塚に、好きな人がいるのだと知っていたのだろうか？　それでも水沢が告白したのは……自分の思いにケジメをつけるため。

「……すごいな、水沢は。振られるとわかっていても告白できるなんて、私にはできないよ」

思わず呟《つぶや》くと、水沢は少し驚いたように目を丸くした。そして「何言ってるのよ」と気の強い笑みを浮かべる。

「笹塚さんは穴場で狙い目だと思ったけど、あれだけいい男でひとり身なら、相手がいてもおかしくないもの。覚悟はしてたし、いい加減、私も自分の気持ちに決着をつけたかったんだよね」

水沢は泣くこともなく、さっぱりしている。それは、勇気を出して告白してよかったという笑顔だ。……彼女はすごい。私にはないものを持っている。

そういえば水沢は、笹塚と私がギクシャクした時にも、さりげなく発破《はっぱ》をかけてくれた。彼女はそういう人なのだ。決して卑怯《ひきょう》なことはしない。――お弁当には、私と同じく惣菜《そうざい》を詰めていたけれど。

格好いいな――私がぼんやり水沢を見つめていると、彼女は私の肩をポンと叩いた。

「そういうわけで、私は一抜け。あんたはそろそろ、真面目に気張りなさいよ」

そんな不思議な言葉を口にして、水沢はこの場を後にした。

ぺたんぺたん――安っぽいスリッパの音を響かせて、廊下を歩く。

笹塚に好きな人がいる。それは水沢じゃない。じゃあ一体誰だろう……そんな疑問が頭をよぎるけど、今はそれについて考えるどころではなかった。

「いたい」

足が痛い……それは、筋肉痛によるものだろう。

だけど、なぜか頭も痛い。指がぴりぴり痺《しび》れて、くらくらする。

「いたい。どうして……？」

体の中心がしくしくと痛む。私は胸元をぐっと掴んだ。着ていた浴衣《ゆかた》に皺《しわ》が寄る。

「ここ、が……いたい……」

それは、心のある場所。筋肉痛が酷《ひど》すぎて、私の体はおかしくなってしまったのだろうか。温泉で随分筋肉がほぐれたはずなのに。疲れた体に、長湯は毒だったのだろうか。

いや、違う。そうじゃない。笹塚の、あの言葉を聞いてから、ズキズキと痛むんだ。

頭がグラグラしてまともに歩けないんだ。

——好きな人がいるんだ。

低く囁《ささや》くような声。あの声を聞くといつもドキドキしていたのに、今日は違う。ただ、心がしくしくと痛い。

痛すぎて、涙まで出てきた。ぽろりと頬を伝って、首筋に流れていく。

笹塚に好きな人がいると知って、ショックを受けた。

ただ、相手が水沢じゃなかったことにホッとして、でもどこか、そのことにも心を痛めている私がいる。

——そうか。やっとわかった。私は馬鹿で鈍感で、それはもう酷《ひど》いくらいに鈍《にぶ》いから、こんなに時間がかかってしまったけれど……

「好き、なんだ」

笹塚が好きなんだ。そして同時に、水沢のことも好きになっていたんだ。

前者は異性として、後者は友人として。

だから笹塚と水沢が付き合って、身を引くのが嫌だった。けれど、水沢が振られて傷つくのを見るのも嫌だった。矛盾した気持ちには、しっかりと答えがあったんだ。その答えは、自分でも嫌になるくらい自分本位で、身勝手なものだけど……

それにしても、笹塚に好きな人がいると知った後、ようやく自分の気持ちに気付くなんて、私は超弩級《どきゅう》の馬鹿モノだな。

告白する前に振られてしまった。……告白する度胸が私にあったのかはわからないけど。

私は力なく部屋に戻り、もそもそと布団に潜《もぐ》りこんだ。私には、もう寝ることしか選択肢がなかったのだ。

第五章　傷つく勇気

失恋のスキー旅行が終わり、日常が戻ってきた。

私はいつも通りの業務を終え、とぼとぼと帰路につく。アパートのドアをのろのろ開け、鍵を締めてワンルームの部屋に入った。

……相変わらずごちゃごちゃした部屋だなぁ。今度の休みに、ちょっとは片づけよう。収納しきれなくなったゲームソフトがあっちこっちで山になっているし、ゲームの攻略本も散乱している。

よくきしむベッドの横には、こたつがある。その上には、閉じられたノートパソコン。私はため息を一つついて、所定の位置……こたつにおさまって背を丸めた。電源をカチリと入れて、またため息を一つ。

……お腹《なか》、すいたな。でも食べるのが面倒くさい。

冷蔵庫に何かあったかな。賞味期限の怪《あや》しいキムチがあった気がする。それとご飯と……。あぁ、ご飯を炊かなくちゃ、でも面倒くさい。姉ちゃんには「毎日米を食べなさい」って言われてるけど、今日はいいや。キムチをアテに発泡酒で行こう。発泡酒はいい。安くてお腹《なか》が膨《ふく》れる。

よろよろと四つんばいで冷蔵庫まで移動し、八十八円の発泡酒と、食べかけのキムチを取り出した。ぱかりとフタを開けると、独特の匂いがする。部屋がキムチ臭くなるけど、まぁ誰が来るわけでもない。私はこたつに戻って、もそもそと食べた発泡酒を飲みながらノートパソコンを開く。電源を入れて、デスクトップ画面を眺めた。

大好きなアニメキャラクターが、ポーズを決めてこちらを向いている。左端にはアイコンが並んでいて、その中にはオンラインゲーム『ヘイムダルサーガ』にログインするアイコンもある。

……頭の中で様々なことを考える。

どうやったら笹塚と元の関係……つまり、仕事上だけの付き合いに戻れるのだろう。考えるべきはそれだけだ。水沢はきちんと決着をつけたのだから、今度は私の番だ。

要は、私なりに終止符を打って笹塚と離れなければいけない。

でないと、心がもたない。こんな気持ちのまま笹塚と時間を過ごしていたら、いずれ私は打撃を受けることになるだろう。……笹塚に『彼女ができたんだ』なんて報告された日には、絶対絶対泣いてしまう。それだけは避けたい。

笹塚との楽しかった時間、ずっと続いてほしいと思っていた時間。それを私なりの方法で終わらせるには、私の心を納得させるには――

……結局のところ、方法は一つしか思い浮かばなかった。

何せ、私と笹塚を繋ぐものはソレしかないのだ。

私はゲームにログインし、コッコちゃんにメッセージを送った。するとすぐに返事があり、私たちは飛行船に乗って、大きな山脈の麓《ふもと》に向かった。ここから山登りをするのだ。

――見せたいところがある。

そう言って、私は笹塚が操《あやつ》るコッコちゃんを引き連れ山のフィールドに入った。

あたりには割と強い敵がうようよしている。二人で対処できる敵は倒し、できない敵は避《よ》けて進む。コッコちゃんがレベル7の時から教えこんだ、敵の避《よ》け方。今ではすっかり上達し、完璧に避《よ》けている。モンスターも効率よく狩れるようになった。コッコちゃんは強くなったし、笹塚も操作に充分慣れた。

やっぱり頭がいいんだろうな。ちゃんと考えてキャラクターを動かしている感じがする。

……これならもう、大丈夫だろう。どこでもやっていける。

ぐねぐねとした山道を通り抜け、吊り橋を渡る。岩肌がすぐ横にある細道を通りながら、『落ちたらまたイチから登り直しだから気をつけてね』と注意し、私たちは登っていった。

やがて終着点が見える。山の頂上だ。この場所に、何か特別なものがあるわけではない。だけど飛行船のクエストを経て、麓《ふもと》の街に入るためのイベントをこなし、ある程度高いレベルまでキャラクターを育てなければ辿《たど》り着けない……ここは、そんな場所なのだ。

そして、私がこの場所で彼に見せたかったのは――

『ほら、あっちを見て。綺麗でしょ？』

キャラクターを操作して、私は方角を示す。そこには絶景が広がっていた。

飛行船よりずっと高いところから見渡す景色。

ところどころに雲がかすんで見えて、その下には今まで私たちが訪れた様々な街が見える。それは、モニターの中の仮想世界。知らない人が見れば、『ただのゲーム画像だね』と言いそうな景色。でも、私ははじめてここを訪れた時、確かに感動したんだ。

今まで自分が歩いた道をまるごと眺めることができて、まるでこの世界すべてを見ているみたいで……ここは私の大切な場所なのだ。

『コッコちゃんと遊びはじめてから、いつかここに連れてきたいって、決めていたんだ』

『そうか。いろんな街があっちこっちに見えて面白いな。こうやって見ると、街にも個性がある』

『でしょう？　よかった、気に入ってもらえて。じゃあこれで、私の役目はおしまいだね』

私の言葉に、笹塚は反応しない。でも私は、一方的にキーボードを打ち続けた。

『この山登りは、一人前かどうかの試験みたいなものなんだ。ここを登ることができたら一人前。だからコッコちゃんは、もうこのゲームで充分に遊べる。一人でやっていける』

本当はこの山を登った後、私のゲーム仲間に改めてコッコちゃんを紹介して、一緒にゲームをしたいと思っていた。でも、笹塚への気持ちを封印しながら遊ぶのなんて、私には絶対に無理だ。

……大丈夫だよ。コッコちゃんは見た目も可愛いし、そのうちきっと誰かがパーティに誘ってくれる。私以外にも、ゲーム仲間がたくさんできるよ。

『だから、コッコちゃんに色々教えるって役目はこれでおしまい。また会社だけの付き合いに戻っちゃうけど、お互い頑張ろうね』

コッコちゃんの反応はまだない。こういう時、少し歯がゆいな。私の言葉に対して、笹塚がどんな顔をしているのか、まったくわからない。

でも逆に、笹塚に私の顔を見られなくてすんで、よかったかも。

だって私は今、ぼろぼろ泣いているから。

……実を言うと、山を登ってる最中から泣いてたんですけどね。恥ずかしい話です。

『そういうことだから、もうログインするたびにメッセージをくれなくてもいいからね。まぁ、時々は遊ぶかもしれないけど、その時は』

ぴりりり、ぴりりり。

キーボードを叩いている途中、こたつに置いてたスマートフォンが突如鳴る。私はビクッと体を震わせ、恐るおそる液晶画面を確認した。――発信者は、笹塚浩太。

ヒィィ！　なんで電話してくるの！　ゲームしてるんだから、そっちでメッセージ送ってよ！　なぜ直接的な方法で連絡してくるんだ！

困る。今ちょっと鼻声だし、電話には出たくない。ずびずび鼻を啜《すす》りながら電話に出たら、泣いているのがバレてしまう。ギュッとスマートフォンを握り締め、早く留守番電話サービスに繋がれと念じる。しばらくして、ようやく着信音が止まった。

しかしホッとしたのも束の間、また携帯が鳴る。やめてください！　お願いだから、言いたいことがあるならゲーム画面でチャットしてください！

しつこくしつこく携帯が鳴る一方、ゲームのコッコちゃんはうんともすんとも言わない。

怖くなった私は、スマートフォンを操作して着信を切った。そしてアドレス帳を開き、ある人物に電話をかける。

『もしもし、どうしたの？』

「悠真君、悠真君、助けて！　どうしよう怖い！　悠真君どうしよう!!」

『え？　事態がまったくわかんないんだけど。なんで鼻声なの？　ちょっと待ってね、今戦闘中だから』

電話の相手は悠真君。どうやら彼は、ゲームの真っ最中だったらしい。本当に申し訳ないと思いつつ待っていると、スマートフォンからピッピッと音が鳴る。キャッチホンだ。恐らく――というか確実に笹塚が電話をかけてきている。マジ怖い!!

「ゆ、悠真君ヤバイ、キャッチホンが！」

『んー、もうちょっと。よし、オッケイ。抜けてきた。で、どうしたの？』

「笹塚に振られたから、もう一緒にゲームもできないと思って、山に登ってこれからは一人で頑張ってねって言ったら、電話がかかってきて、何度も何度も電話が来て、怖くてどうしよう！」

『………………ごめん、その説明、さっぱりわかんない』

とにかく落ち着いて、イチから説明して――そう言われて、私は相変わらずピッピッと鳴り続けるキャッチホンの音にビクつきながら事情を説明した。

笹塚を好きになったこと。でも彼にはすでに好きな人がいること。このまま一緒にゲームをしているのが辛いから離れようと思ったこと。

「……それで毎週のフットサルとか、一緒にご飯を食べるのも折を見て断ろうと思ってて……ってどうしてため息なんかつくの!?」

必死で説明していると、電話の向こうで悠真君が、長い長いため息をついたのだ。

『僕すっごく呆れてるんだけど。由里ちゃんはどうしてそんなにお馬鹿さんなの？』

酷《ひど》い！　皆して……私、そこまで馬鹿ばか言われるほどじゃないと思う！

『あのねぇ、由里ちゃん。どうしてそこまでされてて、気づかないの？　僕でも気づくよ？　なのに、なんで本人が気づかないかなぁ』

「うう、鈍《にぶ》いってことは、この間自覚しました。お願いだから、ちゃんと言ってよ。ヒトは言葉を交わさないとわかり合えないイキモノなんだよ！」

『そんなこと言われても、こういうのは僕から言ったらダメだと思うんだよね。まぁ、ちゃんと笹塚さんと電話しなよ。そしたら、きっと嫌でも答えを言ってくれるよ』

「それが嫌だから悠真君に聞いてるんじゃないですかーっ!!」

いつの間にか、キャッチホンの音はやんでいた。やっと諦《あきら》めてくれたらしい。でも画面を見ると、コッコちゃんはいまだ動かないし、一言も喋《しゃべ》らない。

私が唸《うな》っていると、悠真君は再びため息をついた。

『わかった、じゃあヒント。あのねぇ、ゲームを通じて仲良くなったからって、フットサルに誘ったり、お弁当作ってなんて、頼んだりしないよ？　ましてや好きな人がいる男なら、なおさら』

「え、そうなの？　じゃあウチのお米がよっぽど気に入ったとか？」

『由里ちゃん……。あーのーねー！　米を気に入っただけでご飯を一緒に食べようとか誘ったりするわけないでしょ！　というわけで、そのあたりのところをよーく考えて。これ宿題！　じゃあね、僕レベル上げに戻るから』

「えっ、ちょっ、ちょっと待ってよ！　そんなこと言われても、あっ、悠真君！　ゆーまくん!!」

無情にも、電話を切られてしまった……。

私よりもレベル上げのほうが大事なのか！　まぁ、うん、レベル上げは大事だけど……。

うーん。笹塚が私に弁当を作ってほしいと頼んだ理由……うう、ウチのお米が食べたい以外、皆目《かいもく》見当がつかない。ご飯に誘うのだって、ただ仲がいいからだと思う。クリスマスは……デートに誘ったんじゃなくて、スノボに私を参加させたかったんじゃないかな。

……さっぱりわからない。やっぱり、直接聞くしかないのかな？

でも、散々無視したから怒ってるだろうなぁ。

スマートフォンを握り、どうしようか迷っていると、突然アパートの外で爆発音がした。いや、違う。爆発音かと思えるほど大きいエンジンの音だった。こんな夜中に、近所迷惑もいいところである。

ドルンドルンと唸《うな》る低いエンジン音はやがておさまり、再び静寂が訪れる。この近所にバイクに乗る人なんていたかなぁと考えていると、カンカンと外階段を上《のぼ》る音が聞こえてきて、我が家のチャイムが鳴った。

——ぴんぽーん。

……誰？

思わず固まって動けずにいると、今度は玄関ドアを激しく叩かれる。

ドンドンドン！

ぎゃーっ！　だ、誰ですか!?　って考えるまでもなく、笹塚浩太さんですね！

クッ……笹塚め、百貨店でスノボ用品一式を購入した時、送り状の住所を見てたな。なんて記憶力だ！

ドアスコープを覗《のぞ》くため、そろそろ玄関に近づくと「由里！　さっさと出ろ！　いるのはわかってんだコラァ！」と、まるで借金取りのような声が聞こえてきた。

怖い。でも間違いなく笹塚だ。

ドアチェーンをつけたまま、カチャリとドアを開けてみる。途端にドアノブが引っ張られた。ガチャガチャン！　とチェーンの音が響く。

「てめえ、これ外せよ。中に入れろ」

「あ、いやその。中はですね、あの」

「……バイクん中に工具しまってるから、ペンチ持ってきてもいいんだぞ？」

犯罪！　それ犯罪ですよ、笹塚さん！

果たして日曜大工のペンチでチェーンが切れるのだろうか。しかし笹塚ならやりそうな気がする。笹塚の据《す》わった目とドスの利いた声がとにかく怖くて、私は大人しくチェーンを外した。

玄関先で、私は笹塚と向かい合う。いや、正確に言うと、笹塚がそれ以上入れないよう、通せんぼをしていた。

「中に入れろ。話がある」

「い、嫌だ！　ここでいいでしょ」

「玄関で話し合う馬鹿がどこにいる？　落ち着いて話せねえだろうが」

「いやいや、やろうと思えば人間どこでだって落ち着いて話せるはず……って、わっ！こら、入るなーっ」

笹塚は革靴を脱ぐと、私の体を押しのけてズカズカ中に入っていく。

ギャーやめてー！　休みに片づけようと思っていたゲームの山が！　あっちこっちに

散らばる本が！　あと、部屋がちょっとキムチ臭い！　女の子の部屋とは、色々程遠いのに!!

慌てて私が追いかけると、笹塚はごちゃごちゃした部屋には何もツッコまず、振り返って私を見た。

紺と青のストライプのマフラーに、黒い革の手袋。会社でよく見る黒のハーフコートの下には……スウェットズボン？　……もしかしてこの格好は、パジャマがわりのスウェットに、コートを着てマフラーを巻いただけなのでは？

思わず笹塚をまじまじ見ていると、地を這《は》うような声が響いた。

「さて、説明してもらおうか。なんであんなことを言ってきた？　役目を終えたとか、会社の付き合いに戻るとか」

「え、それはですね……一人前になったから、その」

「それはさっき聞いた。俺が聞いてるのは、そういうことじゃない」

ええっ！　じゃあ、どういうこと？

だって、コッコちゃんはもう一人でやっていけるのだ。教えることがなくなったからバイバイ、というのは突き放すみたいで悪いけど――仕方ないじゃないか。だってそうしないと、私が……

頭の中でぐちぐち言い訳をしつつ俯《うつむ》いていると、笹塚は高圧的に言い放つ。

「お前は、役目を終えたとか一人前だとか言って、人を放り出すようなヤツじゃない。それなのにあんなことを言ってきたのには、何か理由があるからだ。そうだろ？」

……キサマはエスパーか。

思わず心の中でツッコむが、実際には笹塚の顔が怖くて言えません。

「……なんでそんなことわかるの？」

「わかるに決まってるだろ。ゲームで途方に暮れてた俺を放っておけず、一緒にキャラクターを育ててくれたほど、由里は人がいいだろ。それに、お前は孤独の寂しさを知っている。だからこそ人を突き放すことなんてできない。……そういう奴だ」

……私のこと、そんなふうに見てくれてたんだ。

「本当は、俺がある程度のレベルになったら、由里が所属してるゲーム仲間のチームに誘うつもりだったんじゃないか？　でなきゃ、俺をメンバーに紹介なんてしないだろ？」

うっ、鋭《するど》い。

なんだかどんどん心の中を暴《あば》かれていくみたいで落ち着かない。……これ以上、私の心を読んでくれるな、エスパー笹塚よ。

「なぁ、どうしてお前は俺から離れようとしたんだ？　……俺のことが嫌いになったのか」

「嫌いだなんてこと！　むしろ……っ！」

逆だよ、逆！　と言いそうになり、慌てて口を閉じる。うう、ヤバイ。このままだと本当に自分の気持ちを吐き出してしまいそう。そして笹塚を困らせてしまうんだ。ゴメンって言わせてしまうんだ。そうしたら……私は立ち直れないかもしれない。

「むしろ、なんだよ？　言えよ、言わなきゃわかんねえだろ？」

笹塚の言葉はもっともだ。でも、怖い。怖くて怖くて、何も言えない。

私は、弱い人間だから……

その時、ふと誰かの声が聞こえた気がした。

——うじうじ悩んで動けずじまいで。相手がアクションしてくるまで延々と待つつもり？　格好悪すぎ。どうせなら少しでも自分から行動してみれば？

これは、水沢に言われた言葉だ。……本当は、彼女だって傷つくのが怖かったはず。好きな人に振られて、傷つかない人間なんていない。でも自分の行動にケジメをつけたくて、終止符を打ちたくて告白した。

……それなら、私も言わなきゃ。好きだという気持ちにケジメをつけなくちゃ。たとえそれで、傷ついたとしても。

何度か深呼吸した私は、意を決して口を開いた。

「笹塚さんが、好きなの。好きだから、離れるのが辛い」

——よし！　言えた、言ってやった！　さぁ、振るなら振ればいい。

なのに、笹塚は眉間《みけん》に皺《しわ》を寄せて「は？」と首を傾《かし》げた。

「なんで俺のこと好きなのに、離れるんだ？　しかも辛いのに？　さっぱりわからん」

「わ、わからんって……わかるでしょうが普通！　好きな人が誰かに片思いしているのに、それを無視して一緒にいられるほど、私の心は強くないんだよ！」

「……は？」

再び笹塚の表情が変わる。今度は呆気に取られたような、ぽかんとした表情だ。そしてゆっくりと私を指差す。

「俺が好きなのは由里なんだけど」

「……は？」

笹塚の言葉の意味がわからず、私は固まった。

ベッド脇に置かれた置時計がコチコチと時を刻む。

しばらくして、私は自分を指差しつつ首を傾《かし》げる。

「……好きな人って、私のこと、なの？」

「そうだよ。でなきゃ一緒にゲームしたりメシ食ったり弁当作ってほしいと頼んだり、果てはクリスマスデートに誘ったりするわけねえだろ」

「だっ、だって！　それは、私と仲良くなったからじゃ――」

「そりゃあ、まずはオトモダチからっていうのが定石《じょうせき》だろ。お前は恋愛に慣れてなさそうだしな」

……恋愛どころか人間同士のコミュニケーションさえ、ちょっと怪《あや》しいんですけどね。

笹塚は頭を掻《か》きながらブツブツと呟《つぶや》きはじめる。

「だから順序を踏んで気長に口説いてたのに……お前は想像のナナメ上を行く理解不能な結論に落ち着いて、勝手に振られた気分になってたってことか。まったく、こんなことになるならさっさと告白すればよかった。お前の鈍《にぶ》さと馬鹿さ加減は、超弩級《どきゅう》だよ。ちょっとは悔い改めろ」

言いたい放題だ。あまりに酷《ひど》い物言いに、つい涙がにじんでしまう。

……そう、これは笹塚が私の悪口を言うから出てきた涙だ。決してホッとしたとか、好きだと言われて嬉しいとか、そういうことではない。断じて！

「……うっ、うぅ」

「ちょっ、お前、なんで泣くんだよ！　いきなり泣くな！」

「だって……うぅーっ！」

もはや、自分でもなぜ泣いているのかよくわからない。ただ色んな感情がぐちゃぐちゃになって、スパゲッティみたいに絡まり合っている。

次の瞬間、ぐっと体を引き寄せられた。笹塚は私を胸の中に閉じこめて、ぽんぽんと背中を叩く。

「泣くな。よくわからんけど」

「………うん」

「俺も悪かったよ。お前には回りくどい真似をせず、さっさと言えばよかったんだろうな」

「……うん」

「……俺のこと、好きなんだろ?」

「うん!」

私を包みこむ笹塚の腕に力が入る。あたたかい。笹塚の匂いがする。……心のスパゲッティがするするとほぐれていく。

「俺も好きだよ、由里のこと」

「……うん」

笹塚の言葉がすごく嬉しいのに、ロマンティックな言葉一つ浮かばず、相槌《あいづち》しか打てない。あまりの語彙力《ごいりょく》のなさに、我ながら情けなさを感じる。

笹塚はそっと腕の力を緩め、私の頬に手を当てた。

「……両思いになれて、すげぇ嬉しい」

「わ、私も、嬉しい」

やっと「うん」以外の言葉が言えた!

そんなことを考えていると、唇に何かが触れた。

考えるまでもない。すぐ目の前には笹塚の顔があって、唇にはとても柔らかい感触があって……

これがファーストキスだと言ったら、笹塚は笑うだろうか。

そっと唇が離れ、再び重なった。少し角度を変えて口づけた笹塚は、私の頬を両手で包みこみ、啄《ついば》むように何度もキスをしてくる。

鼓動《こどう》が徐々に速くなる。笹塚にもその音が聞こえるんじゃないかと考えたら、ますます緊張した。

「っ、ん……」

どのタイミングで息をしたらいいのかわからない。笹塚が離れたタイミングで「はぁ」と息を吐くと、自分でも驚くくらい甘い声が出た。

「……由里」

耳元で笹塚が囁《ささや》く。その低い声で名前を呼ばれると、とても心地いい。もっと名前を呼んでほしくなる。

ちゅ、と小さな水音がした。笹塚が再び唇を重ねてきて、私は目を瞑《つぶ》った。

――アニメやゲームのキスシーンでは、大抵皆、目を瞑《つぶ》っていた。なぜ目を瞑《つぶ》るのか疑問に思っていたが、いざ自分が唇を重ねてみれば、自然と瞼《まぶた》を閉じてしまうものなのだと知る。

こうしていると、笹塚の唇の感触をより一層リアルに感じる。柔らかくて、ふわふわしていて、少し薄くて……男性らしい力強さみたいなものもあった。すごく気持ちよくて、うっとりしてしまう。

「っ、は……」

わずかな隙間から息を吸いこむ。するとぎゅっと強く抱きしめられ、深く深く口づけられた。

「ん、ん……っ」

息苦しくて、私は笹塚の袖を掴む。だけど、彼の力は緩まない。

やがて笹塚は、ゆっくり私の唇を舐《な》めはじめた。舌先でなぞるような動きに、びくりと肩が震える。

「あ、……っ、さ、ささづか……さん」

戸惑いながら口を開くと、ヌルリと舌が入りこんできた。舌を絡ませるキスがあることは知っていたけれど、当然ながらその感覚は未知なるもので――

「ん、っ……あ」

はっはっと息が上がり、体がどんどん熱くなっていく。くちりと音を立てて、笹塚が私の舌を掬《すく》い上げた。

「く、……んっ」

体が小刻みに震えてしまう。笹塚が舌を動かすたびに、体がゾワゾワした。だけどそれは気持ち悪いとか、そういうことじゃなくて――

まるで笹塚に心ごと抱きしめてもらっているみたいに、安心する。怖いなんて感情は一つもなくて、ただただ、嬉しい。

「う、ン……っ、はぁ」

笹塚は舌をゆっくりと回して私の舌を吸い上げ、時間をかけて唇を離した。そして私の首筋にキスを落とし、ちろりと舌先でなぞる。

「――っ！　あっ！」

ビクビクと体が震える。口からこぼれた声は驚くほど甲高《かんだか》く、甘いものだった。

彼は何度も首にキスを落とし、強く吸い上げる。ぴりっとした痛みを感じつつも心地よく、頭がぼうっとしてきた。彼の袖を掴んでいた手から力が抜け、色々なことがどうでもよくなってくる。

「由里……好きだ。好きだった。ずっとずっと好きで……だから今、嬉しくて堪《たま》らない」

こめかみにキスをして、耳朶《みみたぶ》にもキスをして――笹塚は私を抱きしめながら、熱に浮かされたみたいに呟《つぶや》く。

「本当に、好きなんだ。……由里」

再び唇にキスをして、笹塚は私を見つめた。いつの間にそんなに好かれていたのだろう。私は、うまく言葉を返せない。

笹塚は私を抱く腕に力を込め、「あー……」とため息にも似た声を出した。

「やばい、このままだと、止まらなくなる」

「え……?」

ぼんやりと霞《かす》みがかった頭の中に、笹塚の声が流れこんでくる。彼はそっと力を抜くと、私の頭を撫《な》でて微笑んだ。

その時、急に頭がクリアになっていき、恥ずかしさが込み上げる。

「あっ、あ、ごめんね、私……っ」

笹塚のキスが気持ちよくて我を忘れていた、なんて絶対に言えない。慌てて笹塚の胸を押すと、彼は大きな手で私の両手を包みこんだ。

「――大丈夫。今さら焦ったりしないから。お前のペースでゆっくり……仲良くなろう」

「……笹塚さん」

笹塚は私の額に優しくキスを落とした。そして唇にも口づける。

「また、明日な」

耳元で囁《ささや》かれ、私は顔を熱くしながらこくんと頷《うなず》いた。

「……また、明日」

自分でも驚くくらい小さな声——けれど笹塚にはそれがしっかり届いていて、彼はにっこり笑って頷《うなず》いた。

第六章　リアル・アライアンス

――かつて仕事中、こんなに集中力が切れたことがあっただろうか。

取引先との電話を切った時、ファックスを送り終えた時、コピー室からフロアに戻る時。

ふとした瞬間、ついぼんやりしてしまう。考えるのは全部、笹塚のことだ。

今日は金曜日。……笹塚のウチに泊まりに行く日である。

二週間ほど前、私のごちゃごちゃした部屋で思いを伝え合った。笹塚にやたら濃厚なキスをされて盛大にテンパってしまったが、彼は機嫌を損ねるでもなく、普通に帰っていった。

こうしていわゆる『恋人』という関係になった私たちだが、果たして何かが変わったのかというと……よくわからない。

なぜなら思いを伝え合った翌日、どんな顔で会えばいいのかと緊張しながら出社したものの、拍子抜けするくらい笹塚は普通だったからだ。

私は緊張して笹塚の顔を見るのも一苦労だったのに、彼は普通に仕事の指示を出して営業に行ってしまった。そんな彼の態度に、私は唖然《あぜん》とした。

これが経験値の差ってやつなのだろうか。昨日のことなんてなかったみたいに笹塚はいつも通りで、以前女子社員たちが言っていた『それっぽい空気』というのも、まったく感じられなかった。

私が気にしすぎなのかもしれない。しかし、気にせずにはいられない。

私は、この先一体どう振る舞えばいいのだろう。そもそも恋人同士って、何をするの？　友達と何がちがうの？

中学生みたいな疑問だが、悲しいかな私には経験値も何もない。

……こういう時は、例のアレに頼るしかない！

その日の夜、私はさっそく、天下の検索サイト様にキーワードを打ちこんだ。

果たしてこんな疑問にも答えを示してくださるのか……しかし、そこはさすがのインターネットである。恋人付き合いとはどういうものなのか、きちんと箇条《かじょう》書きにされている便利なサイトが存在していた。

私は正座して、サイトに目を走らせる。

『まずは、手を繋いでみましょう！』

おお……！　確かに、友達と手は繋がないよね。よし、今度笹塚とデートする時は、手を繋いでみよう。

『二人だけのニックネームを決めましょう！』
ニ、ニックネーム……だと……。私の名前は由里だから、由里ちゃん？　いや、なんか違うな。ユリタン。ユリン。ユリンコフ。
笹塚が笑顔で「ユリンコフ」って呼んでいるところを想像した途端、ぶはぁっと盛大に噴き出してしまった。キャラが全然違う。笹塚、私のことをなんて呼ぶつもりなんだろう……。いや、そうなると、私も笹塚のことをニックネームで呼ばなくちゃいけないのかな？　……何も浮かばない。この件は後で考えることにしよう。

さらに記事を読み進めていくと、『慣れてきたらステップアップを目指しましょう。そう、お泊まりです！』と書かれていた。

お……泊まり……。つまり、私の家もしくは笹塚の家に宿泊するってこと？　いやいや、私のワンルームアパートで過ごすなんて無理だと思う。狭いし、落ち着かない。ってことは、必然的に笹塚の家ってこと？

笹塚はどうなんだろう……私に泊まってほしいと思っているのかな。そういえば昨日、私にキスをした後、「このままだと、止まらなくなる」と言っていた。あのまま進んでいたら、どうなっていたんだろう。

念のため、そのあたりについても検索をかけてみる。すると、ある匿名《とくめい》掲示板のまとめサイトが見つかった。

『彼女できたんだけど、何したらいい?』

『セックス』

『むしろそれ以外に何かある?』

なんと……! そういうものなのか。いや、私だって少しは理解している。恋人同士、いつかはカラダの関係を結ぶものなのだと。

でも、いきなりするものなのかな? 皆、付き合いはじめてどのくらいでそういう関係になるの?

うう、本当にわからない。

考えこんでいると、頭からぷしゅーと煙が上がりそうだった。そして、だんだんもういいかという気分になってくる。

手を繋いだり、ニックネームで呼び合ったり、お泊まりをしてカラダを重ねたり――それらが恋人関係に必須のものなのだとしたら、いずれ通過する道である。

だったら、三年後に通過しようと今通過しようと、あまり差がないのではないか。善は急げと言うし、何ごとも早いに越したことはない。

笹塚は、絶対に私に酷《ひど》いことをしない――それだけは確信を持って言える。うん、相手が笹塚なら大丈夫だ。た……多分。

そうと決まれば、さっそく相談である。私はスマートフォンを取り出し、笹塚にメールをした。

『恋人になったので、手を繋いだり、ニックネームを決めたりしませんか？』

すると、笹塚からすぐにメールの返事が届いた。

『手を繋ぐのは構わないが、ニックネームは嫌だ。そもそも、そんな決まりはない』

ええっ!?　そうなのか。でもちょっと安心……。笹塚から「ユリタン」って呼ばれるのはちょっと痛々しいもの。

手を繋ぐのはアリとのことなので……デートに誘ってみようかな。それとも、いっそのことお泊まりデートにしちゃう？　いや、しかし私から言っていいものなのかわからない。

諸々《もろもろ》面倒になって、『これから、どうしたらいいのでしょう？』とメールを送る。すると笹塚は極めて普通に『来週末にでも、泊まりにきたらどうだ？』と提案してきた。

図《はか》らずも、お泊まりイベントが発生！　これは、ベッドイベントも絶対不可避!?　……いや、イベントって言ったらダメだよね、恋愛シミュレーションゲームのやりすぎだ、自分。

それにしても、やはり恋人付き合いとお泊まりデートは切っても切れない仲らしい。

私は緊張しつつ、了承の旨《むね》をメールした。

――それから一週間、私はネットで『オトナな行為』についてひたすら調べまくった。しかし自分が何をすればいいのか答えも出ないまま、お泊まり決行の日が、やってきたのでのある。

笹塚の家に泊まりにいく。当然、お風呂にも入るだろう。つまり笹塚のウチで裸になるということで、その後に待っているのは、めくるめくオトナの世界……？

頭に浮かぶのは、女性向け漫画のベッドシーン。ゲームに限らず漫画も好きだから、たまにそういうものも読むけれど……いざ自分が同じ状況になるかと思うと、まったくもってリアリティがない。

私は笹塚と、ハグしてキスしてその先のこともするのだろうか。……いきなりオトナのカンケイだなんてハードル高すぎだろうと自分にツッコんでしまうが、どうやら当然のことらしいし、覚悟しなくてはならない。それにしても、ああ、心の準備ができないまま今日になってしまった。本当に大丈夫なのだろうか！

つくづく、ふがいない。こんなぐだぐだ思考のスパイラルに陥《おちい》っている場合ではない。何より今はまだ勤務時間中！　とにかく仕事をしよう……

笹塚と恋人同士になった後、私は水沢にだけ、こっそりとそれを報告した。彼女は「ふーん」と若干《じゃっかん》呆れた視線をこちらに向け、「まぁ、浮気されないように、きちんと躾《しつ》けておくのよ。あと恋愛脳をこじらせて少しでも仕事に影響が出たら、容赦なく主任にチクってやるから」と言われた。

……会社で今夜のことばかり考えてる私は、まさしく最悪である。今すぐ頭に冷《ひ》や水《みず》をぶっかけてほしい。水沢なら、嬉々としてやってくれるだろう。

そんなこんなでなんとか仕事をこなし、悶々《もんもん》とした気分で帰路につく。

笹塚から連絡が来るまでに、お泊まりの用意をしなければ。あとは時間が許す限り、検索サイトでオトナの付き合い方について、改めて情報を集めよう。

化粧水、乳液、化粧品ポーチ……あとは櫛《くし》とドライヤーとパジャマと、下着……あぁ、どうしよう！　私、ろくな下着を持ってない！　ワゴンセールで三枚セット五百円の品しかない！

早くも問題発生だ！　アパートに帰る前、買いに行けばよかった。……というか、こんなに悩んで結局何も起こらなかったらどうしよう。馬鹿みたいだな、私。

必要だと思われるものを鞄《かばん》に詰め込み、やはり不安になってそれらを取り出す……そしてまた詰め直す、取り出す……そんな謎の行動を繰り返していると、こたつに置いたスマートフォンがピリリと鳴った。

「ひっ、はい」

やばい、声が裏返った。どれだけ緊張しているんだ、私！

『仕事、今終わった。ごめんな、ちょっと遅くなったけど夕飯はどうする？』

「あ、たっ、食べてない」

『……もしかして待っていてくれたのか？』

いや、緊張しまくって食べるのを忘れていただけです。思い出したように、腹がぎゅるると鳴った。笹塚はもう一度『すまんな』と謝ると、最寄りの駅を教えてくれた。私のアパートの最寄り駅から三つめの駅。そこが笹塚の住む街らしい。

鞄《かばん》を肩にかけて、アパートを出た。腕時計の針は、二十時を指している。あたりはすっかり暗くなっていて肌寒く、はぁと息を吐くと、空から雪が降ってきた。

道理で寒いわけだ。なのに、顔だけが妙に火照《ほて》って熱い。ドキドキ脈打つ鼓動《こどう》に合わせて足を動かし、小走りで駅へと向かった。

約束した駅で電車を降り、改札前で待っていると、やがて笹塚が現れた。

笹塚がまず私を連れていったのは、学生の頃から通っているという、馴染《なじ》みの定食屋だった。

私はカキフライ定食、笹塚はしょうが焼き定食を頼んだ。ほどなくして運ばれてきたのは、リーズナブルな値段の割に量がかなり多い二人分の定食だった。

さっそく食べはじめた私だったが、思わず笑ってしまう。

「なんだ？」

しょうが焼き定食を頬張《ほおば》っていた笹塚が首を傾《かし》げる。

「なんだか笹塚さんらしいお店だなと思って」

カキフライにタルタルソースをつけながら答えると、笹塚は再び首を傾《かし》げた。

「俺らしい？」

「うん。値段の割に量が多くてさ。ご飯もいいお米使ってるし、甘くてもちもちしてて美味《おい》しい。ちょっと硬めに炊いてるあたり、私好み」

「はは、そうか。米農家の娘にそう言われたら、店主も喜ぶだろうな。……でも、そうか。俺らしいか」

妙に嬉しそうな表情で、ぱくりとご飯を食べる笹塚。その表情があまりに幸せそうだったので、今度は私が「どうしたの？」と尋ねてしまった。

「いや、そんなふうに言われたのははじめてで、由里は面白い奴だなーと思ったんだ」

「何それ。別に面白いことを言ったつもりはないけど」

「そうだな。だけどお前は面白い奴だよ。……ホント、好きになってよかった。諦《あきら》めなくてよかった」

そう言ってにんまりと笑う。

――諦《あきら》める？　疑問が頭をよぎったが、好きになってよかったと目を細める笹塚にどぎまぎして、何も考えられなくなってしまった。

定食屋を出て十分ほど歩くと、笹塚の住むマンションに到着した。私が住むアパートとは全然違っていて、とても綺麗な外観だ。

「ここ、新築？」

「いや、確か築八年。これってギリギリ新築なのかな？」

「八年は微妙かも。いつからここに住んでるの？」

「大学の頃からだな。卒業して今の会社に就職した後も、なんとなく住み続けているんだ。……と、この部屋だ」

エレベーターで三階に上がり、一番端の部屋の前で止まった笹塚。……南側の角部屋か、いい部屋だな。

笹塚は鍵を開けると中に入っていく。私も後に続いた。

鼻腔《びこう》をくすぐる、人の家の匂い。……肩を寄せられた時や抱き寄せられた時に漂《ただよ》う、笹塚の匂いだ。

無性に恥ずかしくなり、立ち止まって俯《うつむ》く。すると靴を脱いで廊下を歩いていた笹塚が振り返った。

「どうした？　あ、鍵かけといてくれ」

「あ、うん。……お邪魔します」

震える手で鍵をかけ、靴を脱ぐ。

細い廊下を進んでドアを開けると、そこはリビングになっていた。あまり使ってなさそうな台所に、小さな冷蔵庫や電子レンジ、コーヒーメーカー。リビングの窓の近くにはガラステーブルと革張りの二人掛けソファ。テーブルの上には、無造作に黒色のノートパソコンが置かれている。

インテリアはほとんど黒一色にまとめられていて、なんだかモノトーンな印象だ。はっきり言おう。オシャレである。うちのゴチャゴチャした部屋の荷物を、まとめて粗大ゴミに出したくなるくらい、綺麗に整頓されたお部屋だった。

「くっ……リ、リア充め！」

「はぁ？　なんの話だ。あ、俺、風呂入れてくるから。……入るだろ？」

「うっ、うん。入ります」

思わずカクカクと返事をする。これから先の展開がまったく読めないが、とにかく念入りに身を清めておこう。何が起こるかわからないし……って、ああっ！　そんなことばっかり考えてる自分がいやらしい恥ずかしい！　……うう、余裕綽々《よゆうしゃくしゃく》な笹塚が憎《にく》たらしい。

しばらくしてお風呂が沸き、笹塚は先に入っていいと言ってくれた。私は身を縮こまらせながら浴室へ向かい、体を充分に洗った。

その後、私と入れ替わりで笹塚がお風呂に入る。

彼が戻ってきたら、いよいよ準備完了である。我らは恋人同士。何が起こってもおかしくない！

……はずだったのだが、今、リビングに響いているのは「ギャドワァー！」という咆《ほう》哮《こう》である。

「あ、こっちにいた！」

私がそう言うと、笹塚が手元から顔も上げずに尋ねてくる。

「どこ？」

「今、ペイントする。ゆっくり来ていいよ」

私はキャラクターを操《あやつ》り、モンスターにボールを投げてペイントした。するとゲーム画面の地図上に、モンスターの位置を知らせるマークがつく。

……そう、我々は、あろうことかゲームをしているのだ、ソファに二人並んで。なんだ、この状況！　風呂から上がった笹塚は、私を寝室に連れていくわけでもなく、フェロモンを放出してスキンシップを取るわけでもなく……「クリスマスにもらったゲーム、一緒にやってみないか」と言ってきた。

明日、もしかしたら一緒に遊べるかもなぁとは思っていた。だから、携帯ゲーム機を持参していたけれど、まさか今夜遊ぶことになるとは！

ちなみに二人ともパジャマ姿だ。どうにも、ムードは出ない。先ほどまで緊張しまくっていた自分が馬鹿みたいである。……もしかして、恋人になったからといって、すぐにオトナのカンケイにはならないものなの？　それとも私から『セックスしませんか？』とお誘いしなければならないの？

いやいや、検索サイトにはそんなこと、書かれていなかった。

私は悶々《もんもん》としながら、笹塚と協力して巨大モンスターを狩った。ふと置き時計に目を向ければ、時計の針は十一時を指している。

「もう十一時か。……そろそろ寝るか？」

「そうだね……。あ」

ハタと気づいて、思わず笹塚を見上げる。まったく頭になかったけど、笹塚は一人暮らしなんだから、ベッドは一つだよね？

笹塚は私を見返して、少し目を細める。

「どうした？」

「あ、その……。一緒に、寝るの？」

「そりゃ、ベッドは一つしかないんだし？」

笹塚は意地悪そうに笑う。その表情は、普段とはちょっと違っていた。なんだか妖《あや》しくて、私の心がざわつく。

笹塚の手がゆっくり伸びてきて、私の頬に触れる。

「……由里は、どうしたい？」

「え、それを聞くの？」

まさか向こうから聞いてくるとは思わなかった。こういう時、なんと答えるのが正解なんだろう。

笹塚の顔が近づいてきて、耳に彼の唇が触れる。ビク、と肩が震えた。

「一応、確認したほうがいいかなと思って」

「うう。そ、それじゃあ、笹塚さんはどうなの？」

「俺？　したいよ。当たり前だろ」

当たり前……。やっぱり、そういうものなのか。あれ？　そういえば、笹塚はなぜ私を好きになったんだろう。いつから好きなんだろう。お嬢様面《づら》しか見せなかった頃から？　それとも、メッキが剥《は》がれた頃から？　……いや、メッキが剥《は》がれた私に、好かれる要素など一つもない。

私、笹塚に肝心なことを何も聞いてない。

突如降って湧いた疑問をぐるぐる考えていた私に、笹塚が囁《ささや》いた。

「俺はしたい。……由里は？」

内緒話をするような、囁《ささや》き声。――それは、私の余裕をいっぺんに吹き飛ばすほど、甘い声だった。

「……っ、した……い」

「そう」

顔が熱い、体が熱い。きっと今、耳まで赤くなってると思う。

笹塚は私の耳に、ちゅっと音を立ててキスをする。そして——

「よかった」

心からホッとしたように、笹塚はニッコリと笑ったのだった。


——たくさん、ネットで検索した。私が頼れる知識は、ネットしかなかったから。

笹塚をガッカリさせたくない。スムーズにコトを進めたい。だから私は、必死になって調べまくった。だけど今、ネットで調べた情報が頭から飛んでいく。

笹塚の口づけで、すべてが消えてしまった。こんな感覚——知らない。

寝室に備えつけられた間接照明が、ベッドを淡く照らす。

私たちはそこに向かい合って座り、キスをしていた。笹塚は私の上唇を啄《ついば》んだり、唇ごと食べるように口づけたり、何度も角度を変えて甘いキスを降らせてくる。

彼の大きな手が、優しく私の肩を掴む。その手を介して私の体に熱が伝わり、唇にキスが落ちるたび、お腹《なか》の奥に火が灯った。

「っ……は。さ、さづか……さん」

「浩太」

「んっ……、えっ？」

「浩太って呼んで」

「……こ、浩太さんは、今まで、いっぱい……してきた、の？」

　こんな声、知らない。それは自分のものとは思えないほど上ずっていて、驚くほど甘い声だった。

「いっぱいって、こういうこと？」

「……うん」

　クス、と笑う音がした。笹塚は私の唇に、ゆっくりと唇を落とす。

「まぁ、経験はあるな。いっぱい、というのはわからない。比べたこともないし」

「そっか」

「なんで？　妬《や》いてるのか？　……それとも幻滅《げんめつ》してる？」

　幻滅《げんめつ》？　どうして私が幻滅《げんめつ》するんだろう。妬《や》くというのも、何に対してなのかよくわからない。

「違うよ。私がこういうことするの、はじめてだから。相手が色々と詳しいほうが……その、安心するじゃない。や、やり方とかさ、順番とか……」

すると笹塚は、至近距離で噴き出す。さらには肩を震わせて笑いはじめた。一体、何が彼にウケたのか、さっぱりわからない。

「順番って……ホントにお前は」

「な、何よ。違うの？　色々あるんでしょ？　ほら、最初はキスからはじまって、最後はその……」

「別に正解はないよ。……大丈夫。由里がはじめてなのはわかってるから、ゆっくりやろう。だから俺を受け入れてほしい。お前のことを選んだ、俺を」

肩に置かれていた手がゆるりと動き、背中に回される。そしてぎゅっと抱きしめられた。

……誰かに抱きしめられるのって、こんなに気持ちがよくて……幸せな気分になれるんだ。

知らなかったな。でも、知らなくてよかった。——笹塚に教えてもらえて、よかった。

「好き。ささづ……浩太さんが好き」

「由里……。俺も好きだ。お前が好きだ」

笹塚が唇を重ねてくる。それはとても深くて、長くて……息苦しさと体の熱さに、頭がくらくらした。

「お前を好きになれて……よかった」

笹塚はそう呟《つぶや》き、ゆっくり体重をかけてくる。彼の手に支えられる形で、私はベッドに横たわった。

唇の隙間から、彼の舌が侵入してくる。ビクリと体が震えて、体がさらに熱くなる。

「ふっ……ん、あっ……」

笹塚は背中に回していた手を動かした。まずは首筋を優しく撫《な》で、肩、腕と手を滑《すべ》らせていく。その気持ちよさにうっとりする。

「……んっ、……はぁ」

驚くくらい甘い息がこぼれて、私はハッとした。その瞬間、頭によぎったのは、検索サイトで調べた『オトナのカンケイ』の知識。そうだ……気持ちよくてされるがままになっていたけど、それじゃダメなんだ。自分からも何かしなくちゃ……

先ほど吹っ飛んだネットの知識を必死に手繰《たぐ》り寄せる。そ、そうだ、触る！　私も笹塚の体を触ればいいんだ。

私はバッと腕を振り上げて、笹塚の肩をガシッと掴む。彼は、驚いた顔をした。……うっ、もっとこう、妖艶《ようえん》な感じで触りたかったのに。

「どうしたんだ？」

「あっ、その。わ、私も、触ろうかなって」

慌てて答えると、クスリと笑われた。

「そう。じゃあ、触って？　服は脱いだほうがいいな。直接肌を合わせたほうが気持ちいいから」

「う、うん……、わ、わかった」

笹塚は、私のパジャマのボタンを器用に外してあっという間に脱がしてしまう。ついでに、ブラジャーまであっさり外されてしまった。一方の私は、彼のスウェットの裾を掴んで恐るおそる脱がせた。そして、改めて向かい合う。

……異性の体をこんなふうにじっくり見るのは、はじめてだ。

思った通り、笹塚はとても筋肉質な体つきをしていた。お腹《なか》の筋肉がしっかり割れているわけではないけど、腰はキュッと引き締まっている。試しに撫《な》でてみると、硬くて熱かった。

くすくすと笹塚が笑う。

「そんなまじまじ見るもんじゃないだろ、俺の体なんて」

「そ、そんなことない！」

「……じゃあ、由里の体も見せて？」

笹塚は私の両手を掴むと、じっと見下ろしてきた。彼の目が上下にゆっくりと動く。

堪《たま》らなく恥ずかしかった。せめて胸を手で隠したいのに、笹塚が私の両手を掴んでいるせいで動かせない。色々と耐えられなくなってしまい、私は視線を逸《そ》らした。

「あ、あんまり見ないで」

「なんで？　俺の体はまじまじ見たくせに。不公平だろ？」

「だ、だって、そんなにいい体でもないし。それに、ぞわぞわする」

「ぞわぞわ？」

「……浩太さんに見られると、なんだか体がぞわぞわするの」

「そう」

その瞬間、笹塚の声が艶《つや》めいた。さっきリビングで囁《ささや》かれた時みたいに、妖《あや》しくて、甘い色を帯《お》びている。

「じゃあもっと、ぞわぞわしたらいい」

節《ふし》ばっていて男性らしい笹塚の手が、ゆっくり動き出す。首筋をなぞり、鎖骨の間を滑《すべ》り、その下へ——私の胸は、彼の大きな手にすっぽり包みこまれた。

肌が、ざわざわする。笹塚の手が私の胸を揉み上げるたびに、体が震える。

「はぁっ……ん、あっ……」

目を瞑《つぶ》って笹塚に身を委《ゆだ》ねようとした時——慌てて我に返り、笹塚の胸をぺたぺた触った。すると、困ったように笹塚が笑う。

「なぁ、どうして必死になって俺の体を触るんだ？」

「だって、マ、マグロはダメなんでしょ？　つまんないからっ……」

「まぐろ？　……ああ、そういうことか。まったく、どこで聞いてきたんだよ」

「ど、どこって……」

ネットですとも言えず、私は黙りこむ。

笹塚は呆れたように苦笑した後、再び胸を揉みしだき、頂《いただき》をキュッと摘《つ》まんだ。

「やぁっ、んっ……」

甲高《かんだか》い声が出てしまい、私は自分の口元を押さえる。

「素直に感じてみて。俺が与える感覚に集中して――。教えて。どう、感じてる？」

頂《いただき》を何度も摘《つ》ままれて、私は身をよじらせて――

「んっ、そこ、は……ぁあっ」

「何？　教えろよ」

笹塚の指が、そこをカリカリと刺激する。すると甘い痺《しび》れが体中を駆けめぐり、怖くなった私は思わず笹塚の手を掴んでしまった。けれど笹塚はたやすく私の手をはずし、さらには両手首を左手だけで掴んでくる。そしてこちらの動きを封じるみたいに、それを私の頭の上でまとめあげてしまった。笹塚はニヤリと笑って、私の赤い頂《いただき》を再び攻めはじめる。先ほどよりも強い刺激が走り、私は甲高《かんだか》い声を上げた。

「あっ、ん、ああっ！　やめ、そこ、やぁっ……ん！」

「喘《あえ》ぐだけじゃ、わかんねえだろ？　……言葉で言えよ」

「はあっ！　ぞわぞわ、して、……んっ、な、なんか変で、ううーっ！」

なんて説明したらいいかわからない。勝手に、上ずった声が出てしまう。

「……気持ちいい？」

そう尋ねられ、私はただ彼の言葉を繰り返した。

「んっ、あ、きもち……いい？」

「もっと、してほしいって思う？」

頂《いただき》に与えられていた刺激が止まる。笹塚は私の手首から手を離し、そっと身を起こした。

すると、途端に寂しさを感じる。もっとしてほしい。触ってほしい。私は、笹塚に愛してもらいたい。

「し、して、ほし……い」

反射的に答えると、笹塚はニヤリと笑った。

「了解」

くに、と頂《いただき》が潰される。そのままクルクルと円を描くように捏《こ》ねられ、時折、摘《つ》ままれる。笹塚は、頂《いただき》だけじゃなく、手のひら全体を使って私の胸を揉みしだいた。それによって、私の胸の形はいともたやすく変わっていく。すごく恥ずかしくて、でも気持ちよくて、体がびくびくと跳ねた。

「んっ、はぁ……」

熱い息を吐き出すと、笹塚は「気持ちよさそうだな」と呟《つぶや》いて、私の胸に顔を近づける。

そして――

「……んっ、ひゃあっ！」

笹塚は、赤い蕾《つぼみ》を舌で転がした。その瞬間に、高い声がこぼれ落ちる。

その反応に気をよくしたのか、笹塚は尖《とが》りを舐《な》め続けた。部屋中に、ぴちゃぴちゃと卑猥《ひわい》な音が響く。

「あぁっ、んっ……ぁ、やぁっ……」

指で弄《いじ》られるよりもずっと気持ちよくて、もっともっとしてほしくて――そんなふうに思う自分が酷《ひど》くいやらしく感じる。

どうしたらいいのかよくわからず、思わず笹塚の髪を掴んでしまった。すると、それを合図にするように、彼が頂《いただき》を吸い上げる。

「――やぁん！」

クッと喉を反らす。どうしてこんなに気持ちいいの？　笹塚が上手だから？　それとも私がいやらしいから？

「由里……」

ちゅ、ちゅ、と何度も音を立てて頂《いただき》を吸い、舌で舐《な》めまわしていた笹塚が、低い声で私の名前を呼んだ。その声に、とても安心する。

「すごく、可愛い。お前のその顔……俺しか知らないんだって思うと、堪《たま》らなくなる」

「んっ……わ、私、どん……な、かお、してるの？」

笹塚はふっと笑って、再び胸の尖《とが》りをぺろりと舐《な》めた。体がびくんと跳ねて、私はぎゅっと目を瞑《つぶ》る。

「内緒。教えてやらない」

「どっ、どうして？」

「由里自身も知らない、俺しか知らない顔だから。……俺だけのものだから」

笹塚は、はぁ……と熱い息を吐く。その息が胸元に触れただけで、甘い痺《しび》れが体を駆け抜けた。

「俺が独占するんだ」

笹塚の手がするりと下半身へ向かう。そしてパジャマのズボンに手がかかった時――

私は肝心なことを思い出して、彼の腕をギュッと掴んでしまった。

「なんだよ」

「あ、あのね、し、下着。その、見ないでほしいの。可愛くないんだ。ごめん、いいのがなくて」

すると笹塚は呆れたような顔をした。そして下着ごとズボンを掴む。

「これなら、いいだろ」

そう言って、ズボンと一緒に下着を脱がしてくれた。

裸になるのもかなり恥ずかしいけれど、それは避けられない道……だったらせめて、粗末な下着は隠したい。

笹塚が私の顔をじっと覗《のぞ》きこみ、訝《いぶか》しげに聞いてくる。

「お前はさっきから、何を怖がっているんだよ」

「……幻滅《げんめつ》、されたくなくて」

「しねえよ。するわけないだろうが」

笹塚は、熱い息を吐いて私に口づける。そして舌を深く侵入させて私の舌を絡めとり、大きな手で腰を優しく撫《な》でた。

「んっ……はぁ……あんっ」

「……俺がお前に幻滅《げんめつ》なんて、するわけない」

腰を撫《な》でていた手はお臍《へそ》のあたりをくるくる触り、やがて繁みの中に伸びていく。

そして指が淫《みだ》らに動きはじめた瞬間、足の指にぐっと力が入った。笹塚は何かを確認するようにそこをなぞり、器用に秘所を暴《あば》いていく。

「んっ、はぁ……っ」

「由里、力を抜いて」

笹塚はゆっくりと私に口づけ、再び舌を入れてきた。私は必死に、彼の舌の動きについていこうとする。でも、胸の頂《いただき》を指で弄《いじ》られ、秘所を優しくなぞられ……

「はぁ……んっ、やぁ……ぁ、っ……あん」

やがて私の茂みの奥から、くちくちと音が聞こえはじめた。笹塚は私の唇を塞《ふさ》いだまま、舌で口腔《こうこう》をまさぐる。

「んっ、ふ、んうっ！」

次第に息が上がり、苦しくなって……でも、気持ちいい。気持ちがよすぎて、逃げ出したくなる。

ささやかな音を立てていた秘所は、段々といやらしい音になっていく。ぐちゅぐちゅと卑猥《ひわい》な音が響きはじめると、笹塚は私の中に指を埋めた。ちゅく、という音がして、目をぎゅっと瞑《つぶ》る。

笹塚の指は、私の反応を探るように、ゆっくり動く。

時折、浅いところを引っかくように刺激されるのがすごく気持ちいい。なのに、どこか物足りなくて、はっはっと息が荒くなっていく。

「あっ……さ、ささづか、さん、そこ……っ」

「浩太」

「こ、浩太さん！　そこっ、痒《かゆ》――くて。もっ……と、ちゃんと掻《か》いて、ほし……っ」

「あぁ、任《まか》せろ」

笹塚は、そこを重点的に刺激する。引っかかれているような感覚なのに、くちゅくちゅと粘《ねば》ついた音が響いて、不思議な感じだった。

「はぁ……んっ、……や、っ……あ、……ふっ」

すごく気持ちいい。なのに、腰が疼《うず》いて、やっぱり物足りない。切なくなって、笹塚の腕を掴んだ。

「はぁ、んっ……どうしよう、気持ちいい……」

「よかったじゃないか。困る必要ないだろ？」

「んっ、こ、困るっ！　だ、だって……ずっと、痒《かゆ》いの。どうして？」

息を乱しながら言うと、笹塚はニヤリと笑う。妖《あや》しく細めた目。その表情には酷《ひど》く艶《つや》がある。

「足りないんだろ？　もう一本、入れようか」

笹塚はそう言って、指の本数を増やす。その圧迫感に、体がびくついた。

「あっ、ん、あっ……」

指がゆっくり挿《さ》しこまれ、ぬるりと引き抜かれていく。そしてまた挿《さ》しこまれ、引き抜かれ――何度もそれを繰り返されるうちに、また切なくなってきてしまった。

「んっ、ゆび、抜か……ないで」

「フフ、由里は大胆だな？」

笹塚は悪人みたいに笑って、指の動きを速めた。くちゅくちゅと響いていた音がぐちゅぐちゅと水音を増し、ベッドの軋《きし》む音も加わる。

「やん……あっ、……や、っ……あ、……んんっ」

どんどん息が上がっていき、声も止まらなくなってしまう。すると笹塚は私の唇を塞《ふさ》いで、深く舌を侵入させた。さらに、空《あ》いているほうの手で胸の蕾《つぼみ》まで刺激しはじめる。

「……あぁっ、……ん、っ……あん、……はぁっ」

頭がぼんやりして、何も考えられない。このままだと壊れてしまいそう……でも、私はまだ壊れたくない。ちょっとだけ怖いから――

「はっ、あ。んんっ！　も、う、だめ……！　あ、おねがっ……！」

「……少し飛ばしすぎたか」

笹塚はそう言って、抽挿の速度を緩める。そして何度かゆっくり抜き挿《さ》しすると、指をぬるりと抜いてくれた。

「すげぇ、とろとろになってる。わかるか？」

先ほどまで私の中に入れていた指――笹塚はそれを見せつけるように、私の前に持ってくる。

「っ……わかんない……」

「由里の中は、イイ感じになってきてるよ。……本当はもっと啼《な》かせたいけど、それは次の機会にな。俺も、そろそろ限界だから」

……なかせる？　次の機会？　頭がうまく働かず、笹塚の言葉の意味がわからない。

そんな私を見ながら笹塚はクックッと笑い、ベッドサイドからコンビニの袋を取り上げ、四角いケースを取り出した。かさかさと包装を解き、箱を開ける。

そこから出てきたのは、小さくて四角いもの。それが避妊具だということにようやく気づいた私は、思わず視線を逸《そ》らした。

準備を終えた笹塚は、再び私に覆《おお》い被さり、耳元でそっと囁《ささや》く。

「ここからが、本番だぞ」

はむ、と耳朶《みみたぶ》を甘く噛まれ、耳殻《じかく》にそって舐《な》め上げられた。私の体は面白いくらいに跳ね上がる。

笹塚は私の反応を見て楽しそうに笑いながら、ぬるりとした硬いものを蜜口に当てた。

――笹塚が、入ってくる。

身が引きつるような、不思議な鈍痛《どんつう》に、思わず腰が引けてしまう。だが彼はグッと私の腰を掴み、逃がさないと言うかのように挿入を進めた。

「ん、イタい……っ」

「……ごめんな？」

「ううん。あやまらっ……ないで。好き、だから……我慢っ、する……！」

私は大きく息を吐き、笹塚を抱きしめる。

はじめては笹塚がいいって、私が決めたんだ。あの気持ちよさも、この痛みも、笹塚が与えてくれるものならすべて欲しい。全部、笹塚がいいんだ。

「ありがとう。俺も由里が好きだ。だから、俺のために傷ついてくれ」

私は、こくこくと必死に頷《うなず》く。笹塚は嬉しそうに笑って私に口づけ、一気に貫《つらぬ》いた。

「あぁっ――」

私が痛みに耐えていると、熱いため息が降ってくる。ぼんやり見上げれば、笹塚の顔が歪《ゆが》んでいた。さっきまでは、あんなに余裕の表情を浮かべていたのに……今の表情は、ものすごく色っぽい。

「すげぇ気持ちいい……由里」

笹塚は、ぎゅっと私のことを抱きしめて呟《つぶや》いた。

「俺のこと、好きになってくれてありがとう」

――そんなことでお礼を言われるなんて、思わなかった。笹塚は、本当に幸せそうに微笑んで私を見つめている。

――どうして？

お礼を言うのは、こっちのほうなのに。狭い世界に閉じこもっていた私を連れ出してくれたのは、あなたなのだから……

「こっちこそ、ありがとう……浩太さんが私のことを好きになってくれて、嬉しい」

「うん」

どちらからともなく、唇を重ねる。そして笹塚の腰が動き出した。

「っ！　……ん、はぁ……あっ」

突かれるたびに痛みが走るけれど、次第にそれだけじゃない感覚が生まれる。苦しくて、もどかしくて、切なくて……

この行為がこんな感覚をもたらすものだったなんて、知らなかった。でも、今この時、この人に教えてもらえて、とても嬉しい。

――大好き。

「はぁっ、あ……んっ！　あ、やぁ……あんっ……！」

腰の動きがどんどん速くなっていく。笹塚の額には汗が浮かんでいて、時折、低い声で何かを逃すみたいに呻《うめ》いている。そんな彼がすごく愛おしい。

体の内側から熱いものが湧き上がり、体中をめぐって、目の前に霞《かすみ》がかかる。

唇を合わせた時に流れこんでくる彼の唾液、肌と肌を打ちつける音、首筋にかかる彼の掠《かす》れた吐息、湿った髪から香る彼の匂い――

五感すべてが笹塚を感じている。

「はっ、んんっ……あっ、ああ……！」

「く……ッ！」

笹塚が堪《たま》らなくなったように声を上げ、びくりと体を震わせた。そして一際《ひときわ》熱いため息をつく。

激しかった抽挿が止まり、彼は私の体を抱きしめた。

体を巡《めぐ》っていた不思議な衝動もようやく落ち着き、乱れた息を整えていると、私を抱きしめていた笹塚が小声でポソリと呟《つぶや》いた。

「……もう一回」

「えっ!?」

思わず素《す》っ頓狂《とんきょう》な声を上げた。もう一回って、あれをもう一回？　どこから？　最初から？　それとも途中から？　って、途中ってなんだ！

混乱していると、笹塚は小さく笑って頬に口づけてきた。

「――したいけど、由里ははじめてだからな。今日はやめとこう」

「あ、そっか。……うん」

何度も頷《うなず》く。よくわからないけど内腿が痛いし体がだるいし、これで終わっていただけるならばありがたい。

笹塚は体を起こしてベッドの縁に座り、避妊具を外した。私も起き上がって、なんとなく笹塚の背中を見つめる。すると、妙に明るい声が聞こえてきた。

「明日があるしな！」

「明日？」

「明後日《あさって》もあるし」

「……明後日《あさって》？」

くるりと笹塚が振り返る。その表情は心底嬉しそうで、幸せいっぱいだ。私の好きな、彼の顔である。

「いっぱいしような」

………え？

これから土日と二日間、先ほどのような行為が繰り返されるということなのか？

というか二泊決定なの……？

いやいや、ダメだめ！　あんなの二日間も連続でされたら、おかしくなる！　壊れちゃうどころじゃない！　死ぬ！　確実に死ぬ！

恐怖で声を出せず、ぶんぶんと必死で首を振る。しかし笹塚はニコニコしながら私を抱き寄せ、そのままベッドに潜《もぐ》りこんだ。

え？　もう決定事項なの、それ？

私が悩んでいる間に、笹塚は「おやすみー」と言って早々と寝てしまった。私は笹塚にされた行為を思い出しては照れて悶《もだ》え、明日はどうなるんだろと考えては「うおお」と唸《うな》り、なかなか寝つけなかった。そもそも、私を抱き寄せたまま寝ないで、笹塚！　ドキドキするから！

――そして結局、土日のほとんどを彼との濃厚な時間に費《つい》やし、月曜日はへろへろになって出社したのだった。

体中が痛いとごちる私に、笹塚は一言。

「お前には体力と柔軟が足りねえ」

……なんだか無性に悔しかったので、毎日ストレッチをすることにした。笹塚との性行為に慣れるため股関節《こかんせつ》のストレッチをするとか、我に返ると色々情けなくなり、ちょっと泣きそうになってしまう。オトナのカンケイって、体力勝負なんですね……

◆　◇　◆

その日、私は息を切らしながら全力疾走《しっそう》していた。……全力で疾走《しっそう》すると言っても、速度はたかが知れている。

ようやく目的地に辿《たど》り着き、呼吸を整えてインターフォンを押した。すると悠真君のお母さんがいつも通りのふんわりとした笑顔で出迎えてくれた。

――そう、ここは悠真君の家である。

「いらっしゃい、由里ちゃん。今日は突然ねぇ？」

「は、はい。お約束しないで来ちゃってすみません。あの、悠真君、いますか？」

「いるわよ～。でも寝てるんじゃないかしら。なんだか静かだから」

「寝てるっ!?　この昼に！　ああいや、その、お邪魔してもいいですか？」

「どうぞどうぞ～」と言ってスリッパをすすめてくれるお母さん。お礼を言いつつ、私はぱたぱたと階段を上がった。下から「お菓子を用意するから、後で呼ぶわね～」と言われたので「はーい！」と返事する。

ノックもなしに勢いよくドアを開けると、悠真君はベッドにうつ伏せになり、ぐったりした様子で眠っていた。

「どーいうことだ！　悠真君、説明求む！」

「ん～？　あー、おはよ、由里ちゃん」

目をこすりながら、ゆっくり起き上がる悠真君。……なんだろう、やたら眠そうだ。

昨日の夜、レアモンスターでも追いかけていたのだろうか。

「どうしたの？　こんな昼まで寝てるなんて」

「ん〜、今朝、大学の合格発表を見に行ってたんだー」

合格発表！　そういえば、受験してみるって言ってたっけ。結果、聞いてもいいのかな？

「……ど、どうだった？」

私は恐るおそる尋ねたのだけれど——

「余裕ー。そんなにレベル高いトコじゃないし、僕、頭いいし……」

あ、そう。

……眠そうなのは、合格発表を見に行くため早起きしたからだろう。しかし、自《みずか》ら頭がいいとか言われると、なんだか複雑な思いに駆られてしまうのは、なぜなのか。

「それより、どうしたの？　なんか説明求むとか言ってたけど」

「あっ！　そうだよ、思い出した！　どういうこと、悠真君！　こ、浩太さんとすでに会ってたなんて、初耳なんだけどー！」

そうなのだ。私が約束もなく悠真君を訪ねてきたのは、笹塚からすでに悠真君と会ったことがあると聞いたからである。

びっくりした。

確かに、ゲーム上で紹介はしたけど、そんなに親しくなるほどの要素はなかったはず。

なのに、どうして？　いつの間に？

「ああ……僕からウチに誘ったんだよ。個人的に、コッコちゃんにメッセージ送ってさ」

「ゲームのメッセージで連絡取ってたのか。で、でもなんで？」

「ん～、ちょっと話がしてみたかったからなんだけど。いけなかった？」

「そ、そんなことないけど。でも、なんか悠真君がそんな風に声をかけるなんて珍しすぎるっていうか。何を話したの？」

彼は今まで、私以外の人間とはあまり深く関わろうとしなかった。それなのに……

悠真君は寝癖のついた髪をがしがし掻《か》いて「ふわー」とあくびをしつつ、寝ぼけ眼《まなこ》で私を見る。

「世間話」

「へっ、せけん、ばなし？」

「うん。僕、ここ何年かは社会との関わりが通信高校のスクーリングとアルバイトくらいしかなかったからね。笹塚さんに色々話を聞きたかったんだ。これからは大学生活もはじまるし、その辺の体験談とかね」

「そ、そうなの？　でも、そういう話だったら私もできるのに。大学は、まぁ短大だけど」

「そうだね。でも由里ちゃんからは今までもたくさん話を聞いたから、ちょっと違う人の話も聞いてみたくなったんだ。できれば同性の人にね？　ごめんね、報告もしないで」

いや、別にいいんだけど。でも、ちょっと複雑だ。笹塚に会っていたなら、教えてくれてもよかったのに。

……この間、たまたま悠真君の話題になった時、笹塚も口が滑《すべ》ったという感じでその話をしたのだ。いつ会ったとか、どんな話をしたとか、まったく教えてくれなかった。

うーん……。なんだか仲間はずれっていうか、蚊帳《かや》の外って感じがするなぁ……

私が面白くない顔をしていたからか、悠真君がクスッと笑みを浮かべた。

「ね、その顔はどっちに拗《す》ねてるの？」

「……え？」

「僕が笹塚さんに会ったことを話さなかったこと？　それとも、笹塚さんが由里ちゃんに言わないで僕と会ったこと？」

「え、うーん。ど、どっちも、かな。二人とも、言ってくれたっていいのに」

あははっ！　と悠真君が声を上げて笑う。

とても明るい笑い方だったので、少し驚いてしまった。やがて彼は軽く息をつき、改めてこちらを向く。

「笹塚さんと付き合いはじめたんだね？　おめでとう由里ちゃん。笹塚さんとお幸せにね」

「……う、うん。ありがと」

急に恥ずかしくなって俯《うつむ》くと、悠真君は妙に感慨《かんがい》深《ぶか》げな表情を浮かべた。

「そういえばね、笹塚さんが嬉しいことを言ってくれたんだ」

「ん、何?」

「僕と友達になってほしいって。年齢差はあるけど、あんまり気にしないでいいからって。これからは由里ちゃんと一緒に、ココへ遊びに来たいって言ってたよ」

「……そうなんだ」

「うん。お母さんもすごく喜んでた。由里ちゃん以外ではじめて僕を訪ねてくる人ができたから……もう舞い上がっちゃって。笹塚さん困ってたなあ」

くすくすと思い出したように笑う。ああ、それはきっと、笹塚も困っただろうな。あのお母さんのことだから、きっと涙目で「悠真をよろしくね」とか「いつでも遊びにきてね」とか一生懸命言っちゃったんだろう。わたわたと手を振って「わかりましたから」と宥《なだ》める笹塚の姿が目に浮かぶ。

「それにね、僕の大学生活がはじまったら、由里ちゃんも誘って一緒にどこか遊びに行こうって。僕はお邪魔でしょ~って言ったら、割と真面目な顔して、そういうことを気にするなって言われたよ。笹塚さんはいい人だねぇ」

こくこくと頷《うなず》く。私もそう思う。笹塚はイイ奴だ。時々すごく意地悪だし、悪人みたいなところもあるけど、基本的にはとても優しい人だと思う。

「私も行きたいな。三人で、いろんなものを見てみたい。海にも行ってみたいし、リアルで釣りにも挑戦してみたい」

「ふふっ、そうだね。でも三人って限定しなくてもいいんじゃないかな。笹塚さんに聞いたよ、会社で女の子の友達ができたんだって？　それに僕だって、大学で友達やカノジョを見つけるかもしれないよ。そしたらどんどん人が増えて楽しそうじゃない？　三人じゃなくてさ、皆で、行こうよ」

皆で、色々な場所へ遊びに行く。春になったら桜を見に行ってもいいし、秋になれば紅葉を見にいってもいい。あちこち行って、いっぱい感動して、綺麗だって騒いで……

あれ、なんだか——

「冒険みたいだね。オンラインゲームの」

「リアル冒険？　面白いね～。じゃあ僕たちはパーティだね」

「ほんとだ！」

私たちは、くすくすと笑い合う。

——いつか、時が過ぎて、悠真君にも素敵な相手が現れて、お互い結婚して、子供もできたりして。それでも時には家族も一緒に集まって、どこかに出かけたり、遊んだり、感動し合ったり……

そういう関係は、すごく良いと思う。仮想世界だけじゃなくて、現実世界でも集まることができるパーティ……ううん、同盟《アライアンス》という感じかな。そんな風になれたら、なんて素敵なんだろうと思った。そしてその時には、私の隣に笹塚がいてほしい。ずっとずっと、この先も一緒にいたいと心から願った。

幕間　彼女のメッキを剥《は》がした日

羽坂由里と付き合いはじめて一週間。俺――笹塚浩太は、この週末も彼女を自分のマンションに呼ぶことにした。彼女にも都合があるのは重々承知しているのだが、できれば片時も離れたくない。アパートに引きこもってゲームをするなら、俺の家でやればいい。同じ空間にいてくれるだけでいいんだ。――まさか自分が、これほど彼女に執着するとは思っていなかった。

土曜日の昼すぎ、大きな荷物を抱えてやってきた由里。着替えや化粧品に加えて、携帯ゲーム機とノートパソコンも持ってきたらしい。

「由里、それだけの荷物を毎回持ってくるのも大変だろ？　着替えはここに置いていったらどうだ？」

俺がそう提案すると、由里は困ったような表情を浮かべて答える。

「……いいの？　助かるけど……そういうのって、重くない？」

「は？　重い？　そんなわけねえよ。クローゼットの中の衣装ケースを空《あ》けるから、そこを由里専用にしよう」

俺は寝室のクローゼットに置いている衣装ケースの引き出しを開け、服を取り出して空《から》にする。そろそろ服の整理をしようと思っていたから丁度いい。いらない服は処分してしまおう。

なおも戸惑った様子の由里に、俺は言い募《つの》る。

「ついでだし、身のまわりのものも買い揃《そろ》えないか？　歯ブラシとか化粧水とか、由里専用のコップもあったほうがいいな」

すると彼女は、眉根を寄せて口を開いた。

「本当にいいの？　ネットには、彼氏の家に私物を置いたらダメって書いてあったんだけど……そういうのは、重いって」

その言葉を聞き、俺はようやく納得した。確かに、自分の存在を主張するため恋人の家に私物を置こうとする女性がいると聞いたことがある。だが、由里は違うだろう。

「俺が置いていいって言ってるんだから、遠慮するな。後で買い物に行こう、な？」

「う、うん」

俺に押される形で頷《うなず》く由里。彼女は、インターネットの情報を信じすぎるところがある。それが間違っているとは言わないが、恋人との付き合い方なんて人それぞれだ。俺たちは俺たちの付き合い方をすればいい……そんな思いを込めて、俺は愛しい由里に笑顔を向けた。

ない。

◆
◇
◆

――『思っていたのと違う女』。羽坂由里を一言で表すなら、そんな感じかもしれない。

俺は彼女に恋をして、失恋して、また恋をした。

最初は、猫を被っている由里を好きになったのだ。品のある化粧に、丁寧に手入れされた髪。いつも穏やかに微笑んでいて、歩き方一つ取っても品があり、お嬢様みたいだと思った。家庭的な趣味、女性らしい振る舞い。性格もおっとりしていて可愛らしいんだろうと、勝手に思いこんでいた。

そんな彼女のイメージがガラガラ音を立てて崩れたのは、ある秋の夜――ネットカフェで彼女に声をかけたあの日よりも前の出来事だ。

偶然、駅前で会社帰りの由里を見かけ、俺はつい後を追いかけてしまった。彼女が向かった先は、意外なことにネットカフェ。到着早々、仕切りのないオープン席でパソコンのモニターにかじりつく由里に、俺はそろそろと近づいた。……声もかけずに背後から近寄るなんて、正直自分でもどうかと思う。ただ、ものすごい速さでキーボードをタイプする彼女の姿に驚き、一体何をしているのか気になってしまったのだ。

……彼女はゲームらしきものをプレイしていた。おそらくオンラインゲームというやつだろう。そこまではいいのだが、こっそり覗《のぞ》いたパソコンのモニターには、ネットスラングが並んでいた。さらに、彼女は小さな声で何やら呟《つぶや》いて舌打ちする。

会社で見せる姿とはまるで違う。正直、俺はショックを受けた。俺の恋心を返せと、彼女に八つ当たりしたい気分だった。

しかし今思えば、俺は彼女のことを何一つ知らなかった。彼女の上《うわ》っ面《つら》だけを見て勝手に好きになり、勝手に後をつけて、勝手に失恋したのだ。

その後、俺は由里への思いをすっぱり諦《あきら》めることにした。しかし、会社でのふとした瞬間、彼女を目で追ってしまう。

会社の彼女と、ネットカフェで覗《のぞ》き見た彼女、どちらが本当の羽坂由里なのか――

無性にそれを知りたくなって、俺は彼女がやっていたオンラインゲームを自分もやってみることにした。共通する話題があれば、彼女に話しかけるきっかけにもなる。

……だが、そのオンラインゲームはまるで面白くなかった。

どうしたものかと途方に暮れ、いっそのこと彼女に相談してみてはどうかと思いついた。そして少し反則だと思いながらも彼女に残業を頼み、夕飯に誘ってみた。……残念ながら用事があると断られてしまったが、せめて駅までの帰り道、少しでも話ができないかと追いかけた。

……しかし彼女は全力疾走《しっそう》で駅へ向かい、息を切らしてネットカフェに入っていく。

俺は再び後をつけて入店し、そして――モニターに向かって俺への悪口を書きこんでいる羽坂由里に遭遇《そうぐう》したのだった。

その後、俺は彼女の本性を引き出し、メッキを剥《は》がした。

『本当』の彼女はものすごく元気で、驚くほどお人よしで、小心者で、寂しがりやだった。

ゲームの面白さがわからなくて困っている様子を見せれば、手を差し伸べてくれる。フットサルに誘い、弁当を頼めば、一生懸命作ってきてくれる。

会社では相変わらずのお嬢様だったが、仕事から離れると一気に花が開く。生き生きしたその姿を見てしまうと、会社の彼女がいかに薄っぺらいかがわかった。でも、会社の誰にも本当の由里を見せたくない。本当の由里は、俺だけが独占したい。

それで俺は自覚した。――俺は再び、羽坂由里に恋をしたのだと。

ゲームのモニターに映る海や空、虹《にじ》を綺麗だと言う由里。そんな彼女に、本物を見せたいと思った。少し顔を上げて外に駆け出せば、たくさんの美しいもの、楽しいことがあるのだと伝えたかった。

そう、できることなら俺が彼女を外の世界に連れ出したい。ゲーム世界を一緒に旅したように、リアルなこの世界でも、二人で感動を分かち合いたいと思ったのだ。

一月某日――

俺は、ある人物のもとを訪れていた。彼の部屋は、なかなか興味深いもので溢《あふ》れている。大きな棚には小説や漫画がぎっしり詰めこまれ、床にはあちこちにゲームソフトが詰まれている。パソコンラックに飾られたフィギュアは有名なキャラクターで、アニメに疎《うと》い俺でも知っているものだった。

部屋を眺めていた俺に、彼――悠真は微笑みながら紅茶を差し出す。

――それは、突然の誘いだった。いつものように由里とオンラインゲームで遊び、解散したところで、チャット画面にメッセージが届いたのだ。

『笹塚さん、ゆーまです』

それは、以前由里に紹介してもらったゲーム仲間の一人だった。ただ、由里とはリアルでも長い付き合いだと聞いている。

『よかったら、会って話をしませんか？　由里ちゃんのこと、僕からも話しておきたいので』

彼のことはずっと気になっていた。しかし由里に彼との関係を聞いたところ、ひどく怒らせてしまった。その後、由里の過去の話を聞いて納得したものの、やはり気にはなる。何せ由里と一番親しくしている親友なのだから。

俺は『わかった』とメッセージを返し、彼の実家を教えてもらって――今に至る。

……もちろん、由里はこのことを知らない。

「あのさ、まず聞いてもいいか？」

俺から話しかけると、悠真は「うん」と言って顔を上げる。

「……オンラインゲームではじめて会った時、どうしてあんなことを言ってきたんだ？」

あの時、彼は明らかに俺を挑発してきた。俺が由里に惚《ほ》れていることを見抜き、揺さぶりをかけるように――

思わず眉をひそめていると、悠真は静かに紅茶を飲んだ。

「いつか僕という存在を知ることになるなら、早いほうがいいかなと思って」

どうやら悠真は、わざと俺に疑念を抱かせたらしい。そして俺が悠真について由里に聞くことも予想し、さらに言えば由里が怒ることまで見越していたようだ。

俺は軽くため息をつき、温かい紅茶に口を付ける。

「で、そろそろ真意を聞かせてもらおうか？」

にこにこ笑いながら、悠真は正直に話してくれた。高校時代、やはり彼は由里のことが好きだったらしい。だが由里との未来を想像できず、親友でいることを選んだ。由里のことは好きでも、恋や愛という感情とは違ったのだという。

悠真は、俺にそのことを伝えておきたかったのだそうだ。遠慮なく由里を口説けるように。

まったく、本当に食えない奴だ。……だけど、嫌いではなかった。

その後、俺は由里をなんとか口説き落とし、晴れて恋人同士になることができた。ちなみに悠真とも『友達』になり、たまに連絡を取り合っている。

――別に恋や愛を信じていなかったわけじゃないが、由里と付き合うようになって、愛しいという言葉の本当の意味を知ったような気がした。由里がいるだけで、俺はこんなにも幸せな気分になれる。この先、何があっても絶対に離さない――俺は密かにそう誓ったのだった。

◆◇◆

「……さん、浩太さん！」

由里に名前を呼ばれて、俺はハッと我に返る。

「浩太さん、大丈夫？　なんだかぼんやりしてたけど……」

「あぁ、悪い。ちょっとな」

――我が家のクローゼットの中の衣装ケースに由里の荷物を移した後、俺たちは買い物に出かけた。歯ブラシ、化粧品、タオルや食器など、由里の身の周りのものを買うためめだ。

その帰り道、俺は由里との出会いを思い出していたとも言えず、言葉を濁《にご》した。しかし由里はさほど気にした様子もなく、俺の服の袖を引いて、小さな店を指差す。

「見て、たい焼き屋さんがある！」

――きっと食いたいってことだろうな。目がキラキラしてるし。

「食べながら帰るか。美味《うま》そうだし」

「うん！」

その満面の笑みに、にやけそうになるのを堪《こら》えながら、のんびりと帰路を歩く。

「美味《おい》しい。あつあつだね」

「あぁ。皮もパリパリしていて美味《うま》いな」

隣を見れば、由里が美味《おい》しそうにたい焼きを頬張《ほおば》っている。その表情は一つも気取っていなくて、すごく自然だ。

――由里は、俺のことをリア充だのモテそうだのとよく言うが、そんなことはない。アウトドアな趣味が多いからそう見えるだけで、実際には、至って普通の生活を送っている。告白されることは多少あったが、付き合ってみてもしっくりこなくて長続きしない。……むしろ、由里と付き合いはじめてからのほうが、リアルが充実していると思う。

先にたい焼きを食べ終えた俺は、由里に尋ねた。

「買い物は、これで充分だったか？　他に必要なものがあれば、なんでも言えよ？」

「じゅ、充分だよ！　ありがとう。浩太さんの家に来る時、荷物がだいぶ減ると思う」

「良かった。本当は、パソコンも置けたらいいんだが……」

その時ふと、ここまで来たら、いっそのこと同棲してもいいんじゃないかという考えが浮かぶ。それはとても魅力的な思いつきだった。同棲すればずっと由里と一緒にいられる。そこから結婚へもスムーズにシフトできそうだ。

――いや、先走りすぎだろう。自分は相当やられている。まだ付き合って一ヶ月も経っていないのに、もう同棲だの結婚だの……気が早すぎだろう。

何より、由里の『気持ち』がついてこないに違いない。……まずは、由里の相手は俺しかいないのだと徹底的に刷《す》りこみ、彼女にとって必要不可欠な存在になる必要がある。

俺はにっこり笑みを浮かべて、たい焼きを食べ終えた由里を抱き寄せた。彼女は少し驚いた様子だったが、嬉しそうに微笑む。

その表情が可愛くて愛しくて――絶対に離したくないと思った。もっと由里の心に入りこみ、彼女を独占したい。

愛してる――そんなありふれた言葉を心の中で呟《つぶや》いて、彼女の額にキスを落とした。

第七章　ハッピーエンドの、その後で

笹塚が私のことを好きになってくれて、私も笹塚のことが好きで、両思いになった。それまでの淡い思いは愛しいという気持ちに変化して、彼と唇を重ね、肌を合わせ、一つになれた。

それは『幸せ』と言っていいことだろう。つまり物語で言うならハッピーエンドということだ。

だが、実際にハッピーエンドになったはずの私は、毎日苦悩していた。

なぜなら、笹塚と付き合うと決めたはいいものの、相変わらず何をすればいいのかさっぱりわからないから。

人は誰かと恋人同士になった時、具体的にどのようなことをするのだろう。

秋葉原《あきはばら》で購入した戦利品を手に、私は若者の街・渋谷《しぶや》に降り立った。そして有名な待ち合わせ場所――ハチ公《こう》前で人間観察をしてみる。

休日である今日はお天気もよく、渋谷はまさに人の海だった。外国人旅行客があちこちに見られ、多くの老若男女《ろうにゃくなんにょ》が行き交っている。その中で、カップルらしき人たちは、

仲良く腕を組んだり、手を繋いで歩いていた。外国人カップルにおいては、駅前で堂々とハグしたりチューしたりしている。……外国人のスキンシップ恐るべし。絶対アレは真似できない。

私は、先ほどコンビニで購入したピザまんをもしゃりと食べる。

真冬だというのに、街はカップルで大賑《おおにぎ》わいだ。クリスマスも正月も終わった今、世間はバレンタイン色に染まっている。

……恋人ができると、色々なイベントに敏感にならなくちゃいけないんだな。今まではオンラインゲームの期間限定イベントのチェックばかりしていたが、これからはリアルイベントも頭に入れておこう。

笹塚はアクティブな性格をしているし、私がイベントに疎《うと》かったらガッカリさせてしまうかもしれない。よし、家に帰ったら、さっそく検索サイトで様々なイベントについて調べてみよう。さしあたっては目前に控えるバレンタインデーについて、恋人としての心構えなどを知っておきたいところだ。

それにしても、検索サイトというのは本当に便利である。その恩恵にあずかれる現代に生まれてよかった。

忠犬ハチ公の隣でそんなことを考えていると、スマートフォンが鳴る。ピザまんを口に咥《くわ》えたままポケットからスマホを取り出すと、笹塚からメールが届いていた。

『ゲームにログインしていないけど、今は家にいないのか？』

……最近笹塚は、私がアパートにいるかいないかを、オンラインゲームにログインしているかしていないかで判断する。その確認方法は間違っていないが、なんとなく釈然《しゃくぜん》としないものがある。

『買い物したかったから、秋葉原に出かけていたんだよ』

返事を打ち、メールを送信してポケットにしまう。口に咥《くわ》えていたピザまんを頬張《ほおば》ると、またスマートフォンが鳴った。次は電話だ。急いでピザまんを食べ終え、電話に出る。

「もしもし」

『おい、外出するなら一声かけろって、前に言っただろうが』

開口一番、笹塚は怒ったような声を出す。……確かにそんなことを言っていた気はするが、私だって一人で買い物したい時があるのだ。特に秋葉原に出かける時は、絶対に一人がいい。……リア充オーラほとばしる笹塚に、戦利品の数々を見られたくない。

「その、秋葉原は……あの、荷物がいっぱいになるし、浩太さんはきっとつまらないだろうし……」

ボソボソと言い訳していると、向こうでため息が聞こえた。

『俺は、つまらなくない。……それとも由里は、俺と一緒に出かけるのが嫌なのか？』

「そっ！　そんなことは断じてありません！　一緒に色々お出かけしたいです！　で、でも、秋葉原だけは……！」

どう説明したら納得してもらえるのだろう。戦利品には、人には見せづらい薄い本――同人誌が含まれているんですとか……？　そんな説明をしたところで、笹塚には何一つ伝わらない気がする。むしろ私が恥ずかしい思いをする羽目《はめ》になりそうだ。

ハチ公の横で苦悩していると、笹塚が呆れたような声を上げた。

『とにかく、今はどこにいるんだ』

「えっと、渋谷です」

『渋谷ぁ？　なんでそんなところに……。まぁいいか、今からそこに行くから、待ってろよ』

「へっ、今から？」

思わず素《す》っ頓狂《とんきょう》な声を上げる。

笹塚は暇なのだろうか……。彼はリア充なんだし、休日は色々と忙しそうなのに、意外だな。

それにしても、さすが笹塚だ。フットワークの軽さが私の比じゃない。アクティブ笹塚は、ちょっと外出して渋谷に行くくらい、なんの苦労にもならないのだろう。私なんか大好きな秋葉原に行く時でさえ、結構面倒くさいと思っているのに。

ハチ公の隣で、ぼんやりと笹塚を待つ。

本当はアパートに帰って戦利品の仕分けをしたかったが、今は同人誌よりも笹塚である。オタクな私とて、優先順位はきちんとつけているのだ。笹塚が待っていろというのなら、ずっとここで待ち続けられるし、買ったばかりのゲームをやりたい気持ちも我慢できる。私はハチ公よろしく『待て』ができるオタクなのだ。

きゅう、とお腹《なか》が鳴った。ピザまん一つで、お腹《なか》は満たされなかったらしい。今は午後二時——朝ご飯もお昼ご飯もまだ食べていない私は、すっかり空腹モードになっている。さっき寄ったコンビニで、おでんも買えばよかった……そう後悔していると、すぐ近くに人の気配を感じた。笹塚、もう来たのかな？

「浩太さ……」

「ねえ、一人？　君、かわいいね」

隣にいたのは笹塚ではなく、なんだかチャラそうな男だった。

な、なんということ……まさかこれは、ナンパというやつか！

今まで外出といえば、実家か秋葉原か悠真君の家に行く時くらいで、渋谷になんてほとんど来たことがなかったけれど……渋谷、怖い！　こんなオタクにまで声をかけてくるなんて、どういうことなのか。

「あ、その……ひ、人を、待っているので」

得意のお嬢様スマイルを浮かべつつ、足早に逃げようとする。しかし男は私についてきた。

「忙しいの？」

「い、忙しいんです。待っている人がもうすぐ来るので」

「じゃあ、その待ってる人が来るまでの間でいいから。うん、そこの壁際がいいな。ねえ、一枚写真撮らせてよ」

「――は、写真ですか？」

思わず立ち止まって問い返してしまう。チャラそうな男はコクリと頷《うなず》き、大判の液晶タブレットを取り出した。

「俺、ファッション雑誌のカメラマンやってるんだ。街頭で見かけたお洒落《しゃれ》な女の子を撮らせてもらってるの。一枚だけでいいから、撮らせてくれない？」

街頭で見かけたお洒落《しゃれ》な女の子……買い物へ出かける際、確かに私は会社に行く時と同じようにメイクをして無難《ぶなん》な服を身に付け、お嬢様モードを発動させている。しかし今、見る人が見れば秋葉原帰りだと一目瞭然《いちもくりょうぜん》の紙袋を両手に提《さ》げているんだが、それはいいのだろうか？

ひとまず私は、気になったことを尋ねてみることにした。

「今時のカメラマンって、タブレットで写真を撮るんですか？」

「そうだよ。編集部にすぐ写真を送れるからね」

「へぇ……時代は変わったんですね」

感心した声が出てしまう。てっきりカメラマンは一眼レフのようなカメラを使うのだと思っていた。どうも私の認識は古いようだ。

「それでさ。いい表情を撮るためにも、できればもう少し俺に心を許してほしいんだよね。だからさぁ、まずはカフェでお茶でも……」

「――何、人の彼女に気安く声をかけてるんですか」

地獄の底から這《は》い上がってくるかのような、ドスの利いた低い声。その聞き覚えのある声に、私は勢いよく振り返る。案の定そこには、腕を組んで不機嫌そうにカメラマンを睨《にら》む、笹塚の姿があった。

「浩太さん！」

彼の名を呼ぶと、笹塚は私の腕を掴んでぐっと抱き寄せてくる。笹塚の胸にむぎゅっと顔が押し付けられて、彼の香りがふわりと漂《ただよ》う。私は紙袋を提《さ》げた手をバタバタさせた。

「こっ、浩太さん、息が、しづらっ……苦しい！　あと、顔はちょっと、化粧が！」

笹塚の高そうなハーフコートに、ファンデーションが付いてしまいそうだ。しかし笹塚は、私を抱き寄せる腕に一層力を込める。

大勢が行き交う渋谷の駅前で、これはかなり恥ずかしい……！

一方の笹塚は、棘《とげ》のある声でカメラマンに話しかける。

「先ほど聞こえてきたんですけど、雑誌のカメラマンと言っていましたよね。名刺をいただけますか？」

「あっ、いや、それは……。丁度切らしていて。あはは」

カメラマンは乾いた笑いをこぼして後ずさりをする。そしてそのまま身をひるがえし、足早に去っていった。

「まったく……。由里、あんな古典的なナンパに引っかかってんじゃねえよ」

「えっ、でもあの人、雑誌のカメラマンだって言ってたよ？」

「カメラマンがタブレットで写真撮るわけねえだろ。あれは、ストリートスナップを騙《かた》ったナンパだ。大体、本当にカメラマンだったらお茶になんて誘わないし、名刺の一枚でも渡すものだ」

「そ、それもそうか……」

「最悪、言葉巧《たく》みに騙《だま》していかがわしい撮影をするつもりだったのかもしれないぞ」

「ひっ！」

やはり都会は怖いところだ。世の中のカップルを観察してみようなどと思って、都心に繰り出すんじゃなかった。

「とにかく、由里は警戒心が薄くて危なっかしいんだ。これからは外出する時、ちゃんと俺に言えよ。次も言わなかったら、怒るからな」

「うっ、わ、わかりました……」

秋葉原に行く時以外は、ちゃんと報告するようにしよう。笹塚は普段怒らないけど、時々怒るとすごく怖いのだ。

なかば強引に私から紙袋を奪い、さっさと駅のほうへ歩いていく笹塚。私は慌てて彼を追いかけ「ちょっと！」と声をかけた。

「浩太さん、どこに行くの？　あとその紙袋、絶対に中を見ないでください、お願いします、頼みます！」

「見ねえよ。コレはとりあえずロッカーに入れておくんだ。デートをするのに、荷物があったら邪魔だろ」

「え、今からデートするの？」

目を丸くしていると、笹塚は駅構内にあるロッカーに紙袋を突っ込み、てきぱきと液晶パネルを操作した。

「せっかく渋谷に来たんだし、色々見て回るのもいいだろ。由里は何か用事があるのか？」

ぶんぶんと首を横に振る。家に帰って戦利品をゆっくり愛《め》でたいという気持ちがないわけではないが、笹塚とデートできるほうが何倍も楽しい。同人誌を読むのもゲームをやるのも、後回しで構わない。

笹塚は私の肩に手を置き、軽く引き寄せる。それはいつも通りのエスコートだったけれど、その時、私はハチ公前で見たカップルの姿を思い出した。

「あっ、浩太さん！」

「なんだ？」

「その、あの……」

ゲームのことなら流暢《りゅうちょう》に話せるというのに、こういう言葉を口にするのは、妙に緊張してしまう。そして、やたらと恥ずかしい。でも私は勇気を出して、笹塚の顔を見上げた。

「今日は、うっ、腕……を、組んで、みたい……です」

やっぱり恥ずかしい！　顔がカッと熱くなり、真冬なのに体中が火照《ほて》ってしまう。私はパタパタと手で顔を扇《あお》ぎ、必死になって熱を冷《さ》ました。

でも今日、いろんなカップルを観察していて、腕を組むのは恋人っぽくていいなぁと思ったのだ。手も繋いでみたいので、そのうち笹塚にお願いしよう。

いつの間にか俯《うつむ》いていた私は、いつまで経っても笹塚が返事をしてくれないことに気がついた。見上げてみると、彼は手で口を押さえて、私から顔を背けている。しかも寒いのか、ぷるぷると小刻みに震えていた。

な、なんだこの反応。もしかして、私と腕を組むのは嫌だったのか。

それともまさか、恋人同士になったとしても、いきなり腕は組まないものなの？　最初は肩を抱き寄せる、次は手を繋ぐといった具合に進んでいき、腕を組めるようになるのは恋人としての最終形態だったとか？

「ごめん、浩太さん。やっぱりやめとく。私、腕を組むのにレベル不足だったかな。ちゃんと段階を踏むことにする」

「は？　なんの話だ。別に腕を組むくらい構わないぞ。……ホラ」

こちらに向き直った笹塚は、コートのポケットに手を突っ込み、軽く肘《ひじ》を曲げてくれる。おお、腕を組んでもいいのか！　嬉しい！

私は彼の腕に飛びつき、ぎゅっと抱きしめた。笹塚の腕はがっしりしていて抱き心地がいい。しかも無性に幸せな気分になって、油断すると顔がだらしなく緩んでしまう。

「……ああ、もう」

ニヤニヤしながら腕を組んでいると、頭上で笹塚が呟《つぶや》いた。何？　と見上げると、彼は困ったようにため息をつく。

「本当に、由里は可愛すぎて、俺は時々どうしようもなくなる」

「なんの話ですか!?」

「こんな調子だから、お前を一人で外出させたくないんだよ。わずかな時間だって、独占したくて堪《たま》らなくなる」

悔しそうにボソッと言い放ち、笹塚は私を連れて駅の外に出た。

今、笹塚が、とてつもなく甘い言葉を口にした気がする。顔が熱くなった私をよそに、笹塚は渋谷の街を見渡した。

「二時すぎか。由里も、昼食は食べた後だよな？」

「……いや、今日はピザまんしか食べてない」

「は⁉　朝から今までに食べたのが、ピザまん一つなのか？」

笹塚が信じられないといった表情で見下ろしてくる。大食漢《たいしょくかん》な彼にとって、ものを食べないというのは理解しがたいことなのかもしれないが、私にとっては日常茶飯事《にちじょうさはんじ》だ。特にゲームをしている時、面倒くさくて手抜きをしたくなる。そして私にとっての手抜きとは、食事を取らないことなのだ。

ため息をついた笹塚は、私を連れてのしのしと歩いていく。そして渋谷のスクランブル交差点を通り、しばらく道なりに進む。

「ねえ、どこに行くの？」

「とにかく食べないと、何もはじまらないだろ」

不機嫌そうに答えた笹塚が向かったのは、カレー屋さんだった。よくあるチェーン店ではなく、エスニックな外観にアジアな雰囲気を感じる、ちょっと格式高そうなカレー専門店である。

笹塚と一緒に店に入ると、ツンとしたスパイスの香りが鼻腔《びこう》をくすぐった。外国人らしき店員が愛想よく出迎えてくれて、私たちは丸いテーブル席に案内される。

「もうランチタイムは終了しているからセットメニューはないけど、単品で好きなものを頼んでいいぞ」

「私、こういうお店に来るのははじめてなんだけど、あまり辛くなくて美味《おい》しいものはある？　あ、あと、ナンっていうのを食べてみたい！」

……そう、何を隠そう私はナンを食べたことがないのだ。私は辛い食べ物が苦手である。こういうカレーの専門店はメニューも辛いイメージがあったので、なかなか入れずにいた。

「悪い。由里は辛いものが苦手だったか？　別の店のほうが良かったかな」

しまったという表情を浮かべて、笹塚が言う。私は慌てて口を開いた。

「ううん、大丈夫！　辛すぎなければ食べられるし、せっかくだから食べてみたい」

「そうだな……じゃあ、バターチキンカレーにしてみたらどうだ？　辛さは、甘口にもできるから。飲み物は、チャイとラッシーのどっちにする？」

「うーんと、じゃあ、チャイで」

実は、チャイもラッシーも飲んだことがない。でも、どんな飲み物なのかは、なんとなくわかる。ラッシーはヨーグルト飲料みたいな感じで、チャイはミルクティーみたいな飲み物だったよね。

その後、笹塚が手早く注文すると、しばらくして付け合わせのサラダが運ばれてきた。……それも、二人分。昼食はすでに済ませたという笹塚だが、なぜか自分もキーマカレーを注文していた。相変わらずよく食べるな……もしかしたら彼の胃袋はブラックホールに繋がっているのかもしれない。

私は笹塚の脅威《きょうい》の食欲をなるべく気にしないようにしつつ、サラダをぱくりと食べた。オレンジ色のドレッシングがかけられていて、甘酸っぱく、まろやかな味がする。

一人の時は食べるのが面倒くさくなることも多いが、笹塚と一緒に食事をするのは楽しい。二人でサラダの感想を言い合っていると、メインのカレーがやってきた。テーブルの中央にはナンの入ったカゴが置かれ、スパイシーな香りのする鶏《とり》もも肉も運ばれてくる。笹塚はナプキンで肉の持ち手を包み、私に渡してくれる。

「これはタンドリーチキン。スパイスが効いてて、美味《うま》いぞ」

「へぇ～。いただきます」

私はさっそく、ぱくりとかじってみる。外側はパリッと香《こう》ばしいのに、中のお肉はほろりと崩れるほど柔らかい。

「美味《おい》しい！　こんなに美味《おい》しいお肉、はじめて食べたかも」

ぱくぱくとタンドリーチキンを食べ、次はバターチキンカレーをいただく。笹塚を見ると、彼はナンをちぎってカレーに浸し、口に運んでいた。見よう見真似で、私もナンにカレーをつけてみる。

「わぁ、普通のカレーと全然違う」

「俺は家のカレーも好きだけど、たまにはこういう店でも食べたくなるんだ。辛さは大丈夫か？」

「全然、大丈夫！　ちょっとピリッとしてるけど、美味《おい》しい辛さだね」

インドカレーってこんなにも美味《おい》しいものだったんだな。それに、ナンがカレーにとても合う。

笹塚とカレーをシェアしつつ、どんどん食べ進めていく。私の顔よりも大きいサイズのナンは、あっという間になくなってしまった。

ナプキンで口元を拭《ふ》いていると、店員さんがチャイを持ってきてくれた。ほわんと湯気の立つそれは、やはりミルクティーのような色をしている。顔を近づけてみると、シナモンの香りがふわりと立ち上《のぼ》った。

「俺は砂糖なしで飲むのが好きだけど、本場では、たくさん砂糖を入れて飲むらしいぞ」

「そうなんだ。じゃあ私は、お砂糖入れてみようかな」

テーブルの脇に置いてあった砂糖壺《さとうつぼ》から、スプーンでさらさらと砂糖を入れる。そしてカップに口を付けると――

「わぁ、これもすごくスパイシーだね。舌がちょっとピリピリする」

夢中になって飲んでいると、笹塚は優しく目を細めた。

「由里と一緒に食事をするのは、楽しいな。それに、より美味《おい》しく感じる。きっとお前が、素直に食事を楽しんでるのがわかるからだろうな」

…………

な、なんだその笑顔は！　爽《さわ》やかで格好よくて素敵で、ゲームに出てくる王子様みたいじゃないか。びっくりするよ！

急に鼓動《こどう》が速くなり、顔が熱くなって頭がくらくらした。そうだ、動悸《どうき》息切れめまいによく効く有名な薬があった気がする。

いや、とりあえず落ち着け私。私はチャイをゴクゴク飲み干して、深呼吸した。真冬だというのに、私の体は驚くほど火照《ほて》り、背中には汗をかいている。

ほんの少し笹塚が微笑んだだけなのに、この挙動不審《きょどうふしん》ぶり。果たして私は、無事に恋人生活を続けることができるのだろうか……

カレー専門店を後にした私たちは、大きな通りをぶらぶらと散策することにした。

街のあちこちにバレンタインのステッカーやのぼり旗が立っていて、ふと百貨店のショーウィンドーに目を向ければ、ピンクのハート型クッションとともにお洒落《しゃれ》なネクタイや革靴、腕時計などが並んでいる。

隣を歩く笹塚をちらりと見上げる。彼は興味深そうに、百貨店のショーウィンドーを眺めていた。

……やっぱり、笹塚もバレンタインデーは気になるのかな。手作りチョコとか作って渡したら、喜んでくれるかな。

「あの……浩太さんは、チョコレート、欲しい？」

おずおず尋ねてみると、笹塚は私を見下ろし、ニヤリと口の端を上げた。

「毎年、会社でくれるじゃないか。お菓子屋のチョコレートクッキーをバラして包み直したやつだっけ？」

「ああっ、あれはその！　……ごめんなさい」

かっくり肩を落として謝れば、クックッと楽しそうに笹塚が笑う。

「冗談だよ。もちろん、欲しい。手作りだと、なお嬉しい」

「そ、そっか。じゃあ……今年はちょっと、がんばってみる」

ぽそぽそ決意を表明したところ、笹塚は思い出したように「あ」と声を出した。

「嬉しいけど、会社の奴らと同じものは嫌だ。あっちは正直、既製品のお菓子で充分だ」

「も、もちろん、浩太さんにはちゃんと特別なものをあげるよ。……ただ、あまり期待しないでね？」

何せ私には、いり卵風の卵焼きと、カリカリベーコン丸コゲアスパラという珍品を作り出した過去がある。繊細な工程が必要になりそうなお菓子作りでは、どんなミラクルが起きるかもわからない。……もちろん、悪いほうの意味で。

失敗した時の保険として、ちゃんと既製の高級チョコでも買っておこう。あ、食べ物以外にも何かプレゼントしたいな。

「浩太さん、何か欲しいものはある？」

「欲しいもの？　うーん……今は特にないな」

「いやいや、何かあるでしょ。頑張ってひねり出して！　たとえばネクタイとか、ハンカチとか！」

「ネクタイもハンカチも充分あるし……。欲しいもの、欲しいものなぁ」

そう呟《つぶや》きつつ、笹塚は意味ありげに私を見下ろす。なんだろう。首を傾《かし》げると、笹塚はフイッと私から視線を外した。

「――やっぱり、ない」

「ええ〜！」

「強《し》いていうなら、バレンタインデーの日は、うちに来て泊まってほしい。あ、でも今年のバレンタインは平日か。そうだな、バレンタイン後の週末に来てくれないか？」

なんだそれ、いつものことじゃないか。それでなくとも、笹塚は週末になるたびマンションに来いと誘ってくるのに。

でも、彼がそれを望むのなら……バレンタインのある週は泊まろうかな。

イベントを目前にして、周りのカップルたちがどことなく浮き立っている気がしていた。けれど、どうやら私も同じみたいだ。


束の間のデートは終わり、私は流されるまま笹塚のマンションにお邪魔していた。夕飯もお風呂も済ませて、今はパジャマに着替えている。……パジャマだけじゃなく、歯ブラシも化粧品も替えの下着も、今ではこの部屋に置いてあるのだ。

本当は今日、秋葉原で買った戦利品を開封したかったため断ろうかと思ったのだが……「来るだろ？」という笹塚の言葉に、脊髄《せきずい》反射で「うん」と頷《うなず》いてしまった。

確かに笹塚とは一緒にいたいが、同人誌だって読みたい。とはいえ、ここで戦利品を開封するわけにもいかない。ソファに座って苦悩していた私の頭に、笹塚がポンと缶ビールを載せてきた。

しい。

「ビール飲むか？」

「……ん、ありがとう」

私が受け取ると、笹塚は隣に座ってビール缶のプルタブをぷしっと開ける。普段自分のアパートで飲む時は、いつもお安い発泡酒かチューハイだ。だから久々のビールが嬉しい。

喉を潤《うるお》すようにゴクゴク飲んでいると、笹塚はテレビのリモコンを手に取り、ぽちぽちとチャンネルを変えた。夕飯時を過ぎたこの時間帯は、トークバラエティー番組が多い。内容はさほど面白いものでもなかったので、私はソファの上で体育座りをし、スマートフォンを弄《いじ》った。ブラウザを立ち上げて、検索サイトを表示させる。

調べるべきは、バレンタインデーの心構え。きちんと予習をしておいて、当日笹塚をガッカリさせないようにしなければ。

『バレンタイン、恋人、過ごし方』

そんなワードを入力して検索すると、『バレンタインデーにまつわる男性の本音』という記事を見つけた。これは参考になりそうだ！

『手作りチョコレートより、市販のチョコレートのほうが本当は嬉しい』

え、嘘!? てっきり男という生き物は、手作りお菓子が大好きなのだと思っていた。

しかし実際は衛生面や美味《おい》しさの問題から、無難《ぶなん》な既製品のほうが安堵するらしい。手作りは重いし、絶対美味《おい》しいと言わなきゃいけないプレッシャーが辛いのだそうだ。

なるほどなぁ……って、待てよ。それなら会社で配《くば》ってるチョコレートクッキー、別に手作りだと偽《いつわ》って包装し直さなくてもいいんじゃない？　よし、今年からは普通にスーパーで買った既製品にしよう。

でも、笹塚には何を渡そう。もしかしたら笹塚も、本心は既製品のほうがいいって思っているのかな。私に気を使って手作りがいいと言っているだけで――

私の料理の腕は、我ながら相当酷《ひど》いレベルだと思う。当然、そのことを笹塚は知っている。

しかし彼は、私のヘタクソなお弁当のおかずを美味《おい》しそうに食べてくれるという、稀《け》有《う》な人間でもある。う～ん、それを考えると、手作りでも大丈夫か。

私は唸《うな》りつつ、記事の続きに目を走らせた。

『チョコレートと一緒に、ちょっとしたプレゼントは好感度・大！』

おお、やっぱりそうなのか。私だって、プレゼントをもらったら嬉しい。

何なに、人気のプレゼントは――ハンカチ、ネクタイ、キーケース？　うーん、さっき笹塚にいらないと断られたものばかりだ。それから意外なところでは――文房具かぁ。……笹塚は仕事の際、自前の文房具を使っているみたいだし、これは選択肢に入れてもいいかもしれない。

「さっきから、何をブツブツ言ってるんだ？」

「わっ」

笹塚がグッと私の肩を掴み、強引に身を寄せてくる。彼の胸元からは、ふわりと石鹸《せっけん》の香りがした。

「あ、そのっ、バ、バレンタインデーについて調べておりましてっ」

「バレンタインデー？　昼に話したばかりじゃないか。ウチに泊まりに来るんだろ」

「そ、それはそうなんだけど。どんなチョコが好感度アップにつながるのかなとか、ちょっとしたプレゼントは視野に入れておくべきかなとか、色々調べてたんだよ」

私が素直に答えると、笹塚は「好感度？」と呆れたような声を出す。

「なんで今さら、好感度なんか気にするんだよ」

「だ、だって、重要事項じゃない。浩太さんはその、私の……か、彼氏なんだし」

彼氏という言葉を口にするのは、すごく恥ずかしい。私は照れ隠しにゴクゴク缶ビールを飲み、ぷはっと息を吐いた。

「こ、恋人と過ごすバレンタインデーなんて生まれてはじめてだし、失敗したくないし。浩太さんには、もっと私を好きになってもらいたいし……」

缶ビールについた水滴を見つめながら呟《つぶや》くと、笹塚が長いため息をついた。

「由里、これ以上お前を好きにならせて、どうしたいんだよ」

「え？　だって幻滅《げんめつ》されるより、いっぱい好きになってほしかったから――」

「それはそうかもしれないが。……まったく」

困ったように笹塚は呟《つぶや》き、缶ビールを呷《あお》る。上下に動く彼の喉仏を何気なく見つめていると、ビールを飲み終えた笹塚がこちらに目を向けた。その瞳には艶《つや》があって、すごく色っぽい。

「まぁ、確かに俺も、由里にはもっと俺を好きになってもらいたいな」

空《から》になった缶ビールをガラステーブルに置き、私の髪をさらりと撫《な》でる笹塚。

――どきりとした。

笹塚には、不思議なスイッチがある。仕事の時には絶対に入ることのない、私しか知らない、彼のスイッチ。

普段から格好いい彼だけど、艶《つや》めいた瞳や少し意地悪そうな微笑みが、いつも私の心をかき乱す。どこか妖艶《ようえん》な雰囲気もあり、目を逸《そ》らせなくなるのだ。

もっと俺を好きになってもらいたいと笹塚は言うけれど――これ以上彼を好きになったら、私は壊れてしまう気がする。

やがて、ゆっくりと唇が重ねられた。

「ん……っ」

異性との触れ合いに慣れていない私の体は自然と強張《こわば》り、思わず手を握りこむ。すると、笹塚の大きな手がそこに重ねられた。

彼は啄《ついば》むようなキスを何度も落とし、親指で私の指をゆるりと撫《な》でる。

緊張をほぐしてくれるようなキスは、とても優しくて――私が色んな意味で初心者すぎるから、きっと気を使っているんだろうな。

「こ、浩太さん……」

「ん？」

笹塚の声色は、酷《ひど》く甘い。キスの合間を縫って息を継いだ私は、彼を見上げた。

「ごめんね、まだ、慣れなくて」

そう謝ると、笹塚はくすりと小さく笑い、再び唇にキスを落とした。そして私の腕を引き、きゅっと抱きしめてくれる。

「一生懸命、俺の思いに応《こた》えようとしてる由里が可愛い。慣れてるかどうかなんて気にするな。……ちゃんと、俺が慣れさせてやるから」

「本当？」

「本当だ。由里は俺の前だけで、乱れたらいい。もっと恥ずかしいことも、自分からできるようになろうな」

笹塚が目を細めて微笑む。その表情は妖《あや》しくて、まるでいけないことをすすめてくる、悪い大人のようだ。

私はうんと頷《うなず》いた。だって、私は笹塚を愛したい。愛する方法を教えてくれるなら、いくらでもその知識が欲しい。ネットで簡単に調べられるようなものじゃなくて、笹塚が欲しがる、愛の表現方法を知りたい。

笹塚は、ソファの肘《ひじ》掛けに私の頭をそっと乗せて、覆《おお》い被さってくる。それからちゅっとキスをして、首筋に舌を這《は》わせた。

「ん、ふ、……ぁ」

ゾクゾクとした痺《しび》れが体を駆けめぐる。首筋って、堪《たま》らなくなるほど気持ちいい。

笹塚はゆっくりとパジャマをめくり、私の胸を露《あら》わにした。リビングの蛍光灯が明るく部屋を照らす中、私は恥ずかしくてそっと目を逸《そ》らした。

「可愛いな」

笹塚はぽつりと呟《つぶや》き、そして——次の瞬間、ぴりっとした快感に襲われる。

「あぁっ」

笹塚の人差し指が胸の頂《いただき》を撫《な》でる。クルクルと円を描くように弄《いじ》られると、そこは赤く色づいてぴんと尖《とが》ってくる。

「っ、ん……っ、ふ、ぁ……あんっ」

痙攣《けいれん》したようにビクビクと肩が震えて、息が上がる。

笹塚は蕾《つぼみ》を引っかくみたいにして人差し指を動かし、やがてそこに口づけた。

「――あ！　はぁ……っ、ん！」

ジュ、ちゅ、ちゅる。

ぷっくりと膨《ふく》らんだ頂《いただき》に舌を這《は》わせ、とろとろと舐《な》める。私は、縋《すが》るように笹塚の腕を掴んだ。彼はフッと笑うと、ちゅっと音を立てて頂《いただき》を吸い上げた。

「んんっ」

「由里の反応は初々しくて、楽しい。油断すると、やりすぎてしまいそうになる」

クク、と喉の奥で笑う笹塚は、すごく意地悪に見える。私が困った顔をしていると、笹塚は「なぁ」と、提案するように声をかけてきた。

「下も、見ていいか？」

「え……でも、ここ、明るいよ？」

「明るくないと、ちゃんと見えないだろう？」

そ、それはそうなのだが――こんなに明るい場所で下半身を見られるのは、酷《ひど》く恥ずかしい気がする。しかし、微笑む笹塚を見ていると嫌とは言えない。

「ほら、由里。自分でできるよな？　脱いで、俺に見せてくれ」

「……な、なんか、言い方が意地悪じゃない？」

「そうかな。由里は、俺に見られたくないのか？」

妖《あや》しく目を細め、笹塚が問いかけてくる。彼に見られたくないのか、見られたいのか……そんなの、わからない。……でも、笹塚には愛してもらいたいし、愛したい。——それなら。

「み、見られたい……」

「本当に由里は可愛いな。お前のそういうところ、堪《たま》らないほど大好きだ」

額にキスを落とされ、恥ずかしくて声も出せない。

笹塚に見守られながら、ソファの上で、ゆっくりとパジャマのズボンを脱ぐ。下着はどうしようかと一瞬考えたが、一緒に脱ぐことにした。

こんなに明るい場所で裸になるのは、本当に恥ずかしい。一人でお風呂に入る時は全然気にならないのに、彼が見ていると思うだけで、体が火照《ほて》って熱くなる。

「ぬ、脱いだ……よ？」

「まだだろ？　脚を広げて、俺にちゃんと見せないと」

なんだかとても無茶な要求をされている気がした。でも、笹塚は私を待っているのか、こちらを見つめたままだ。

私はぎゅっと目を瞑《つぶ》り、羞恥《しゅうち》を我慢してゆっくり脚を広げた。彼の前で、一番恥ずかしい場所を露《あら》わにするなんて——

「う、ぁ……は、恥ずかしい……」

そう呟《つぶや》くと、内腿を掴まれてグッと大きく開かれた。ヒヤリとした空気を感じて、びくびくと震えてしまう。恐るおそる目を開けると、笹塚がソコをジッと眺めていた。

「そ、そんなとこ、見ないで……」

「いや、しっかり見ておかなくちゃ。何せ、大好きな由里のすげぇ可愛い場所なんだから」

「か、可愛くないよ。そこは、絶対可愛くない！」

「そんなことない。……ほら？」

笹塚が秘所の一部をつんと人差し指でつつく。すると私の体は面白いように跳ね上がって、思わず声を上げてしまった。

「あぁっ！」

「ほら、めちゃくちゃ可愛い。ここは一番感じるところだ。もっと弄《いじ》れば、もっと気持ちよくなる。……頑張って、慣らしていこうな？」

にっこりと笹塚は笑い、私が最も感じる場所を、くにくにと弄《いじ》りはじめた。

「あっ、んんっ、ふ……っ！　は、がんばっ……て、慣らした、ほうが、いいの？」

「いいに決まってる。俺も嬉しいし、由里は気持ちいい。由里がいっぱい感じると、俺はその分幸せになれる」

笹塚は心から幸せそうに微笑んだ。その笑顔が眩《まぶ》しくて、嬉しくて、愛おしくて、私は震える声でうんと頷《うなず》く。

「んっ、じゃ、がんばる……ふ、っ、あぁっ！」

「あー……マジ、可愛い。ほら、こうしたらもっと感じるんじゃないか？」

彼はそう言って、胸の頂《いただき》にしていたみたいに、芯を軽く引っかいてくる。

「ひゃ、じゅ、充分、感じてるから、やっ、んっ……はぁ、あっ」

堪《たま》らなく気持ちがよくて、私は息を切らしながら笹塚の愛撫に耐えた。

「……とろとろになってきた。由里が上手に感じられたからだな」

指が動けば、くちゅりという音が響く。そのぬるぬるしたものが自分の体から分泌されたものだと思うと、恥ずかしくてどうにかなってしまいそうだった。

やがて彼の人差し指が、つぷりと蜜口に侵入してくる。

「あっ……！」

「ここも、慣らしていかないとな」

中でくるりと指を回され、私は喉を反らした。

「っ……、く、ぅん……あ……んっ」

笹塚は根元まで埋めた指を中で曲げたり、伸ばしたり――そしてゆっくりと抜き、再び奥に挿入する。

「ふ、ぁ……あ」

「気持ちいい?」

こくこく頷くと、笹塚は私の額に口づけた。瞼、鼻、頬にも優しい口づけが降ってきて、最後は唇に重なる。

「ここも、気持ちよくなろう」

囁《ささや》きの後、口腔《こうこう》に舌が挿《さ》しこまれた。舌と舌をねっとりと絡ませ、ちろちろと舐《な》め合う。

「っ、ん……ぁ、そん、な……ぜんぶ、気持ちよく……なっちゃう」

「全部気持ちよくなればいいんだよ。ここも好きだろう？」

笹塚が空《あ》いているほうの手で胸の頂《いただき》を摘《つ》まむ。

「あぁっ！　ん、ぁ……だめ、おかしくなり……そ……」

秘所の指は二本に増やされ、動かされるたびにぬちぬちと卑猥《ひわい》な音が響く。与えられる快感の大きさに、どうしていいかわからなかった。

「おかしくなればいいんだ。俺だけには、見せていい」

「こ、浩太さん……っ、んんっ」

深く口づけられ、口の端から唾液がつっと流れるのがわかった。その間も、膣内に埋められた指先の動きは止まらず、ぐちゅぐちゅと掻《か》きまわされる。

「ふっ……んっ、……ん！」

息苦しい中、否応《いやおう》なしに襲いかかってくる快感に、頭がぼんやりとしてきた。笹塚との行為すべてが気持ちよくて、感情がどんどん高まっていく。

「やっ……、んっ、ぁ、浩太さ、ん……な、なんか、変っ……」

それまでに感じたことがないくらい快感が膨《ふく》らんで、目の前がチカチカして——

「んっ、……あっ、あん……ふ、あぁ……っ！」

びくびくと、一際《ひときわ》大きく体が震えた。頭の中が真っ白になり、ぜいぜいと肩で息をする。

笹塚が膣内から指を抜くと、とろりと何かが溢《あふ》れる。びっくりして笹塚に目を向けると、彼は穏やかに私を見つめていた。

「上手にイけたな」

「い、いく……？　今のが、そ、そう……なの？」

「そう。慣れてきたら、もっとイけるようになる。いっぱい感じて、もっとすごいこともしような」

「……そうしたら、浩太さんは嬉しいの？」

脱力気味の体を持て余しながら聞くと、彼は「もちろん」と頷《うなず》いた。そして再び覆《おお》い被さり、私の秘所をくちりと弄《いじ》る。

「由里がたくさん感じると、俺もすごく気持ちよくなれる。ここに、俺のものが挿入《はい》るんだから」

「んっ……ぁ」

まだ敏感なそこを触られて、私の体はびくんと震えた。

——私が気持ちよくなると、笹塚も気持ちよくなれる。それなら、私ももっとがんばらなくちゃ……

「うん。私……がんばる。浩太さんに気持ちよくなってもらいたいから、いっぱい、感じられるようにするね」

笹塚のパジャマの袖を掴んで微笑むと、笹塚は目を丸くした。そして「あー……」と呟《つぶや》き、片手で顔を覆《おお》う。

「今のは反則だろ」

「反則？」

「……なんでもない。じゃあ由里、俺のことも気持ちよくしてもらおうか？」

笹塚は一度立ち上がり、避妊具を手に戻ってくる。そのままスウェットのズボンを下げると、片手で装着した。そして——

「ふっ……ん、あ……っ！」

指とは比べものにならないくらいの圧迫感。硬い彼自身が内襞を押し広げていく感触は、すごく気持ちよくて、腰が浮いてしまう。

「――く、っ」

笹塚は何かに耐えるような表情を浮かべて、ぐぐ、と腰を進める。あまりに苦しそうで、私は震える手で笹塚の頬を撫《な》でた。

「っ、あ、浩太……さん、痛い、の？」

私がもっと感じて気持ちよくならないと、ダメだったのかな？　しかし彼は私を見つめ、小さく噴き出した。

「逆だ。気持ちよすぎて、俺のほうが頭おかしくなりそう」

その言葉にカァッと顔が熱くなり、私は目を泳がせながら「よ、よかった」と呟《つぶや》いた。

笹塚は私の頭を優しく撫《な》でて、耳にちゅっとキスをしてくる。

「全然足りない。もっと由里が欲しい。何度でもしたい。ずっと、繋がっていたい――」

耳元でそう囁《ささや》き、グッと勢いよく腰を進める。

「あっ……！　ん、やぁ……お、奥……っ、に」

突然深いところを貫《つらぬ》かれて、背筋に甘い痺《しび》れが走った。

「由里、由里。ああ、もう我慢できない。ごめん、ちょっと、乱暴に行く」

笹塚は私の唇を塞《ふさ》ぎ、腰を大きく動かした。先端まで抜かれ、また奥まで突かれる。

「ふ、ぁ、あっん！」

ソファからずり落ちそうになり、思わず笹塚の首にしがみつく。そして彼の背中に脚を絡ませると、熱い杭がより一層深いところにあたる。

「はっ、あっ、……このっ、体勢……や、あん……あっ！」

快感の波が何度も襲ってきて、私は必死で彼に抱きついた。肌と肌がぶつかり、ぎしぎしとソファが軋《きし》む。

「……奥を突かれるの、好きなのか」

腰を動かしながら、笹塚が静かに問う。私はただ彼にしがみつき、何度も頷《うなず》いた。

「す、好き……っ！　浩太さんに、おく、突かれるの、好き……！」

「はっ……、く。……殺し文句だな」

笹塚が唇を噛む。そして激しく腰をグラインドさせた。抽挿されるたびにぐちゅぐちゅと水音が増していき、快感も膨《ふく》らんでいく。

「あぁ……っ！　あ、すき。浩太さん！」

「俺も好きだ。由里……愛してる。お前のすべては、俺のものだ」

荒く息を吐き、笹塚は根元まで奥に挿《さ》しこんだ。そして私の体を強く抱きしめて
「クッ」と呻《うめ》き、体をびくびくと震わせる。

「っ、あー……。由里のナカ、気持ちよすぎて全然もたねえ……」

私の上でぐったりする笹塚。一方の私は、まだ体が震えていて、太腿もカクカクしている。

「もたない？」

言葉の意味がわからず首を傾《かし》げると、笹塚は困ったように笑って、私の中からずるりと杭を抜いた。その瞬間、ぶるっと体が震える。……挿入の時だけじゃなく、抜かれる時もすごく変な感じがする。

笹塚は、避妊具を処理しながら言葉を続けた。

「もっともっと由里を気持ちよくしたいのに、途中で何も考えられなくなる。由里が欲しくて、とにかく自分のものにしたくて、それだけになってしまうんだ。……そろそろいい年なのに、落ち着きがねえなって思ってさ」

ようやく体の震えがおさまってきて、私はゆっくりと起き上がった。

「でも、私からしたら、それはちょっと嬉しいことかも。だって私も、浩太さんのものになりたいって思うもん」

へへ、と笑うと、笹塚はちらりと私に視線を向け、乱暴に抱きしめてくる。

「そんなこと言ってると、止まらなくなるぞ？　由里のこと、壊してもいいのか？」

「こ、壊すのはやめていただきたい」

「それなら、あんまり可愛いことばっかり言うな。これでも、結構抑えてるんだからな」

若干《じゃっかん》面白くなさそうに、笹塚が呟《つぶや》く。

……この状態でまだ笹塚は自分を抑えているのか。笹塚が本能のままに動いたら、私は一体どうなってしまうんだろう。

想像はできないもののなぜか悪寒《おかん》が走り、私は笹塚の背に手を回した。……よくわからないけど、言動には気をつけよう。

◆◇◆

翌朝、寝室のカーテンから射しこむ朝日が眩《まぶ》しくて、私はゆっくりと目を開いた。

……太腿と股関節《こかんせつ》が痛い。笹塚と付き合いはじめてからストレッチは続けているものの、そう簡単に体が柔らかくなるわけもなく――

私は「いたたた……」と呟《つぶや》きながら身を起こした。

ベッドで寝ていたのは私一人。笹塚は、リビングにいるのかな。

一つ伸びをしてベッドを下り、クローゼットの中の衣装ケースの引き出しを開けた。

これは、笹塚が私のために用意してくれたものだ。パジャマや下着、着替えなどを入れている。……この部屋では自由に過ごしてくれと言われているものの、他人の家のクローゼットを開けることには、やっぱり慣れないなぁ。

私は引き出しから下着とニットワンピースを取り出し、着替えを済ませる。そして自分の鞄《かばん》から眼鏡を取り出して装着し、化粧道具を手に寝室を出た。

昨日は泊まる予定じゃなかったので、化粧直し程度の道具しか持っていない。……備えあれば憂《うれ》いなし。今後、出かける時は常にフル装備で行くべきなのか。でも化粧道具ってかさばるんだよね。どうしよう……

そんなことを考えながら洗面所に向かおうとすると、リビングから「由里」と声をかけられた。

「おはよう、コーヒーできてるぞ」

「あ、おはよう浩太さん。コーヒーありがとう。お化粧してから行くね」

「……別に今日は出かける予定もないんだし、化粧なんかいいだろ」

笹塚が呆れたような声を出す。しかし私は、どうしても化粧をしたい。

「よくない。せめて眉毛は描かせてください。あと、コンタクトレンズも入れたいです」

「そういえば由里、お前それ、眼鏡じゃないか。由里のすっぴんってちゃんと見たことがないな。ちょっと、見せろよ」

私は慌てて顔を手でガードする。

「嫌だ！　眉毛を描いてコンタクトレンズを入れない限り、顔を見せたくない！」

笹塚の家に泊まる時は、たとえ風呂上りでも軽くファンデーションを塗って眉毛を描き、リップを付けている。コンタクトも寝る直前まで外さない。これは私にとって最低限必要な装備なのである。特に眉毛とコンタクトレンズは絶対だ。私は、形を整えるために眉毛を短めにカットしている。そのため、すっぴんだと平安時代の引き眉みたいに見えるのだ。加えて眼鏡は高校の頃から使っている安物で、レンズが分厚い。フレームも黒フチで真四角《ましかく》だ。すなわち、ダサイ。

だが、笹塚はドシドシ足音を立てながらこちらに近づいてきて、顔を覆《おお》っていた私の両手をガシッと掴んだ。酷《ひど》い！　公開処刑か！

「うわああ！　やだー！」

「……なんだ、可愛いじゃないか」

「可愛くない、恥ずかしい！　屈辱《くつじょく》だー！」

「すでに俺は余すところなく由里のすべてを見ているというのに、眉毛と眼鏡が恥ずかしいのか」

「それとこれとは別なの！」

廊下で喚《わめ》いていると、笹塚はおかしそうに笑った。そして、私の唇にキスを落としてくる。びくっと肩を震わせると、彼は私を抱きしめてきた。

「俺は由里のすっぴん、好きだけどな。会社で見るお嬢様な由里と違って、ちょっとあどけない感じがヤバイ」

「そっ、なっ……！」

動揺していて言葉が出てこない。すっぴんが可愛いなんて、あるわけない。私の顔はあどけないというより、地味なのだ。……笹塚の視力は悪いのだろうか。いや、しかしコンタクトレンズを使っている様子もないし、少なくとも私よりいいはずだ。

「由里の眼鏡姿、可愛い。絶対それ、会社で見せるなよ」

「た、頼まれても見せないよ……！」

「嬉しい。由里のすっぴんを知ってるのが俺だけなんて、すげぇ優越感」

そう微笑んで、ぎゅーっと強く抱きしめてくる笹塚。な、なんだろう、ちょっと様子がおかしい。いつもの倍くらい甘々になってる。まさか、眼鏡萌《も》え属性を持ってるとか？　意外すぎる。

でも、そっか……笹塚は眼鏡好き……。それなら私も、眼鏡でいたほうがいいのかな？

――いや、待て早まるな、落ち着け自分！　これはオシャレな眼鏡じゃない。はっきり言って瓶底《びんぞこ》だ。そしてレンズの面積もやたら大きく、ダサさ一〇〇パーセントの代物《しろもの》！

「あっ、あの、浩太さん。やっぱり、眉毛と眼鏡は――」

「いいから。俺、今の由里を堪能《たんのう》したい。リビングに行ってコーヒーを飲もう」

「ま、待って！　本当に！　って、うわぁ!?」

ぐるんと視界がまわる。笹塚が私を抱き上げたのだ。

「や、やめてー！　お願いー！」

「はっはっは。嫌がる由里って、なんでこんなに可愛いんだろうな」

「浩太さん、可愛いの使い方、絶対間違えてる！」

そんな抵抗の声も虚《むな》しく、私は強制的にリビングへ連れていかれる。そして、コーヒーを持ってきた笹塚に頼みこみ、眉毛だけは描かせてもらったのだった。


コーヒーを飲んでまったりした後は、笹塚と一緒にコンビニおにぎりを頬張《ほおば》った。これは、昨日の帰り道にコンビニで購入しておいたものだ。

……二人揃《そろ》ってコンビニおにぎり。恋人同士で食べる朝食としては、ちょっと寂しいかもしれない。

やっぱり料理スキルは身に付けておくべきかなぁ。一度実家に帰って、特別講習を受けようか。母さんは話が長くなって料理に辿《たど》りつけない気がするから、姉ちゃんに頼もう。

私は笹塚の淹《い》れてくれた緑茶を啜《すす》る。先ほど淹《い》れてくれたコーヒーといい、緑茶といい、とても美味《おい》しい。笹塚は料理をしないようだが、コーヒーやお茶にはちょっとこだわっているらしい。一方の私は、自分のアパートでもお茶を淹《い》れることなんて滅多《めった》にない。飲み物は基本的にペットボトル飲料か缶飲料だ。……もしかして、私より笹塚のほうがマメなのかな。それは、彼女としてどうなのか……

「また何か、妙なこと考えているのか？」

笹塚が三つめのおにぎりを手に取り、ぴりりとフィルムを剥《は》がしながら聞いてくる。

毎度のことながら、いい食べっぷりだ。

「妙なことというか、やっぱりちゃんとお料理を覚えたいなって思ったんだよ」

ガラステーブルに置かれたコンビニの袋。自分一人ならなんとも思わない光景だけど、笹塚と一緒にいる時には、ちょっと味気なく思える。

私は袋の中からゆで卵を取り出し、ぱりぱりと殻《から》を剥《む》いた。コンビニのゆで卵って、ほんのり塩味がついてて美味《お い》しいんだよね。……料理オンチの私でも、ゆで卵くらいなら上手く……作れるのか？

笹塚はおにぎりを三口で食べて、私と同じようにゆで卵を取り出す。

「由里が自主的に料理をしてみたいのなら止めないけど、恋人だからっていうのが理由なら、別に覚えなくてもいいと思うぞ」

「……でも、フットサルのお弁当、もうちょっとグレードアップしたほうがいいって思うでしょ？」

そうなのだ。笹塚と付き合いはじめてからもフットサルのお弁当作りは継続しているわけだが、メニューは相変わらず同じ。出来栄《できば》えも進歩がない。

「いや、俺は今の弁当で充分満足してるぞ。由里のおかずは味もいいし、愛情が入ってる感じがして好きだし、おにぎりは格別だし」

そう言って、にっこり微笑む笹塚。う、その言葉はまぁ、すごく嬉しい。

いや、だがしかし！　笹塚の甘い言葉に満足してはいけないのだ。私はもっと笹塚に喜んでもらいたい。フットサルの後タッパーを開け、驚いてもらいたい。……もちろん、感動する方向の意味で！　そしてあわよくば、私に惚《ほ》れ直してめろめろになっていただきたい！

先日、水沢が言っていた。男は上半身と下半身が別の生き物——つまり、生まれながらの浮気性なのだと。自分のことだけを愛してもらうには、結局のところ女性の努力が必要不可欠だという。惜しまぬ愛情と、ほんの少しのスパイス。恋人関係を維持するということは、とても大変なことなのだ。

「……やっぱり私、ちゃんと料理を習ってみる。姉ちゃんは料理上手だし、頼めば容赦なくスパルタで教えてくれるから」

「そうか。でも無理はするなよ？」

「大丈夫。浩太さんをめろめろにして、よそ見させないようにするには、やっぱり胃袋を掴むのが一番だから！」

　思わずそう口にして、ぐっと拳《こぶし》を握りしめると、笹塚が「はぁ？」と呆れた顔をした。

「なんだそれ。めろめろとか、よそ見させないとか」

「えっ、あ……その、人から聞きまして。恋人にはちゃんと目を光らせて、惜しまぬ愛情を与えつつ、与えすぎないよう気をつけるとか……」

　さすがに水沢のアドバイスとは言えず、若干《じゃっかん》言葉を濁《にご》しながら答える。すると、緑茶を飲んでいた笹塚がジト目になって睨《にら》んできた。

「ほぉ？　それはまた、結構なアドバイザーがいたもんだな。誰だ、そんな余計なことを言ったのは？」

「そ、それはプライバシーの問題もあります故《ゆえ》、内緒にさせていただきたく……」

「ふぅん。それで？　愛情を与えすぎちゃいけないのは、どうしてなんだ？」

　私は目を泳がせつつ、水沢の言葉を思い出す。

「え、えっと、男の人は愛情に慣れちゃうんだって。そうやって愛情が当たり前になると、油断するの。『こいつは俺に従順だ』って思った男の人は十中八九《じっちゅうはっく》次の女に走るから……愛情と一緒に危機感も与え続けなくちゃいけないの。つまり、飴《あめ》と鞭《むち》ってやつ！」

　すると笹塚は、「ほう」と言って頷《うなず》いた。……なんか、不穏な空気がにじみ出てる気がする。

「なるほどなぁ。由里の周りにいる人間は把握していたつもりだが、まだまだ邪魔な伏《ふく》兵《へい》がいるようだな」

クックックッと含み笑いをする笹塚。その笑い方はゲームのラスボスみたいで、いかにも悪人風だ。彼はガラステーブルに湯呑みを置くと、私の肩をぐっと引き寄せた。

「わっ！」

「なぁ、由里？」

笹塚はそう囁《ささや》いて、私の頬を優しく撫《な》でてくる。

「お前は、俺が浮気すると思うのか？」

「え……と、それは……」

浮気しそうに見えるかと尋ねられたら、もちろん答えはＮＯだ。彼は誠実な人だし、私のことを裏切らないと思う。

「う、浮気なんて、しないと思う。でも、男の人は、上半身と下半身が違う生き物だって、言われたから……」

「フ……、まぁ、そういう意見も時々聞くな。反吐《へど》が出るが」

意地悪に目を細め、笹塚は私に口づけた。そして、問答無用で舌を滑《すべ》りこませてくる。

「ふっ、んん！」

思わず彼の腕を掴むと、笹塚は私の頬を両手で挟み、容赦なく口腔《こうこう》を蹂躙《じゅうりん》した。

「んっ……はぁっ、……ん、んん」

私の舌を掬《すく》い取り、自分の舌に絡ませる。それからジュッと音を立てて舌を吸い、歯列をゆっくりなぞっていく。その後、ようやく深い口づけから解放され、肩で息をしていると、笹塚は私の髪を撫《な》でながら尋ねてきた。

「由里は、俺がどんな気持ちでお前を好きになったか、知らないだろ?」

「え……。う、うん」

「そもそも俺は、由里の上《うわ》っ面《つら》に惚《ほ》れていたんだ」

コツンと額を合わせて、笹塚が静かに告白する。

「だけどある日、お前の本当の姿を知った。ネットカフェでゲームをしていた由里は、会社で見る由里とはまったく違っていた。……それですべてを悟ったんだ。俺が惚《ほ》れた由里は、ニセモノなんだって」

その言葉に、私は目を丸くする。……笹塚が、お嬢様を装《よそお》っていた私に惚《ほ》れていたなんて。

「正直、最初は落ちこんだよ。イメージが違いすぎて、すげぇ驚いたし。ただ、どうしても気になったんだ。どうして由里は自分を偽《いつわ》って生きているんだろうって」

……それから、笹塚は正直な気持ちを伝えてくれた。はじめは、ただの好奇心だったこと。けれど、だんだん本当の私に惹《ひ》かれていったこと。そして……羽坂由里という人間をまるごと好きになったこと。

「お人よしで、小心者で、不器用で、辛い過去があるからこそ人に優しくて、思考がいつもナナメ上で、ゲームをしている時は生き生きして目を輝かせている由里が好きなんだ」

「こ、浩太さん……」

みるみる体が熱くなっていく。そんな風に思ってくれていたなんて——恥ずかしいけど、すごく嬉しい。

笹塚は私の両手を握ると、軽く唇を重ねてくる。

「こんな俺が、浮気をすると思うか？」

「……う。思いません……」

「よし。理解してくれて何よりだ。さて、由里？　俺からも是非、確認したいことがある」

「は、はい」

一体何を確認したいんだろう？　ドキドキしながら笹塚を見つめていると、彼はニヤリと目を細めた。

「由里。俺は裏切りを決して許さない」

笹塚は耳元でそう囁《ささや》き、耳朶《みみたぶ》を甘く食《は》む。ゾクッとして、身が震えた。

「っ、ン、ぁ……」

「俺は、由里みたいに優しくない。由里がもし、他の男に目を向けたら……何をするかわからない」

鎖骨のあたりを指でなぞり、そのままニットワンピースの中に手を侵入させる笹塚。そしてそのままブラの中に手を伸ばし、頂《いただき》を指で掬《すく》い上げた。

「あっ！　あ、んん、浩太……さんっ」

コリコリ指で弄《いじ》られると、すぐに硬くなっていく。胸の小さな蕾《つぼみ》は、私の脳に甘い快感を送りこんだ。

「由里、由里も浮気はしないよな？　後悔したくないだろう？」

「んっ、ぁ……し、しない……頼まれたってしないし、んっ、……私が好きなのは浩太さんだけだよ！」

とめどなく与えられる官能に耐えながら訴えると、笹塚はフッと笑った。

「それならいい。でも、まさか由里がそんな風に考えて、俺をめろめろにしようとしていたなんてな。これは、俺も負けてられないな」

そう耳元で囁《ささや》き、そのまま舌を挿《さ》しこんでくる笹塚——ぐちゅりと卑猥《ひわい》な音が大きく響き、私は体をびくりと震わせた。

「やぁっ、んっ……」

舌先でぴちゃぴちゃと耳朶《じだ》を舐《な》められながら、同時に胸の頂《いただき》も弄《いじ》られる。私の体は痙《けい》攣《れん》したみたいにびくつき、息が上がっていく。

「はっ、は……あ、ンっ！　ま、負けてられない……って、ぁんっ！」

「俺も浮気されないように、由里をめろめろにしないとな。……俺なしでは生きていけないくらいに」

笹塚が酷《ひど》く物騒なことを言っている気がする。だけど耳を攻められ、胸を攻められ、さらには彼の手がするりと内腿に入っていって、私はそれどころじゃなくなってしまった。

「あぁっ！　浩太さん、朝だから……ぁっ、やっ」

「時間なんて関係ないだろ」

「か、関係あるよ。んっ……こういうのは夜じゃなきゃ、ひゃっ」

ちゅっと耳朶《じだ》を吸われ、耳の縁を舌でなぞられる。私は目を瞑《つぶ》って、そのぞわぞわする快感に耐えた。

「中途半端で終わりにしろと？　なぁ……したい。由里……しよう？」

笹塚の艶《つや》のある声を聞き、全身が熱くなった。彼からの誘いを断れるはずがない。

若干《じゃっかん》困りつつも、笹塚の大きな背中に手を回した時――

ピリリ、ピリリ、ピリリ……

甘い空気が一瞬にしてなくなるような機械音が、リビングに響いた。

ピリリ、ピリリ、ピリリ、ピリリ、ピリリ……

機械音はやむことなく鳴り続けている。笹塚は私に覆《おお》い被さりつつ、しかめっ面《つら》をして、ガラステーブルに置かれていたスマートフォンを取った。そして液晶画面をちらりと確認し、そのまま電話を切ってしまう。

「えっ、どうして切ったの!?」

「どうでもいい電話だ」

いや、用事も聞かずに判断していいの？

そう口にしようとしたのだけれど、笹塚にキスをされて口を塞《ふさ》がれてしまう。彼はそのまま内腿に手を這《は》わせ、ニットワンピースをたくし上げた。

「あっ、んん……いい、の？　やぁ……ンっ」

ちゅ、と音を立てて上唇を吸い、チロチロと舐《な》めてくる笹塚。そして私の脚の間に体を滑《すべ》りこませ、ショーツごしに秘所を人差し指でなぞった。

「ひ、あぁ……っ」

「いいんだ。本当にどうでもいい相手だから。今は、由里とするほうが大事」

「んっ……ふ、ぁ……っ」

笹塚の指が最も敏感な芯にあたり、ゾクゾクした快感が体中を襲う。けれど布越しの愛撫では物足りなくて、もじもじと腰が揺れてしまった。

「んっ、こ、浩太さん……ぁっ、……おねが……」

私がそう口にしかけた時――

ピリリ、ピリリ、ピリリ……

笹塚のスマートフォンが再び着信を告げた。笹塚は私の唇にキスを落とし、秘所を弄《いじ》りながら、空《あ》いているほうの手でスマートフォンを掴み着信を切る。しかし、ほどなくして再び――

ピリリ、ピリリ、ピリリ……

「あっ、ん、浩太さんっ……！　で、出てあげなよ！」

首筋に吸いついてきた笹塚の肩を掴み、私は訴える。こんなに着信があるということは、それだけ急用なんじゃないの？

笹塚は酷《ひど》く不機嫌な様子で身を起こし、「チッ」と舌打ちしてスマートフォンを手に取る。そして棘《とげ》のある声で電話に出た。

「もしもし」

私はソファに座り直し、ニットワンピースの裾を整えつつ、少し冷《さ》めた湯呑みを手に取った。

「――うるせぇな、今、取りこみ中だったんだよ。察しろよ。……はぁ？　それは前に断っただろ。しつこいぞ。俺は行かねえ。理由？　面倒くさい。大体な、お前らいつまでOBとしてでしゃばる気だよ。いい年して、学生気分もいい加減にしろよ」

聞いたこともないほど低い声で、笹塚は電話の相手と喋《しゃべ》っている。OBや学生気分……というキーワードから察するに、大学時代の友達だろうか。

大学時代かぁ。私は短大に入った頃、オタクを隠すために化粧品を買ったり服を買ったり、美容院ではじめてデジタルパーマをあてたり——お洒落《しゃれ》するってこんなにもお金がかかるんだって愕然《がくぜん》としていたな。

ぼんやりそんなことを思い出していると、笹塚が私の肩に腕を回してきた。そしてぎゅっと抱き寄せられる。

「大体俺、同期や後輩で会いたい奴もいねえし。先輩？　絶対、嫌だ。……うるさいな、俺は今の生活で充分潤《うるお》ってるの。彼女もいるし……そういうの、嫌がるに決まってるだろ。……いや、お前と一緒にするんじゃねえ、俺の彼女は真面目なんだよ。じゃあな」

笹塚はまくしたてるように言って電話を切り、長いため息をついた。

「……大学の人？」

おずおず尋ねると、笹塚はスマートフォンを睨《にら》みながら「ああ」と頷《うなず》いた。

「サークルの同期。前から飲み会に誘われていたんだ。ずっと断ってるんだが、しつこくてな」

「そうなんだ。どうして断ってるの?」

不思議に思って尋ねると、笹塚は眉間《みけん》に皺《しわ》を寄せた。

「俺はもう、あのハイテンションな学生ノリについていけない。由里とのんびり二人で飲むほうがいい」

「う。それは……あの、嬉しいけど……」

「それに、サークルの飲み会は本当に面倒くさいんだ。女のメンバーも多いから」

「あ……。なるほど」

ようやく納得する。笹塚は容姿がとてもいい。しかも面倒見もよくて、基本的に優しい。きっと、いろんな女の子に言い寄られたことだろう。

「大学時代の浩太さんは、モテまくりのリア充だったんだろうなぁ」

「リア充なんかじゃねえよ。大体な、声をかけてくる女すべてが俺の好みってわけじゃないんだぞ?」

「ああ、そっか。タイプじゃない子から好意を寄せられても、困るだけだよねぇ」

「そもそも俺は、色んなアウトドアを楽しむサークルだって聞いてそこに入ったのに、実際は飲みサーもいいとこだったんだ。先輩の命令は絶対で、飲めって言われたらどんなに限界でも飲まなきゃいけない。地獄だぞ」

「そ、それは……地獄だね」

お酒を強要するサークルって本当にあったんだ……私には理解しがたいよ……

「うちのサークルは、女もノリがいい子が多くてさ。基本的にちゃんとしてる子が多かったけど、中にはやたら軽いのもいた。俺はそういう子がすげぇ苦手でさ。なのに、妙に絡んでくるし……だから俺は大学卒業した後、ほとんどサークルの飲み会には参加しなかったんだ。ＯＢがでかい顔するのも嫌だしな」

そっか。なんとなく笹塚の事情は察した。ただ、それでも今日みたいに飲み会のお誘いが来るということは、それだけ彼は人気があるってことなんだろう。

……うーん。私が笹塚を独占していていいのかな。私は毎日会社で笹塚に会えるし、休みの日はこうやって一緒にいられるけど、サークルの人たちにとっては、滅多《めった》に会えないのだろうし。たまには、顔を出したほうがいいんじゃないかなぁ。

そんなことを考えていると、またも笹塚のスマートフォンが鳴りはじめた。

ピリリ、ピリリ、ピリリ……

笹塚は眉をひそめてスマートフォンを確認し、再び着信を切る。……なんだか、相手が可哀想になってきた。

「ね、浩太さん。さっきから電話をかけてきてるのは、男の人なの？」

「そう、同期の男」

私は少しホッとして、言葉を続ける。

「……飲み会、行ってきたらどう？」

「はぁ？」

スマートフォンを睨《にら》んでいた笹塚が、ぎょっとした顔でこちらを見る。私は彼の服の袖をきゅっと握った。

「浩太さんが断っても断っても誘い続けているのは、それだけ浩太さんに会いたいってことなんじゃない？　私は外面《そとづら》ばかり取り繕《と》《つくろ》って、本当の友達は悠真君しかいなかった。それでいいと思ってたけど、短大で楽しそうに学生生活を送っている人たちのこと、ちょっとだけ羨《うらや》ましかったよ。だから、あの、うまく言えないけど……」

うーん、どう言えば笹塚に伝わるだろう。こういうところで、自分は不器用だと再認識してしまう。私が言葉に詰まって俯《うつむ》いていると、笹塚は私の頬をするりと撫《な》でた。

「由里は優しいな」

「いや！　優しいとかじゃなくて――」

「ようするに、もっと人の絆《きずな》を大切にしろって言いたいんだろ。そんな考え方ができるのは、間違いなく優しい証拠だよ」

笹塚は私の額にキスを落として、「わかった」と頷《うなず》いた。

「由里がそう言うなら、飲み会に行ってくる。ただその日は、次の週末なんだよ。由里が来てくれるって言ってた日」

眉間《みけん》に皺《しわ》を寄せて言う笹塚に、私はにっこり微笑んだ。

「私なら大丈夫だよ。行ってきなよ」

「……鍵を渡しておくから、ウチで待っててくれないか？　帰ったら、一緒にゆっくり過ごそう」

「わかった」

こくりと頷《うなず》くと、笹塚は私の唇に軽くキスを落とした。

――よかった。きっと、相手も喜ぶんじゃないかな。

水沢なら『対応が甘い！　激甘クリームパンケーキより甘い！』とか言いそうだけど、笹塚を慕《した》う人をないがしろにすることはできなかった。

第八章　現実世界《リアル》が見せる、春の空

バレンタインが終わり、笹塚と約束した週末がやってきた。

ちなみに会社では、去年と違い、既製品のチョコレートを配《くば》った私。「今年は手作りじゃないんだね」とツッコまれたものの、それ以上は何も追及されず、ちょっとホッとした。

紙袋やスーパーの袋を手に提《さ》げて、笹塚の家に向かう。現在の時刻は午後七時。今頃、笹塚は飲み会の真っ最中だろう。「できるだけ早く帰る」と言っていたので、日付が変わる前には帰宅するんじゃないかな。

鍵を開けて笹塚の部屋に入ると、ふわりと彼の香りが漂《ただよ》った。どことなく安心し、私はさっそく台所に向かった。

私には使命がある。そう、笹塚にチョコレートを振る舞わなければいけないのだ。

なんのチョコにしようか散々悩んで検索サイトを徘徊した私は、チョコレートフォンデュを作ってみることにした。

なぜなら、作り方が簡単だから。チョコレートを溶かして、フルーツをカットするだけ！　冷やして固めたり、温度を計ったりする必要もない。ちょっと大きなスーパーに行けば、チョコレートフォンデュのキットまで売っているのだ。すばらしい！

ちなみに、プレゼントは諦《あきら》めた。……今の私にはまだレベル不足であったのだ。いつかセンス的な意味合いでレベルアップしたら、渡したいと思う。

私はスーパーの袋からチョコレートフォンデュのキットとマシュマロ、フルーツを取り出した。そしてまずは、フルーツのカットにとりかかる。

リンゴの皮剥《かわむ》きって難しいな……母さんや姉ちゃんは、リンゴを回しながらスルスル～と剥《む》いていたけど、私の包丁さばきだと「ザクッ」「ゾリッ」と、およそ皮剥《かわむ》きとは思えないような音がする。まぁ、皮さえ剥《む》けたらいいのだ。……皮がかなり分厚い気がするけど。

オレンジも難しい。とりあえず八等分にしてみたが、この皮はどうやって剥《む》いたらいいのだろう。夏みかんを剥《む》くみたいに手でやってみたが、めちゃくちゃ硬かった。仕方ないので包丁で皮の部分を切ってみる。ぐにゅっと果肉が出てきたのだが……大丈夫かな？

次はバナナ！　これは簡単だ。果物は皆バナナになればいいのに！　……しかしバナナの切り口がすごい速さで黒くなっていく。なぜだ。もしかしてバナナは、後で切ったほうがよかったのかな？

たかがフルーツ、されどフルーツ。こんな調子で、私は料理上手になれるのだろうか……

大きなお皿にいびつなフルーツを盛り、マシュマロをあちこちに置いてデコレーションしてみた。……よし、見てくれはマシになったはずだ。おそらく。

あとは笹塚の帰りを待つのみ。空《あ》き時間の暇つぶしは大得意である。私は浴室を借りてシャワーを浴びた後、鞄《かばん》から携帯ゲーム機を取り出したのだった。

——遠く、遠く。耳の奥に、聞き慣れた音が響いてくる。

大好きなオンラインゲームの曲だ。ああ、やっぱりこのゲームの音楽は最高だなぁ。……そうそう、ここのフレーズが好きなんだよね。でも、どうしていきなりこの曲が流れてきたんだろう　今日はログインしていないのに……

……ハッ！

「寝てたー！」

ソファの上でガバッと体を起こす。ゲームをやっている最中に、寝てしまったらしい。

そしてこのゲーム音楽は、私のスマートフォンの着信音である。

「は、はいもしもし！」

慌てて電話に出ると、『由里！』という笹塚の声が聞こえてきた。しかし、とても聞き取り辛い。どうやら彼は、ものすごく賑《にぎ》やかな場所にいるようだ。

笹塚は『うるせえ！』と一喝すると、改めて私に声をかけてくる。

『悪い、由里。今終わったから、帰る』

「あ、うん」

『おい、笹塚ぁ～。愛しい彼女の声を聞かせろよ～。なんだよお前、ちゃっかりイチヌケしやがって～』

『うるせえ黙れ！　お前は帰れ！』

『笹塚先輩～、なんで二次会行かないんですかぁ～！　や～だ～！　笹塚先輩が一緒じゃないとつまんない～』

『お前も帰れ、鬱陶《うっとう》しい！』

笹塚がすげない対応をしている。彼の周りには、サークルのメンバーがいるらしい。私が一番苦手としているタイプ――いかにもリア充な感じの男女の声が、ひっきりなしに聞こえてくる。

通話を終えた私は、ため息をついた。

……ちょっとホッとしている。もちろん、笹塚が浮気するとは思っていない。彼のことは信じているけど、ただなんとなく怖かったのだ。理由はわからない。とはいえ、自分から飲み会に行っておいでと言った手前、そんな不安を口にするわけにもいかない。

二次会に参加せず、笹塚が帰るコールをしてくれたことがすごく嬉しかった。

さぁ、もうすぐ笹塚が帰ってくるのだし、フォンデュの準備に入ろう。冷蔵庫からいびつなフルーツの盛り合わせを取り出し、ガラステーブルに置く。そしてフォンデュのキットを取り出して、はたと気づいた。

「フォンデュもいいけど、お酒もあったほうがいいかな」

笹塚は飲み会帰りだし、いらないかと思っていたけれど……やっぱり、ちょっとくらいは用意したほうがいいかもしれない。スマートフォンで検索してみると、チョコレートに合うお酒はブランデーやワインと書かれていた。

笹塚はどっちが好きだろう……前に一緒にバーに行った時、彼はウィスキーを飲んでいた。それなら、ブランデーのほうが好きなのかな？

よし、善は急げだ。近くのコンビニにはお酒が売っていたし、ブランデーがなければウィスキーでもいいだろう。

私はさっそくコートを着て、笹塚の部屋を後にする。すっかり夜も更けていて、あたりには人気《ひとけ》もほとんどない。

とその時、路肩《ろかた》にタクシーが停まっていることに気がついた。

まるで見計らったみたいに、後部座席のドアが開く。中から出てきたのは、黒いハーフコートを着た笹塚だった。

「浩太さん」

「おっ、由里か。もしかして、わざわざ出迎えてくれたのか？」

「ううん、そこのコンビニで買い物しようと思って」

私が答えると、笹塚が「そうか」と言ってこちらに近づこうとする。――けれど突然、彼のハーフコートの裾がタクシーの中に引きこまれた。

「うわっ!?」

「笹塚先輩～！　やっぱりヤダー！　飲み直しましょうよ～！」

後部座席の奥から女の子の声が聞こえる。どうやら笹塚のコートを引っ張っているようだ。彼は乱暴に裾を引っ張ると、「嫌だ！」と断る。

「タクシー代も払ってやっただろうが。さっさと帰れ」

「せっかく先輩が飲み会に来てくれたのに、もうお別れなんて嫌です～！　カノジョなんて放っておいて飲みましょうよ～」

「そうそう。その子だけ先輩を独占するなんてズルい！　今日くらい、いいじゃないですかー！」

どうやらタクシーの中には、二人の女の子がいるらしい。しかし笹塚はサッとタクシーから離れて私の肩を抱き、ハーフコートの裾をパンパンと払った。

「そもそも俺は、飲み会に行く気すらゼロだったんだ。でも俺の彼女は優しいから、お前らを気遣って行ってきていいと言ってくれたんだよ。最低限の義理は果たした。もう付き合う理由はない」

はっきりとそう宣言し、笹塚は「行くぞ」と行って私を促《うなが》した。私はタクシーを気にしつつも、笹塚と一緒にコンビニへ向かう。

しばらくして、笹塚がため息をついた。

「疲れた……」

「お、お疲れ様」

「もう二度と行きたくない。酔った奴の介抱させられて、トイレに付き添って、店員に平謝りして……それなのに他の奴らは手伝いもせず自分本位で話しかけてくるし、肝心の幹事は狙ってた子と一緒に途中で消えるし……」

「……本当にお疲れ様です」

サークルの飲み会というものは、思っていたよりカオスなもののようだ。

「由里～」

唐突に、笹塚がぎゅっと私を抱きしめる。

「わっ！　な、なんですか」

「はぁ、由里の匂い……好きだ」

笹塚が動作不良を起こしている。どんなエラーが彼の中で起こっているのだろう。彼はこういう甘えん坊キャラではないはずだ。

「こ、浩太さん。ここ外だから！　も、もうすぐコンビニだから！」

「あぁ、由里。お前は俺の癒《いや》しだ。会いたかった」

「昨日も会社で会ったじゃないですか！」

まさか笹塚、結構飲んでるのかな？　会社の飲み会ではいつもけろっとしているけど、今日は様子が違う気がする。もしかして、無理やり飲まされちゃったのかな？

「大丈夫？　コンビニに入ったらトイレ行く？」

「ん～……悪い、ちょっと、行ってくる」

普段よりずっとゆっくりな足取りの笹塚と一緒に、夜のコンビニに入った。笹塚は店員に断りを入れてからトイレに向かい、私はお酒が陳列されている場所に行く。……しかし、あれだけ飲んでいては、これ以上アルコールなんて飲めないだろう。お酒を買うのはやめて、ミネラルウォーターにしよう。二日酔いに効く栄養ドリンクも、あったほうがいいのかも。

私が移動しようとしていると、後ろからヒソヒソと声が聞こえてきた。

「あれが彼女？」

「え～！　全然、冴《さ》えない感じ。しかもさ～、なんかあの子、作ってる感じしない？」

振り返ると、二人の女性が私を睨《にら》んでいた。おそらく先ほどタクシーに乗っていた、笹塚の後輩だろう。パンツが見えるんじゃないかと思うくらい短いスカートで、一人は生脚《なまあし》、一人はニーソックスを履《は》いている。そして華やかな色のコートに、ラインストーンやラメが入ったネイルアート。髪は二人ともアッシュグレーで、ふわふわのロングヘアーだ。

……どうしよう、私の苦手なタイプの女子だ。いや、すごく可愛らしいとは思う。ただ高校時代、私や悠真君をイジメていたのが彼女たちのようなタイプだったんだよね。以来、こういうタイプの子はできるだけ避けるようにしてきたんだけど——

それにしても、まさかついてきていたなんて。ここは、気づかないフリをして無視するのが一番だろう。下手に何か言うと、喧嘩を売られそうだ。

私は栄養ドリンクコーナーに行って、二日酔いに効くドリンクを探してみる。おお、結構色々とあるもんだな。何が一番効くんだろう……こういう時は検索サイトだ。いついかなる時も、私は検索することを忘れない。

スマートフォンを弄《いじ》っていると、また後ろでヒソヒソ声が聞こえてきた。

「絶対そうだよ、作ってる。いかにも、ぶりっ子って感じだもん。笹塚先輩、あんなのがいいの？　ヤダー」

「いかにも男ウケを意識しましたーって感じだよね。ウザい。化粧で誤魔化《ごまか》してるけど、アレ地味顔だよ。ダッサ。正直、釣り合ってないよ」

……これは、わざと聞こえるように言っているな。小中高と、よくやられていた手だ。どうして女という生き物は、対象のすぐ後ろで陰口を叩くのだろう。どうせ聞こえるように言うのなら、面と向かって言えばいいのに。

とはいえ、悲しいことに彼女たちの言葉はすべて当たっていた。そう、私は表面上を取《と》り繕《つくろ》い、お嬢様を装《よそお》っている。水沢にもぶりっ子女と言われたことがあるし、地味顔を化粧で誤魔化《ごまか》している。もっとも男ウケは意識しておらず、角《かど》の立たないキャラを目指したつもりだ。このあたりは、同性に嫌われないためにも、再研究の必要があるかもしれない。

……それにしても、やっぱり見る人が見たら「作っている」とわかるんだなぁ。女の観察眼の恐ろしいことよ。

どうにも居心地が悪くて、栄養ドリンクコーナーの前でまごまごしていると、後方から笹塚の不機嫌な声が聞こえてきた。

「お前ら、なんでここにいるんだよ。タクシー乗って帰れって言っただろ」

「あっ！　だ……だって先輩」

「だってても何もない。俺たちの後をついてきたのか？　さすがに怒るぞ」

笹塚の声は低く、ドスが利いている。さすがに女の子たちは怯《ひる》んだようだった。

「ご、ごめんなさい。あの、三月の集まりには絶対来てくださいね」

「皆、笹塚先輩が来るの、楽しみにしてますから！」

バタバタと二人はコンビニを出ていく。しばらくして、タクシーの走り去る音が聞こえた。

「……ごめん、由里。あいつら、なんか言ってたか？」

「う、ううん。何も言ってなかったよ」

思わず首を横に振る。陰口を叩かれていたことなど、あまり口にしたくない。笹塚はため息をつくと、私の手を握ってきた。

「待たせてすまなかったな。早く帰ろう。……買い物は終わったのか？」

「あ、ちょっと待って……えっと、コレとお水。レジに行くから、もう少し待ってて」

私は慌てて栄養ドリンクとミネラルウォーターを手に取り、レジに向かった。


コンロの火でくつくつとチョコレートを溶かす。

笹塚のマンションに戻った私は、さっそくチョコレートフォンデュの用意をしていた。

酔っぱらったところに、チョコレートフォンデュはきついのではないか。そう思い明日にしようかと提案したのだが、笹塚は「今日食べる」と言ってきかなかったのだ。

今、彼はシャワーを浴びている。リビングにチョコレートの香りが広がってきた頃、ドアが開いて笹塚が顔を出した。

「おお、チョコレートの匂いだ。もうできたのか？」

「もうすぐ、できる……っと、これでいいのかな？」

スマートフォンのタイマーが鳴ったところで、私はキットの説明書をもう一度確認して火を止め、アロマポットに似た陶器にチョコレートフォンデュを流し入れた。受け皿の下には、固形燃料を置く場所がある。

「浩太さん、陶器の下にある固形燃料に火をつけてくれる？」

「ああ、コレだな」

私がガラステーブルに陶器を置くと、笹塚はライターで火をつけてくれた。再びくつくつと音を立てはじめるチョコレート。私はさっそくマシュマロをフォークで刺し、チョコレートに浸した。

「はい、浩太さん。どうぞ」

「……あーんって、やってくれないのか？」

「……あーん」

酔っ払った笹塚は、すっかり甘えたになっている。私がマシュマロを差し出すと、彼はパクッと口にした。

「甘い。うまい」

「本当？　私も食べてみよう。……うん、思ってたより美味《おい》しいね」

やはり、説明書をちゃんと読んで作ってよかった。料理初心者は、とにかくレシピ通りに作るべし。姉ちゃんの格言である。

「はぁ、やっぱり由里が隣にいるとホッとするなぁ。次はリンゴがいい」

「はいはい。浩太さんの話から大体は察したけど、楽しくなかったの？」

ジャガイモの乱切りみたいになっているリンゴから、極めてマシなものを選んでチョコレートにつける。それを笹塚に食べさせると、彼はモグモグと口を動かしてから

「うーん」と困ったように眉をひそめた。

「楽しくないかと聞かれたら、そりゃ楽しかったけど。それ以上に面倒なことも多かったっていうか」

「なんか想像つくね。浩太さん、面倒見がいいから」

「放っておいてもいいんだが、それだと店に迷惑がかかるだろ？　損な性格だって思ってるよ」

笹塚は、「次はバナナ」と指示してくる。……自分で食べる気はないらしい。私は大人しくフォークをバナナに刺し、チョコをつける。たっぷりつける。切り口が黒くなっていることを誤魔化《ごまか》したい。

「ん、うまいな。俺、バナナが一番好きかも」

「そういえば、お祭りの屋台でもチョコバナナって売ってるしね」

私もバナナにチョコをつけて食べてみる。安定の味というか、王道というか、やっぱり美味《おい》しい。

笹塚が火をつけてくれた固形燃料は、ほどなく燃え尽きてしまった。チョコレートフォンデュはすぐに固まってしまうので、あとは時間との戦いだ。残ったらレンジで温めて、明日パンに塗って食べるという手もある。

少し落ち着いたところで、笹塚は改めてこちらに向き直る。

「……由里、さっきは本当にすまなかったな。まさかコンビニまでついてくるとは思わなかった」

「浩太さんが悪いわけじゃないんだし、謝らなくていいよ。……その、あの女の子たちは、浩太さんのことが好きなのかな？」

恐るおそる尋ねてみると、笹塚は「どうかな」と首を傾《かし》げた。

「正直なところ、恋愛の『好き』じゃないと思う。あれくらいの年の子は、年上の男が良いものに見えるんだよ。実際、男のＯＢは女の後輩に人気があるからな。同年代の男より金もあるし、エスコートの仕方なんかもスマートだったりするし」

「そういえば、二人組だったもんね。本当に好きなら、仲良く追っかけなんてできないか……」

もし私という存在がいなかったとしても、二人同時に交際を迫るなんてことはないよね。彼女たちの笹塚に対する気持ちは恋じゃなくて、憧れの先輩……そんな感じなのかもしれない。

ただ、私は妙にモヤモヤするものがあって、そっと俯《うつむ》く。

「俺は居酒屋からさっさと帰ろうとしたんだが、あの二人が酷《ひど》く酔っぱらっていてな。駅に放置しても誰かに迷惑かけそうで、仕方なくタクシーに乗せたんだ」

「なんと言うか、浩太さんって本当に貧乏くじ引いちゃうタイプなんだね……」

「まったくだよ」

疲れたように、笹塚がガックリと肩を落とす。その時私は、ふと気になったことを尋ねてみた。

「そういえばあの子たち、三月は来てくださいねって言ってたけど」

「あー、あれは……。なんか飲み会のノリで、三月の上旬に早めの花見をしようかって話になったんだ」

非常に面倒くさそうに、そして嫌なことを思い出した様子で笹塚が答える。

「まぁ、桜なんてまだ咲いてないから花見は口実みたいなもんなんだが。それでバーベキューをすることになって、俺も誘われてさ……」

笹塚の口調がだんだん渋いものになっていく。やがて、とても言いづらそうに呟《つぶや》いた。

「由里を連れていっていいなら、参加するって言ってしまったんだ」

「え、私？」

「あんまりしつこく誘うもんだから、つい。そしたら連れてこいって言われて、トントン拍子で話が固まってさ……」

笹塚が長いため息をつく。おそらく笹塚は、私の話を出せば引き下がると思ったのだろう。でも、裏目に出てしまったというところか。

正直、私は行きたくない。何せバーベキューだ。苦手なリア充の一大イベントではないか。

だけど……

ふと、先ほど女の子たちにコンビニで言われた言葉を思い出す。

——笹塚先輩、あんなのがいいの？　ヤダー。

——正直、釣り合ってないよ。

私は、笹塚と釣り合っていないのかな？　周りからはそう見えるってこと？

ふと考える。

そっか、私はそれでモヤモヤしていたんだ。

笹塚が私を思ってくれているのはわかる。私も彼が好きだ。それで充分なはずなのに、釣り合っていないと言われるのは、思いのほかショックだった。

本当に、笹塚は私でいいのだろうか。

そんな考えを打ち消すように、私はぶんぶんと首を横に振った。そして——

「……いいよ、行く」

気がついたら、そう答えていた。

「いいのか？」

「うん。見世物《みせもの》みたいになるのは嫌だけど、浩太さんが傍にいるなら大丈夫だよ」

私は、笑顔を作って答える。すると笹塚がちゅ、とキスを落としてきた。ほのかなビールの香りに、チョコレートの甘い味。笹塚は口づけを終えると、私の顔をジッと見つめる。そしてくすりと笑って目を細めた。

「チョコレート」

「え？」

「頬についてるぞ」

いつの間に？　私は指で拭《ぬぐ》おうとしたけれど、それより早く笹塚が頬に口づけ、ぺろりと舐《な》めてしまう。

「ん……！」

「甘い」

熱のこもった呟《つぶや》きを落とし、笹塚は私に覆《おお》い被さり、体重をかけてくる。

「こ、浩太さん。重い！」

ばしばし背中を叩くと、くすくす笑われた。

「あー……。ここにいると、妙なことを考えてしまう。寝室に行こうか」

「は!?　妙なことって何?」

なんとか笹塚の胸板を押しつつ聞くと、彼は至近距離で私に囁《ささや》く。

「由里はチョコレートより甘い。すげぇ美味《うま》そうだ……。由里のこと、食べたくて堪《たま》らない」

笹塚の言葉に、全身が熱くなる。かなり恥ずかしいことを言われたのはわかっている。

でも、笹塚が私を求めている気持ちは充分伝わってきて、すごくホッとした。

自分が笹塚に釣り合うかどうかとか、先ほど感じた不安とか――そういったものが全部吹き飛ぶような気がして、私はそっと笹塚にしがみついた。


寝室に入った途端、私はヒョイと抱き上げられて、ベッドに沈められた。そして間髪《かんはつ》容《い》れずに笹塚がのしかかってくる。

「由里……」

笹塚は唇にキスを落とし、性急に私の体をまさぐる。着ていた服はあれよあれよと脱がされ、彼も裸になった。

私たちは、ぎゅっと抱き合う。笹塚の体は温かくて、ちょっと硬くて、無駄な贅肉《ぜいにく》がない。脱いでも格好いいなんてズルイな、なんて思っていると、私のお腹《なか》のあたりに、一際《ひときわ》熱いものがグッと押しつけられた。肌の触れ合いとは違って、そこだけが異質に感じられる。

笹塚の性器はすでに反応していて、硬く立ち上がっていた。どくどくと脈打っているのがわかるみたい……それが私のお臍《へそ》に押しつけられていることを考えると、顔が熱くなってしまう。

「あ、あの、浩太さん……お、お腹《なか》に、当たってる……」

震える声でそう伝える。笹塚はわずかに身じろぎした。

「うん。早く抱きたくて、先走ってる。……由里、触ってみるか？」

思わぬ提案に戸惑ってしまう。でも、笹塚だっていつも私の……敏感なところをたくさん愛してくれるし、女性側からそういうコトをするのもアリなんだろう。レディース向けの漫画や青年漫画にだって、そういうシーンは出てくるし。とはいえ、まさか自分がそれをすることになるとは思っていなかった。どうする私！　っていうか、こんなことになるなら、事前に検索サイトで調べておくんだった。どんなに便利なものでも、今この場で使えなければ意味がない……

思わず固まってしまった私を見て、笹塚は優しく笑った。

「無理しなくていいぞ。これから、ゆっくり覚えていこう」

……いや、ダメだ。なんだか無性にダメな気がする。笹塚が求めるのなら、私は今すぐそれに応《こた》えたい。

「さ、触ってみる！」

私が宣言すると、笹塚が少し驚いたような表情を浮かべた。けれどすぐ嬉しそうに笑って、ゆっくりと起き上がる。そして私の腕を引いて座らせ、向かい合わせになった。

照明の落とされた、薄暗い寝室。けれど、微笑む笹塚の姿はちゃんと見える。私はゆっくりと身を屈《かが》め、彼のものに触れてみた。

「あたたかい……」

それに、思ったよりツルツルしている。自分の中に入ってきた時はいつも粘《ねば》り気を帯《お》びていた気がするが、実際のそれは滑《なめ》らかな手触りをしていた。そっと両手で包みこむと、想像よりも大きくて驚いてしまう。

……漫画では、このまま手を動かしたり口に含んだりしていた。でも、どの程度の強さで手を動かせばいいのかわからないし、すぐ口に入れるのには抵抗がある。

恐るおそる撫《な》でていると、笹塚がふっと笑った。

「由里……もっと力入れて」

「こ、これくらい？」

ゆるゆるこすってみると、笹塚は私の手に自分の手を重ねた。

「……こうやるんだよ」

笹塚が手を動かせば、先端から何かが出てきて、ぬちぬちと音が響いた。私は笹塚の手の動きに合わせて、自《みずか》ら手を動かしてみる。すると、笹塚が眉にきゅっと皺《しわ》を寄せた。

「……っ」

それは、彼が私の中に入っている時の反応によく似ている。気持ちいいってことだよね？

私は積極的に手を動かした。気がつくと笹塚の手はすでに外れていて、その手は私の頭に回されている。

笹塚の好きな力加減と速さ——最初は試すように動かしていたが、だんだんわかってくる。リズムを刻むようにして先端まで包みこみ、少し力を入れて下にしごく。

「っ、く……っ」

笹塚の反応に、すごく嬉しくなる。堪《たま》らないほどの愛しさが体中を駆けめぐり、心臓をきゅっと掴まれたみたいに息苦しい。

「由里……ちょっとだけ……舐《な》めて」

艶《つや》のある掠《かす》れ声が響く。恥ずかしいけど、それ以上に笹塚を愛したくて、私は彼のそこに顔を近づけた。両手で彼のものを包みこみながら、静かに唇を這《は》わせる。

「く……ッ」

笹塚が喘《あえ》いだ。

私は、唇にキスをするみたいに、彼の先端に口づける。笹塚がいつも私に愛撫してくれる時のように、ちゅ、ちゅ、と音を立てて、啄《ついば》むように唇を動かす。そして、先端をちろりと舐《な》めてみた。そこからくびれた部分にも舌を這《は》わせ、また先端に戻る。

果たしてこういうことでいいのかわからないけれど、私は熱に浮かされたように、ぺろぺろと舐《な》め続けた。

やがて笹塚がくすりと笑う。

「由里はいつでも一生懸命で……可愛いな」

優しく頭を撫《な》でられる。それから頬に手を添えられ、「顔を上げて」と囁《ささや》かれた。彼のものを咥《くわ》えながら上を向くと、笹塚は息を呑む。

「……やばいな、これは」

暗がりの中、笹塚の目が鈍《にぶ》く光る。私が舌を動かすと、そのまま彼は眉間《みけん》に皺《しわ》を寄せて色っぽい息を吐いた。

笹塚が気持ちよくなってくれるのは、すごく嬉しい。もっともっと、してあげたくなる。

今、彼の感じている表情を私だけが独占している――その事実に、不思議な優越感を抱いた。

しばらく夢中になって舐《な》めていると、笹塚の手がするすると肌を滑《すべ》って下りてきた。そして露《あら》わになっていた胸の頂《いただき》をツンと指先で弾く。

「ん、あっ！」

ビクビクと体が震える。自分でも驚いてしまうほど、顕著《けんちょ》な反応だった。笹塚は艶《つや》のある瞳をこちらに向けながら、ニヤリと笑って、頂《いただき》に刺激を送ってくる。

「……はぁっ、ん……っ、あん」

彼のものから口を離し、その快感に震えていると、笹塚の意地悪な声が降ってきた。

「こら、ダメだろ？　ちゃんと咥《くわ》えて、舐《な》めて」

「ん、ん、……だって、あっ」

快感に耐えながら、懸命に咥《くわ》え直す。けれど彼のいたずらは止まらず、集中できない。

「やぁ……っ、だ、め……っ」

ぷるぷると体が震えて、顔を上げた。すると笹塚は優しく私を起き上がらせて、ちゅっと口づける。

「悪い、由里があんまり可愛いから。意地悪しすぎたな」

彼はそのまま私の膝を掴んで左右に開く。

「きゃ……っ」

体育座りの体勢で大きく脚を広げられ、私はシーツに手をついた。笹塚は私の秘所をジッと見下ろし、ゆっくり指先を伸ばしてくる。すると、くちゅりと水音が響いた。

「……濡《ぬ》れてるな」

ふっと笹塚が笑う。そして秘所を開き、内襞を柔らかくこすった。粘《ねば》ついた水音が鳴り、甘い快感が体中へ伝わっていく。

「……はぁっ、んっ……あっ！」

「由里は濡《ぬ》れやすいんだな。もうびしょびしょになってる。……俺のを舐《な》めて、感じたのか？」

「っ、やぁ……ち、ちがっ……んっ！」

笹塚は人差し指を秘所に埋めこんだまま、親指の腹を芯に押しつけた。その瞬間、ぴりぴりとした痺《しび》れが背中に走る。

「ふ、あ……っ！　は、はぁ、あ……っ、んん」

秘所への愛撫に喘《あえ》いでいると、唇を塞《ふさ》がれた。彼のキスは次第に深いものへと変わり、舌が口腔《こうこう》に入りこんでくる。

「……はぁっ、んっ、浩太さ、……ふっ」

濃厚な口づけと下半身への刺激に、頭がぼんやりしてきた。一度に色々なところを愛撫されるのは、酷《ひど》く怖い。とても気持ちがいいところへ無理やり連れていかれている気分になる。そこに至るのはまだ怖いし、おかしくなりたくない。

それなのに笹塚は許してくれない。舌を絡ませながら秘所の芯を弄《いじ》り、さらには胸のふくらみを掴んで優しく揉みしだいた。

「んっ、ぁ……はぁ……あんっ！」

体中がうずき、快感に震える。膝がかくかくと笑い出して、力が入らない。

「あっ、あ、は……っ！　や、やだ、いくの……怖いの」

「怖くない。前も上手にできただろ？」

「あ、あれは、突然だったから……、んっ……はぁ、お願い、浩太さ、ん……」

「──ダメだ、由里。もっと乱れて、おかしくなって」

笹塚はニヤリと笑い、私をベッドに押し倒した。そして私の脚の間に体を滑《すべ》りこませて、潤《うる》んだそこに舌を挿《さ》しこんできた。

「ひ、ぁ──！」

体がのけぞり、くっと顎《あご》が上がる。本能的に逃げようとしても、笹塚はしっかりと私の太腿を抱えて秘所への愛撫を続ける。

ぐちゅり、ぬちゅり──

とろみのある水音はゆっくり響く。笹塚は丁寧に、そして緩慢《かんまん》に私の秘所を舐《な》め続けた。指で割れ目をなぞり、内襞に舌を這《は》わせる。

「やっ、あ、こう……た、さん……っ！　ア、んっ！」

全身が強張《こわば》り、爪先《つまさき》がピンと張った。

「ああ……っ！　や、きも、ち……いい……っ」

笹塚は私の言葉にくすりと笑った。すると彼の熱い息が秘所にかかり、私はそれだけでビクビクと体を震わせた。

卑猥《ひわい》な水音は続く。笹塚は何度も唇で芯を啄《ついば》み、硬く尖《とが》らせた舌先でコリコリとそこを舐《な》めまわし、そして——とろとろに潤《うる》んだ蜜口に、人差し指が挿《さ》しこまれた。

「はっ——ア……やぁ……っ」

膣内に深く埋めこまれた指は、私の気持ちいいところを的確に刺激していく。頭の中が白くなる。それは大きな波みたいに、否応《いやおう》なく私を海の底に沈めようとしてくる。

だけど、その感情の昂《たかぶ》りは、唐突に遮《さえぎ》られた。

「……え」

間の抜けた声が出る。笹塚は愛撫をやめ、膣内から指を引き抜いた。

どう、して？

やがて体の昂《たかぶ》りが少し冷《さ》めたところで、笹塚は再び舌を伸ばした。一度は引いた波がまた襲いかかってきて、私は甲高《かんだか》い声を上げる。

「ひ、ああっ！　や……あん、なに、あぁ……っ！」

昂《たかぶ》りが瞬時に再燃する。笹塚は再度、指を侵入させてぐじゅぐじゅと中を掻《か》きまわした。

「はっ、だめ……やっ、……なんか、おかし……っんん！」

その感覚は、さっきよりもずっと早く来た。ずるりと快感の海に落とされそうになる。気持ちいい……その感情だけに支配され、私は抗《あらが》うのをやめ、素直にそれを受け入れようとする。……だけど、笹塚はまた途中で動きを止めた。

私が達する直前で止めているのだとわかり、思わず非難の声を上げてしまう。

「ん、浩太さん、やだ……いじわる、しないで」

「いじわるなんかしてねえだろ」

「いじわるだよ！　んっ、だって、こんな風に、止めて……っ」

再び笹塚が秘所を舐《な》めてくる。大きく舌をうねらせ、卑猥《ひわい》な水音が鳴る。

「由里が望んだんじゃないか。イキたくないって」

「あ……そ、それは」

言葉を濁《にご》すと、笹塚は秘所への愛撫をやめてゆっくりと起き上がった。そして私に覆《おお》い被さり、ぺろりと舌なめずりをする。

「それは？　考えが変わったのか？」

「う……あ……」

体の中でくすぶり続ける快感の熾火《おきび》は、消えそうもない。けれど、それを燃え上がらせることができるのは――

「……ったい……」

「聞こえない」

「い、いきたい。……いかせて、浩太さん……」

すんと鼻を鳴らして懇願《こんがん》する。恥ずかしくて堪《たま》らない。でも、早く達したい。

笹塚は目を細め、フッと笑った。

「じゃあ、もっと気持ちよくしてやる」

彼は手早く避妊具を装着すると、ヌルリと秘所に杭を滑《すべ》らせる。硬くて、熱い、彼のもの――

笹塚は、それを私にぬるぬるとこすりつけた。今からそれが中に入るのだと、強く自覚させるように。

胸の高鳴りは激しくなる一方で、体が疼《うず》き出す。欲しくて欲しくて――そんな風に望む自分が恥ずかしくて、だけどどうしようもなくて、私は焦《じ》れったさに笹塚の腕を掴んだ。

「おね、が、い。早く……！」

すると笹塚は、蜜口に先端を当てがい、ぬぷりと侵入してきた。

「っ、あ、あぁ」

充分すぎるほどに潤《うるお》ったそこは、彼をあっさりと受け入れる。

笹塚は一気に最奥まで貫《つらぬ》くと、「はぁっ……」と甘やかな吐息をこぼした。

「由里のナカ、すごい、締めつけてる」

「んっ……ぁん、あ、気持ちいい……っ」

「俺も気持ちいい。由里、……くっ」

笹塚が大きく身を引き、ずるずると杭が膣内を滑《すべ》る。だけど抜かれたくなくて、私は引き留めるように下半身に力を入れた。

「くっ、ヤバ……」

笹塚が掠《かす》れた声で喘《あえ》ぎ、再び奥まで貫《つらぬ》いた。繋がった場所からは、ぐちゅぐちゅと水音が響く。笹塚は片膝をつき、私の腰を持ち上げると、スピードを上げて抽挿しはじめた。

「あっ、あっ、あン……や、はぁっ！」

ゆさゆさと揺さぶられ、奥を突かれる快感に声が上がる。杭の硬い先端が膣壁をこすり上げると、堪《たま》らなく気持ちがいい。

「っ、ん、はぁ……は、ンンっ！」

唐突にビクビクと痙攣《けいれん》した。体の奥底にあった衝動がみるみると膨《ふく》らんでいき、そして——待ちわびた、あの感覚が——やってくる。

「あぁ……っ！」

笹塚の杭が最奥を突いた瞬間、頭の中が真っ白になった。光にも似たそれは、私が達した証《あかし》だ。

体が強張《こわば》る。私は笹塚にぎゅっと抱きついた。

「はぁ……っ、はぁ……」

急激に体から力が抜けていく。笹塚はそんな私を抱きしめ、なおも抽挿を続けた。

達したばかりなのに、結合部から再び快感が生まれる。はくはくと息を吐いて、目に涙を浮かべた。

「っく、……っ」

笹塚も達したのか、びくりと大きく体を震わせる。荒い息遣いを繰り返し、私の額にかかった髪をそっと払ってくれる。

笹塚はずるりと杭を引き抜き、避妊具を処理した。

安堵のため息をつくと、心地よい眠気が襲ってくる。このまま瞼《まぶた》を閉じたら、すぐさま夢の世界に行けそうだ。

笹塚の匂いがするシーツに顔をこすりつけ、うとうととしはじめた時……唐突に脚が、ぐいっと開かれた。

「……え？」

間の抜けた声が口からこぼれた瞬間、蜜口に硬いものが当てがわれる。頭の中は疑問符でいっぱいだ。やがてそれは、くちゅりと膣内に侵入してきた。

「へ、あ、……あっ、やぁっ……んっ」

疲れ切った体は休息を求めているのに、快感が容赦なく襲いかかってくる。

「あっ、浩太さん、ど、どうして！　終わったんじゃ」

「終わってねえよ。ゴムを替えただけだ。由里、もう一回しよう？」

「まさかのおかわり!?　あ、ちょっとそれは……私の体力が、あっ、ン！」

今度は斜めから挿入され、いつもとは違った快感に声が上がる。しかし私の脚は限界だった。毎夜ストレッチを行《おこな》ってはいるが、柔軟な体にはまだまだ程遠い。

「やぁ……っ！　浩太さん、い、痛いの。脚が……開いていると、いた、くて……」

「ああ。由里は本当に体が硬いな。じゃあ、こうしよう」

「え、きゃっ！」

両手首を引っ張られて体を起こされ、笹塚に腰を抱かれる。そして私は、彼の腿の上に座らされた。

「これなら、脚も痛くないだろう？　自分で動いていいぞ。気持ちいいところを、探してみてくれ」

「ちょ、ちょっと待って！　自分でって、どうやって……あっ、あ！」

私の腰を抱きしめた笹塚は、思い切り私を上下に揺さぶる。すると中に入っていた彼の杭がいつもより深く刺さり、私の体はぞくぞくと震えた。な、なんかこの体勢、すごく感じてしまう。どうしよう。

「ほら、どこが気持ちいい？　俺に教えてくれ。重点的に攻めてやるから」

「やっ、そんなの、おかしくなるから！　や、……ンっ！」

「いいよ、おかしくなって」

笹塚はグッと奥まで貫《つらぬ》き、首筋に吸いついてくる。いや、だからそうじゃなくって！

——その後、私の抵抗虚《むな》しく、動けなくなるまで笹塚に愛された。そして私は、彼との基礎体力の違いを再認識したのであった……

週末のバレンタインデーを笹塚と過ごした後、二月の後半は慌ただしく過ぎていった。

——そして明後日《あさって》はついに、バーベキューの日。

金曜の朝、月に一度の社内清掃に取り組みながら、私は小さくため息をついた。笹塚が傍にいれば大丈夫……なんて言ったものの、正直言って憂鬱《ゆううつ》だ。そもそも、私は笹塚の彼女としてどう振る舞えばいいのか。ネットで調べたところ、普段のお嬢様スタイルで問題はなさそうだったが、それでも心のモヤモヤは晴れない。いっそのこと、雨でも降って中止にならないだろうか。

マラソン大会に出たくない小学生みたいな気分になりつつ、女子トイレの洗面台で雑《ぞう》巾《きん》を洗う。すると、モップを持った水沢が入ってきた。彼女は私を一瞥《いちべつ》すると、ロッカーをガチャリと開けて、モップを片づける。そしてタワシセットを取り出して、洗面台を磨きはじめた。

……そうだ、水沢に相談してみようかな。彼女は私の素《す》を知っている数少ない人間だ。だからこそ、腹を割った話ができるかもしれない。

「あのさ……ちょっと相談があるんだけど」

「何？　業務中なんだから、手短にしてよね」

私は、なるべく手短に事の経緯を説明した。笹塚が大学時代に所属していたサークルメンバーと一緒に、バーベキューすること。その中には、私を嫌う女の子がいること。すでに一度会っており、ぶりっ子やら笹塚と釣り合わないやら言われてしまったこと——そして今、どうにもモヤモヤしていて、バーベキューで自分がどう振る舞えばいいのかわからなくなっているということ。

ぎゅっと雑巾《ぞうきん》を絞り、水沢の言葉を待っていると、彼女は呆れたようにため息をついた。

「あんた、そんな小さいことで悩んでるの？　馬鹿みたいね。いつも通りのキャラでバーベキューに行って、理想の彼女を演じてきたらいいじゃない」

「でも、笹塚の知り合いにぶりっ子だって言われて批判されるかもしれないし」

「だから何？　その人たちに嫌われたら、何かまずいことでもあるの？　そもそも、あんたの表面だけ見て批判するような人と、笹塚さんは本当に親しくしてるのかしら？」

そこで、私はハッとした。……確かに、あの女の子たちに嫌われたからって別に痛くも痒《かゆ》くもない。そうだよ、何も問題はないじゃないか。なのに、どうして私はあんなにモヤモヤしていたんだろう。

目から鱗《うろこ》な気分で頷《うなず》いていると、水沢は器用に片眉を上げて尋ねてきた。

「本当は、あんたがモヤモヤしてんのは別のことなんじゃない？　たとえば――笹塚さんと釣り合わないって言われたこととか」

その瞬間、私の心臓がドキリと跳ねた。

笹塚と私は、釣り合わない。

いや、でもそれは当然だ。だって私はオタクだし、笹塚みたいに明るいキラキラした世界を生きてきたわけじゃない。だけど――

「……ねぇ、水沢」

彼女は、勝気な表情を浮かべて首を傾《かし》げる。

「もし、人に言いづらい趣味が自分にあってさ。その趣味が、恋人と自分が釣り合ってない原因になってるとしたら……その趣味はやめたほうがいいと思う？」

思わず、水沢にそんなことを尋ねてしまった。そうだ、私はそのことに一番モヤモヤしていたんだ。

ゲームもアニメも漫画も大好きな私だけど、それらとは別の次元で笹塚のことを好きになった。正直なところ、私にとって笹塚は本当に大事な人なんだ。でも、私が笹塚と釣り合わないなら、彼のいる世界に私が近づくべきなんじゃないだろうか——そうすれば、少しは釣り合うようになるかもしれない。この私がリア充になれるとは到底思えないけど……

思わず憂鬱《ゆううつ》な気分になっていると、水沢は眉をひそめて言った。

「何、あんた、SM《エスエム》趣味でも持ってるの？」

「えっ、えすえむ!?　ち、違うよ。私は、ただのゲームオタクで……」

あぁーーー!!　思わず暴露《ばくろ》してしまった!!　だって、水沢の口から衝撃的なワードが飛び出すから！

どうしよう。猫を被っていたことのみならず、オタクなことまでバレるなんて。ガクブルする私だったが、水沢は特に引くわけでもなく、「ふーん」と極めてドライな反応をした。

「なんだ。そんな趣味、全然大したことないじゃない」

「……へ？」

「今時、ゲームが趣味なんてごく普通でしょ。私だって、アプリゲームしてるわよ」

「あ、その……そういうのもあるけど、私はもっと、色々と……」

「あんた、本当に小さいことで悩むのね。釣り合うとか釣り合わないとか、貴族と平民じゃあるまいし。今の時代、そんなこと考えるだけ無駄よ、無駄」

あっけらかんと言い放つ水沢を見て、私はぽかんと口を開ける。すると水沢はくすりと笑い、腰に手を当てた。

「とにかく、たかだか趣味一つで男と釣り合わないなんて、馬鹿げた話もいいところよ。あんたはあんたらしく、猫被っとけばいいの。いつもみたいにね」

イケメンもびっくりするくらい、男前な笑みを見せる水沢。

……そうだよ、なんでこんな小さなことで悩んでいたんだろう。他人に釣り合わないと言われたからって、そんなの――何を言われたって、関係ないのに。

私は、ぐっと拳《こぶし》を握る。どんより曇《くも》っていた私の心に、光が差した。

「水沢ありがとう！　私、頑張ってみるよ！」

「ふん。まぁ、ボロがでないように気をつけることね。あんたはここぞというところで脇が甘いんだから」

「イエスマム！」

ビシッと敬礼して、私は雑巾《ぞうきん》片手にトイレを飛び出す。

水沢に相談して本当によかった。……そういえば、これまでは何かあった時に相談するのは必ず悠真君だった。でも、今の私には笹塚もいるし、水沢もいる。それは、すごく心強くて、少し面映《おもは》ゆかった。

よし、明後日《あさって》のバーベキューは普段通りの自分で行こう。そしてその後――モヤモヤしていたことも全部一緒に、笹塚に伝えよう。そうすればきっと、もっと彼とわかり合える気がする。それは私たちにとって、とても大切なことだと思うのだ。

◆◇◆

「――で？　由里は自分が俺に釣り合わないんじゃないかってことで悩んでたのか？」

「悩んでいたというか、モヤモヤしていたというか」

笹塚は、「はぁー」と深くため息をついた。

――今日は日曜日。今はお昼を過ぎたところで、笹塚のマンションで二人、まったり向かい合っている。本来ならバーベキューに参加しているはずの時間だ。それがなぜ、笹塚とこうして話しているかというと……

ザァァー……

窓の外はどしゃ降りの雨で、時折雷まで鳴り響いている。まさに春の嵐といった感じだ。そう、雨でも降って中止にならないかと思っていたら、現実になってしまったのだ。バーベキュー参加に前向きな気持ちになれたところで、コレである。もしかして、私は雨女なのだろうか……

もっとも中止ではなく延期とのことで、今は日程を調整しているそうだ。

バーベキューは延期になったが、私は相変わらず笹塚の部屋にやってきていた。そして、ここ最近モヤモヤしていたことについて打ち明けてみた。

「なんでもっと早く言わないんだ？　……いや、違うな。悪い、俺が気づけばよかった話だ」

笹塚はそう言って、頭を下げてくる。いやいや、いくらエスパー笹塚とはいえ、そこまで察するのは無理だろう。っていうか、そんなに私の感情が筒抜けになるのも嫌だ。

「謝らないで、浩太さん。私は、こうして話を聞いてもらえてすごくよかったって思ってるから」

「……由里、バーベキュー行くの、やめとくか？」

心配そうな顔をする笹塚に、私は慌てて言い募《つの》る。

「ううん、行くよ！　私なら、大丈夫。誰に何を言われても、今ならへこたれないと思う。だって、私が浩太さんを好きな気持ちは変わらないんだし、浩太さんが私のことを思ってくれているのもわかってるから」

にっこり笑ってそう言うと、笹塚は私の肩を抱き寄せた。

「由里……ありがとう」

「へへ……、うん」

そうしてしばらく抱き合っていると、笹塚がポツリと呟《つぶや》いた。

「……一緒に風呂にでも入るか。今日は寒いし」

「えっ……お風呂⁉　まだ昼だよ⁉」

驚いた私は、ガバッと笹塚から身を離す。

「ああ。別にいいだろ。それとも、嫌か？」

少し意地悪そうに笑って、こちらを覗《のぞ》きこんでくる笹塚。……そんな聞かれ方をしたら、断れないじゃないか。私がしぶしぶ頷《うなず》くと、笹塚は嬉しそうな表情を浮かべた。

ほわほわした湯気に包まれた私は、そっとお湯を掬《すく》う。入浴剤を入れた乳白色のお湯からは、甘い花のような、いい香りがした。

「冬に入る風呂は、気持ちいいなぁ」

「確かに、ずっと浸《つ》かっていたくなるよね」

浴槽の中、笹塚の胸に背を預けながら、ふうっと息を吐く。彼はすっかりくつろぎモードのようだが、私はかなり緊張していた。だって、お風呂ですよ、お風呂！

お湯を溜めている間に、高速でネット検索をしてみたら、恋人同士でお風呂に入るのは割とポピュラーなことらしいと判明した。とはいえ、これはハードルが高い。せめてもの救いは、お互い顔が見えないことか。

手持ち無沙汰でちゃぷちゃぷお湯を掬《すく》っていると、後ろからゆっくりと抱きしめられた。思わずビクッと体を揺らしてしまう。笹塚はちゅ、と耳にキスを落とし、そのまま耳殻《じかく》にそって舌を這《は》わせた。

「……っ、あ」

どうやら私は、耳が弱いみたい。笹塚と肌を重ねて、はじめて知った。私の体には弱いところがたくさんある。

甘い声を上げた私に気をよくしたのか、笹塚は耳への愛撫を続ける。

「ん、ぁ……っ、浩太……さん」

お腹に回った彼の腕をぎゅっと掴む。笹塚は耳元でくすりと笑った。

「……由里は」

「ん……？」

「由里は、強いな。俺は時々、お前はすごいなって思う」

思わず振り返ると、笹塚は穏やかに私を見つめていた。

「不器用でダメなところもあるけど、それ以上に——自分で考えて行動することができるのはすごいと思うよ。人に悪意を向けられてもへこたれないし、腐《くさ》らない。由里には他にもたくさん、いいところがあるんだろうな」

「浩太さん……」

私はちゃぷんと音を立てて笹塚の頬に手を伸ばし、彼の薄い唇にキスをした。

「私が行動しなくちゃって思えるのは、浩太さんがいるからだよ。浩太さんともっとわかり合いたいし、もっと深い関係になりたいって思うから――」

もう一度笹塚の唇に口づけると、次は彼も反応した。唇を合わせたまま、舌を挿《さ》し入れてくる。

「……んっ」

口の中を彼の舌が動きまわり、私の官能を煽《あお》る。舌の裏側をくすぐるように弄《いじ》られ、体がびくびくと跳ねた。

「由里、嬉しい」

どきりと胸が高鳴って、すぐ傍にいる彼を見つめた。

「自分が由里に愛されてるってわかると、こんなにも幸せになる。好きって気持ちが溢《あふ》れて、壊れそうになる」

「……私も、だよ」

幸せでいっぱいになって、それだけになる。他は何もいらなくて、笹塚さえ傍にいたらいいや、なんて極端なことを考えてしまう。

笹塚は両手で私の胸を包みこみ、後ろからやわやわと揉みしだいていく。そして先端の尖《とが》りをきゅっと摘《つ》まんだ。

「ん、あ……っ」

ビリッとした快感が体中を駆けめぐり、体が震える。笹塚は私に見せつけるように、ゆっくりと指を動かした。くりくりと頂《いただき》をしごき、力を込めてくる。

「は、ぁ……あ、ンっ、はぁ……気持ち……いい……」

「それはよかった」

笹塚はくすりと笑う。

絶え間なく与えられる胸への刺激に、腰のあたりがそわそわした。なんだろう、ひどく切ない。こんなにも気持ちがいいのに、何か足りない。

そんな私の変化に笹塚は気づいたらしく、耳元で優しく尋ねてくる。

「どうした？　さっきから腰が動いてるぞ」

「あっ、ん……っ、わから、な……」

「わからないのか。由里は可愛いな」

笹塚が頂《いただき》をぴんと弾くと、腰の疼《うず》きは一層強いものになった。何かが足りないのはわかるけれど、どうしたら満たされるのかがわからない。

その時、笹塚の右手が胸から離れた。そして私の右手首を掴み、ある場所へ誘導する。

「脚、広げて」

「え……」

笹塚は私の手を秘所に導き、低い声で囁《ささや》いた。

「ここ、自分で弄《いじ》ってみて？」

「じ、自分……で？」

「そう。——こんな風に」

私の手に重ねられた彼の手が、敏感なところをツンとつつく。すると体が大きく跳ねて、お湯がちゃぷんと波打った。

「んっ、あっ！」

「ここを、自分で弄《いじ》ってみて。由里の気持ちがいいように……俺も手伝ってやるから」

笹塚はそう言って手を離し、改めて両胸を包みこんだ。そして再び胸の先端をこすりはじめる。その刺激に腰をくねらせながら、私は首を左右に振った。

「やぁっ……ん、む、無理……」

「どうして？　由里は気持ちよくなりたくないのか？」

その言葉に、体がじわじわと熱くなる。気持ちよくなりたい。本当はもっと、刺激が欲しい——

仕方なく、私はそろそろと指を動かしはじめた。

「……っ、んん……」

けれど、自分で触れるより、笹塚に触ってもらった時のほうが気持ちいい。物足りなさは解消されず、私は縋《すが》るように笹塚を振り返った。

「お、お願い……浩太さんに……」

「俺に？　どうしたんだ、由里？」

意地悪そうに口の端を上げている笹塚。きっと、私がどうしてほしいと思っているのかなんて、お見通しなんだと思う。私は羞恥《しゅうち》に震えながら、口を開いた。

「浩太さんに、触られるほうが……好きなの！」

それは自分でも驚くほど、小さな声だった。けれど笹塚にはしっかり聞こえたらしく、耳元に息を吹きかけられた。

「ああ、……すげぇ可愛い。もう堪《たま》らない」

スッと笹塚の右手が動く。それはスルリと私の内腿に伸びてきて、繁みをくすぐるようにされる。

「触ってほしい？」

こくこく頷《うなず》くと、耳をカリッと甘噛みされた。

「あん……っ！」

「ちゃんと言えよ。俺に弄《いじ》ってほしいのか？」

「は、ぁ……っ、い、いじって……ほしいの。浩太さんの、指で……っ」

左手でぎゅっと胸の頂《いただき》を潰されて、息も絶え絶えに懇願《こんがん》する。

笹塚は私の耳をチロリと舐《な》めると、秘芯に触れた。そして、指先でくるくると円を描き、引っかくように弄《いじ》ってくる。

「ンっ、ん、あ……っふ」

「由里……キスしよう」

誘われるように横を向くと、笹塚が唇を重ねてくる。口づけはすぐ深いものに変わり、互いに舌を絡ませ合う。

「ふっ、んん、ぁ……っ、ん」

苦しくなって口を離そうとするけれど、笹塚はそれを許さず口を塞《ふさ》いでしまう。

胸の頂《いただき》と秘所への愛撫もやまず、私の奥でくすぶっていた欲情の火が一気に燃え上がった。逃すことのできない快感に、体がどんどん熱くなり、ビクビクと震える。

次の瞬間、頭の中で何かが弾けたように目の前がチカチカした。

「ん……っ、あ、あぁ……っ！」

だらしなく口を開けて、大きく喘《あえ》ぐ。そのまま笹塚にくたりと体を預けると、彼は私のこめかみにキスを落とした。

「イクのが上手になってきたな。いい傾向だ」

くすりと笑い、脱力した私の体をぐっと持ち上げる。そしてざぱっと音を立てて立ち上がり、私の体を浴室の壁に押しつけた。

「た……立って、するの？」

「そう。色々試してみたいだろ？」

楽しそうに笑って、笹塚が後ろから抱きしめてきた。浴室にあらかじめ置いていたのか、避妊具のパッケージを破る音が聞こえる。

やがてお尻の割れ目に、ぐっと硬いものが押しつけられた。

「あっ、う……っ」

「後ろからは、恥ずかしい？」

囁《ささや》くような問いかけに、私は頷《うなず》く。

「俺は、ゾクゾクするよ。すげぇ興奮してる」

「そ、そうなの？」

「ああ。由里の背中は綺麗だし、お尻は小ぶりで可愛いし、濡れた髪が色っぽくて……そそる」

なんだかとても恥ずかしいことを言われている気がして、顔が熱くなる。私が俯《うつむ》いた瞬間、蜜口に杭の先端がつぷりと挿入《はい》ってきた。

「あっ……」

笹塚は私の背中に覆《おお》い被さり、ぎゅっと抱きしめてくる。お湯から上がって少し冷たくなった体に、笹塚の体温を感じて——とても安心する。

「く、……っ、は」

笹塚が耳元で喘《あえ》いだ。その掠《かす》れた声に、肌が粟立《あわだ》つ。

ずく、ずく、と少しずつ埋めこまれていく、笹塚の杭。その熱さや硬さが、いつもより一層強く感じられた。

「はぁ……あ、っ、奥、熱い……よ」

「うん。お風呂で温まったからだろうな。由里のナカも……いつもよりずっと温かくて、柔らかく絡みついてる。俺のものに吸いついてきて、搾《しぼ》り取られそうだ」

ずるりと杭が抜かれ、勢いよく奥まで貫《つらぬ》かれた。

「ああっ！」

「由里。……っ、好きだ」

お腹に腕を回され、後ろから何度も突かれる。時折、笹塚の熱い息が耳にかかって、ビクビクと肩が震えた。さらに秘芯を指で弄《いじ》られ、腰もガクガク震える。

「あ、やんっ！　そ、そこ、同時に、しないでえっ！」

「気持ちいいんだろ？　もっと、乱れろよ」

「こ、これ以上、乱れたら……駄目なの、あ、頭が、変になる……っ！」

笹塚は私の首筋を甘噛みし、強く吸いつき、ぞろりと舐《な》める。

「――いいよ、おかしくなって。もっともっと変になって、俺に縋《すが》ればいい」

「あ、あ、浩太、さん……っ、い、……ッ」

官能の高波は、あっという間に私を高みに昇らせる。くっと顎《あご》を反らし、目をぎゅっと瞑《つぶ》った。頭の中は真っ白で、何も考えられない。

連続で達した私は、今度こそぐったりと脱力してしまった。笹塚はそんな私の腰を抱き、抽挿を続ける。

「んっ、や、……はぁ、あ」

されるがままの私はガクガクと揺らされ、結合部からはぐちゅぐちゅと卑猥《ひわい》な音が響いた。

笹塚は私の背中に舌を這《は》わせて、低く笑う。

「由里のここ、すげぇ、いやらしい。……可愛いよ」

お腹《なか》から抱きしめられて、なおも激しい抽挿は続いた。どんなに息を吸いこんでも呼吸は乱れるばかりで、はくはくと短く息をする。

やがて、笹塚の熱い息が耳にかかった。

「やばい。由里のナカ……気持ちがよすぎて、俺もおかしくなりそうだ」

何かの衝動を抑えこんでいるのか、笹塚の声はとても苦しそうだった。彼は荒い呼吸を繰り返し、私を抱きしめる腕にグッと力を込める。

懸命にも見える笹塚の様子に、お腹《なか》の奥がきゅんとした。切なくて、なぜだか泣きたくなってしまって——私は浴槽のフチを掴みながら後ろを振り向く。

「はっ、あ、浩太さんも……おかしくなってよ」

息を切らしながら訴えると、笹塚が、不思議な表情を浮かべた。少しだけ不機嫌そうにも見える。

「そういう可愛いことを言うなと、前にも言っただろう。……壊すぞ？」

「あ、んっ……浩太さんになら……壊されてもいいよ。……んっ、だって、浩太さんにはもっと、気持ちよくなって……もらいたいの。……浩太さんが、大好き、だから」

笹塚は、私に酷《ひど》いことをしないってわかっているから。

快感に喘《あえ》ぎながら自分の気持ちを伝えれば、笹塚は眉間に皺《しわ》を寄せ、ぐっと目を瞑《つぶ》る。

そして——

「ひゃっ！」

ずるり、と杭が抜かれた。その感覚に体を震わせた次の瞬間、私の視界がぐるんと変わる。笹塚が私を抱き上げたのだ。

「ここじゃ、由里を思い切り抱けない。寝室に行こう」

彼はそのまま浴室を出て、体も拭《ふ》かずに寝室へ向かい、ベッドに私の体をドサリと沈めた。

「こ、浩太さん、シーツが濡れちゃ……ああっ！」

問答無用《もんどうむよう》で、笹塚が挿入《はい》ってくる。硬くて大きなものが再び膣内に埋まり、私はただ体を戦慄《わなな》かせた。

笹塚はそんな私を抱きしめ、深く口づけてくる。舌同士を絡め合い、ぬちゅりと音を立てて啄《ついば》んで――

「あぁっ！　ん、やぁ……あんっ！」

笹塚は私の腰を抱き寄せ、激しく抽挿する。結合部から響く卑猥《ひわい》な音、肌と肌がぶつかる音、ベッドの軋《きし》む音――そして今まで聞いたことがないくらい荒々しい笹塚の息遣いに、胸が締めつけられるくらい苦しくて、私はぎゅっと目を瞑《つぶ》った。

「ああっ、ん、はぁ……っ、あ！」

がくがくと体を揺らされ、抽挿の速度が上がっていく。彼が最奥を突くたび、私は嬌声《きょうせい》を上げた。

「ん、あぁっ、ふ……あぁ！」

「ん、由里……っ、由里……」

笹塚はうわ言のように私の名を呼び、時折掠《かす》れた喘《あえ》ぎ声を出す。

否応《いやおう》なしに広がっていく快感は、とどまることを知らず——私の体はぐんぐんと熱を上げ、やがて頭の中が白くなった。

「ふ、あ——！　あ、だめ……っ、今は、あン！」

達した瞬間、頭の中がぐちゃぐちゃになって、何がなんだかわからなくなる。

混乱したまま荒い息を吐いていると、笹塚が上半身を起こして、私の手をぐっと引き寄せる。そして私を腿の上に座らせると、下からぐんと突き上げてきた。

「んっ——きゃぁっ！」

再び快感を送りこまれて、私の体はビクビクと震えてしまう。

「やぁ……浩太さ、ん……あぁっ、もう……」

必死に抗議の声を上げようとしたけれど、噛みつくみたいなキスに言葉は呑みこまれた。

「んんっ、はぁ……」

「——っ、く、由里が悪い。もう止まれない、から……んっ」

「あんっ、あっ……っ、あぁっ！」

滲《にじ》んだ視界に、汗の玉を浮かべた笹塚の顔が映る。いつもの余裕がどこかに吹き飛んだみたいなその表情に、お腹《なか》の奥がきゅっと疼《うず》いた。

「ぁっ――、由里、そんなに締めたら――もう……」

「あっ、ん……ゃぁっ、あん！」

「――クッ」

最奥を貫《つらぬ》かれた瞬間、私の体が痙攣《けいれん》する。それとほぼ同時に、笹塚も体を震わせて熱い息を吐いたのだった。


相も変わらず、笹塚に翻弄《ほんろう》されてしまった――

新しい服に着替えてからリビングの窓を開けると、いつの間にか雨はやんでいた。さっきまでの嵐が嘘みたい。雲の切れ間から光が射していて、とても綺麗に見える。火照《ほて》った顔に、涼やかな春の風が気持ちいい。

ぼうっと空を眺めているうちに、私は気がつけば虹《にじ》を探していた。

「どうした」

二本の缶ビールを手に、笹塚がやってくる。「飲むか？」と一本を渡され、私はありがたく頂戴《ちょうだい》した。

「ん、虹《にじ》が見えないかなって思って」

「ああ……今日は見えないな。まぁ、虹《にじ》なんてそう簡単に見られるものじゃないけど」

笹塚はぷし、とプルタブを開けてこくりと飲み、私の肩を抱き寄せてくる。笹塚の腕に包まれながら、私も缶ビールを開けてごくごくと飲んだ。

思い出すのは、いつか会社で見た虹《にじ》。私は、また虹《にじ》を見たいと望んでいるんだ。デジタルなゲーム世界だけじゃなく、現実でも美しかった、あの空の架け橋を――

「また、そのうち見られるさ」

笹塚の言葉に、私は小さく頷《うなず》く。

「……そうだね」

「その時は一緒にいたいな。由里の喜ぶ顔は、俺が一番に見たいから」

笹塚はまだ乾ききっていない私の髪に触れ、軽くこめかみにキスを落とす。

……時々、笹塚ってすごく気障《キザ》じゃないかと思う。それとも、これがリア充の標準装備なのだろうか。

でも、笹塚に出会って……私は、リア充に対する価値観が随分《ずいぶん》変わった気がする。

オタクもリア充も変わらない。皆同じ『普通の人』。

普通に恋をして、同じものに感動して、ビールだって、一緒に美味《おい》しいと感じてる。

「私も、浩太さんの喜ぶ顔は一番に見たいよ。だから、二人でいろんなところに行ってみたいな」

「ああ、任《まか》せろ。嫌っていうほど連れまわしてやる。由里がオンラインゲームで、俺をたくさん連れまわしてくれたみたいにな」

くすくすと笑い合う。私は大きく息を吸いこんでから目を閉じて、笹塚の胸に身を預けた。

デジタルの世界で、とても綺麗だと思った空の青。

息を吐いて目を開けば、同じ青が現実世界《リアル》にも広がっていた——

書き下ろし番外編

ヒミツの当選

「ヒョッ!?」

桜舞い散る季節。うららかな小春日和の午後。会社の休憩室でスマホを見ていた私は奇声を上げてしまった。

近くで思い思いに休憩をしていた女子社員達がギョッとして私を見る。

「何その、ヒヨコがひっくり返ったような悲鳴は？」

私の隣に座っていた水沢が呆れた口調で尋ねた。私はパッと手で口を塞《ふさ》ぎ、ぷるぷると首を横に振る。

「すっ、すみません。予想外のオドロキがあったもので、つい」

営業事務の皆には私のオタクぶりを理解してもらっているものの、一応表向きは『お嬢様風』で通しているのだ。本来は奇声など言語道断である。

私がにへらと笑って誤魔化《ごまか》していると、他の皆は温かい笑顔をくれた。

「あるよね、ネットで面白いニュース見つけた時とか」

「私も動物の癒《いや》し動画に弱いんだよね～。思わず変な声出しちゃう」
「子猫とか子犬の可愛いやつだよね。わかる～！」
楽しそうに話す皆に、私はホッと安堵した。
よかった。なんとか誤魔化《ごまか》せたみたいだ。水沢はいまだ胡乱《うろん》な目つきで私を見ている
が、それはいつものことだから気にするまい。
私が悲鳴を上げた理由は、ネットのおもしろニュースでも、動物の癒《いや》し動画でもない。
私は恐るおそるスマホを持ち上げて、もう一度液晶画面を見る。
それは、とあるメール文章だった。
『羽坂由里様　『翡翠《ひすい》のローデリア・スペシャルオーケストラ』の抽選結果は『当選』
です。つきましては下記の通り――』
見間違いじゃない。宛先間違いでもない。
私は震える手を振り上げ、バチンと自分の頬《ほお》を叩いた。水沢がギョッとする。
「夢じゃない……」
ジンジンと痛む頬《ほお》が、私に現実だよと教えてくれる。
じわじわと喜びが私の体に満ちてきて、やがて、私のテンションは最高潮にまで上
がる。
（やったぁあああああ！　マジありがと！　マジ神コンサート！　長年の夢がようやく

叶ったのだ！　これが喜ばずにいられれようか⁉　否、否ぁぁああっ！）

心の中でありったけの叫びを上げる。声には出さないように努める。

だが、どうしても喜びが溢《あふ》れてしまい、口から漏《も》れ出てしまった。

「我が宿願《しゅくがん》……ヒヒ……神は……いた……のだ……」

水沢が思いっきり顔をしかめたのは言うまでもない。

午後の仕事をルンルン気分でこなし、いつも定時ギリギリに注文書をトレーに置いていく笹塚に殺意をみなぎらせつつも高速で片付けて、ちょっぱやで帰り支度を済ませた私はさっそくスマホを取り出し、メッセージアプリを立ち上げた。

相手はもちろん、悠真君である。

『ゆーま君ゆーま君！　すごいよ私！　今年はキてる！』

メッセージの次に、猫が高速で棒高跳びする、動くスタンプを張り付けた。すると四秒後に返信が来る。私も悠真君もスマホの文章打ちは恐ろしく早いのだ。これだけは現役女子高生にだって負けないと思う。

『テンション高すぎ。どしたの？』

『ヒスローのコンサート、ペア席取れたのだよ！』

『マジですか⁉』

悠真君が、猫が『ドヒャー』と叫んででんぐり返しする動くスタンプを送ってきた。

『僕もフリーメール駆使して五十通くらい応募したけど、ダメだったよ』

『私はパソコンとスマホのメールアドレスだけだから、二通しか送ってないぞ』

『なん……だと……』

グヌヌと悔しそうな顔をする猫のスタンプが張り付けられた。

私は思わずクスクス笑ってしまう。

――『翡翠《ひすい》のローデリア』。略してヒスロー。

それは私と悠真君が大ハマリしているロールプレイングゲームだ。翡翠《ひすい》シリーズとも呼ばれていて、今までに四作出ている。すべての物語が繋がっており、いまだ完結を見せない超大作ゲームなのだが、そのシナリオの作り込みに私も悠真君も夢中になった。

何より素晴らしいのが音楽だ。ゲームに欠かせない、ゲームミュージック。

切ない時、嬉しい時、戦いを前に気持ちが昂《たかぶ》る時。

私達の感情を最大限に引き出し、盛り上げてくれる、音楽の存在。

私が抽選で当てたのは、そんなヒスローのフルオーケストラコンサートのチケットなのである。大手ゲームソフト会社の看板ともいえる大人気ゲームなので、チケットを購入するにも抽選で当たらないといけないのだ。倍率は相当高かったと思う。

『いいなあ、楽しんできてよ』

『え、ペアチケットだから、悠真君を誘おうと思ったんだけど、行けないの？』

私の知り合いで、ヒスローにハマっているのは悠真君しかいない。

というか、私に知り合いなど、片手で数えるくらいしかいないのだが……

常に高速返信してくる悠真君から、ぴたりとレスポンスが止まった。

おや？　どうしたのだろう。

スマホ片手に帰り道を歩いていると、ふいにピロンとメッセージ着信音が鳴る。

『ねえ、由里ちゃん。そのコンサートが当たったこと、笹塚さんに言った？』

『言ってないよ。だって浩太さん、ヒスロー知らないもん』

誰でも知っているようなクラシックコンサートならともかく、知らないゲームのオーケストラなんて、さすがの笹塚もつまらないだろう。

すると、悠真君は『ヤレヤレ』とため息をついている猫のスタンプを送ってきた。

『僕はいいから、さっさと笹塚さんに報告しなさい』

『なぜだ』

『なぜも何もない！　とにかく報告する！　先に僕を誘ったけど〜なんて余計な一言は絶対つけないように。ニブチン由里ちゃんはもう少し男心を学習するべき！』

最後にビシッと指さしている猫のスタンプが来て、悠真君の返信は途絶えた。

「おとこごころ……？」

帰り道、私は小さく呟き、首を傾げた。

次の日は金曜日。もはや恒例となりつつある、笹塚のマンションにお泊まりする日だ。仕事を終えてスーパーに寄った後、合鍵で彼の部屋に入る。そして笹塚の帰りを待ちながら、私は覚えたての料理に挑戦した。

ライスコロッケ。姉ちゃんから教えてもらった、オシャレな料理である。もちろん米は実家のものだ。

団子状のご飯に衣をまぶす作業に四苦八苦していると、カチャンと玄関から解錠の音がする。

「ただいま、由里」

「お、おかえりなさい、浩太さん」

このやりとりは、実はまだ慣れない。なんだか夫婦みたいじゃないか。妙に照れてしまうし、笹塚の顔を直視できなくなってしまう。

「ちょっと着替えてくるから待っててくれ。夕飯を作るの手伝うよ」

毎日会社で顔を合わせているというのに、家に帰ってきた笹塚はドキドキするほど素敵である。仕事疲れで少し髪が乱れているところとか、ネクタイの首元に指を入れてシュッと緩める仕草とか、少し気が緩んだ表情とか。

時々無性に『堪《たま》らん！』となるのだが、世の彼氏持ちの女性は皆こうなるのだろうか。それとも私だけが変なのだろうか。

しばらくすると、ラフな私服に着替えた笹塚が、Tシャツの袖をまくって私の隣に立つ。

「これはどういう料理なんだ？」

「ライスコロッケだよ。浩太さんは、私がパン粉をまぶしたものを揚げてくれる？」

「よし、任《まか》せろ」

すでに天ぷら鍋は温まっている。笹塚はトングを使って器用にライスコロッケを揚げはじめた。本人はあまり料理しないと言っているけど、たまに手伝ってもらうと、笹塚は驚くほど上手にこなしてみせる。

根が器用というか、ソツがないというか。正直羨《うらや》ましいことこの上ない。

そうだ。あの話……。今ならできそうかな？

「こ、浩太さん。あの、ちょっとお話があるのだが、よろしいか」

「なんだ？　改まって」

揚げ物から目を離さず、笹塚が言う。

うーん、どこから説明したらいいのだろう。コンサートに当選した。そのコンサートはゲームミュージックのオーケストラである。そのゲームというのはつまり……

「えーと……ね、世の中には色々なゲームがあるのだけど、『翡翠《ひすい》のローデリア』っていうのがあるんだよ。ロールプレイングゲームでね、四作出てるんだ」

「ふむふむ」

「これがもうすっごい良いゲームなんだよね。まずキャラクターがどれも魅力的なの。それで、今の時代じゃちょっと古くさいって言われるストーリーなんだけど、展開が熱くて泣けて感動できる。とにかく素晴らしいんだ。いわゆるジャパニーズRPGと呼ばれる類《たぐ》いのもので、古き良きっていうか。安心できるクオリティっていうか……」

懸命にゲームの良さについて語ってから、ハッと我に返る。

違う、私は笹塚にヒスローの素晴らしさを語りたいのではないのだ。

パン粉の上でライスコロッケをコロコロ転がしながら、簡潔な言葉選びに専念する。

「それで！　えっと……とにかく、音楽がいいのですよ！」

「へえ～。音楽がいいと、ゲームに夢中になれるよな。前に由里が勧めてくれたスマホゲームも、音楽の出来がいいなって感心していたんだ」

「えっ、もしかしてそれ『アイリス・ネクター』のこと？」

「そうそう」

「浩太さん、やってくれたんだ！　嬉しい！　スマホゲームやったことないって言ってたから、やってないかな～って思ってたんだけど。え、レベルいくつになったの？」

「レベルは78かな。毎日ログインして、アクションポイントを消費する程度しかやってないけど」

「充分だよ！　すごい。あとで浩太さんのデータ見せて！　あとフレンドになろ！」

パン粉をまぶし終わったライスコロッケのトレーを渡しながら笹塚を見上げると、彼は揚げ終わったものを新しいトレーに入れて、私を見た。

「ああ。まだよくわからない部分もあるから、コツを教えてくれると嬉しい」

「もちろんだよ！　実は、アクションポイントをちょっとだけ増やすワザがありましてね。これをやるとやらないでは大きな差がついちゃうので……」

夢中になって説明して、またもハッと我に返る。

「違う〜！　それも見たいけど、違う〜！」

「さっきからどうしたんだ？」

私の悲しいサガ。人と話すことが得意でないゆえに、説明が超下手。おまけにすぐ脱線するし、好きなものの話題になるとついつい長く語ってしまう。

私はゲームオタクじゃない笹塚にわかりやすく説明したいだけなのに、どうしていつもこうなってしまうのだろう。

「だからね、ヒスローの音楽が良くてオーケストラがすごいからコンサート当たったの！　抽選で高倍率！　奇跡的！」

「うん。……とりあえず、落ち着こうか」

支離滅裂《しりめつれつ》な私の話を聞いた笹塚は、冷蔵庫からミネラルウォーターを取り出し、グラスに注いで私に渡してくれた。優しい……。ありがたく飲む。

「えーと、つまりだ。由里の大好きなロールプレイングゲームである『翡翠《ひすい》のローデリア』は音楽が素晴らしいのだが、その音楽のオーケストラコンサートのチケットに当選したんだな？　ちなみに高倍率の抽選で、奇跡にも等しかったということか」

「浩太さんすごい。やっぱりエスパーなの？」

「なわけあるか。由里の言葉から推測しただけだ」

なんでもないように答えられたが、私のメチャクチャな説明から要点だけを抽出し、正しい順番に並び替えることが、どんなに難しいことか本人はわかっているのだろうか。

ううむ、これが話術に長《た》けたデキる営業のテクニック。笹塚が彼氏になってよかった。

他の人なら親でも絶対に理解できなかったと思う。

「それで、そのチケットはペアで取ったんだけど。その……あの……」

言っていいのかな？　だって笹塚はゲームの内容知らないし。聞いてもなんの曲だかわかんないし、面白くないかも。

笹塚はオタクじゃない。ゲームの話はするけど、それはすべて私がすすめたものだ。

笹塚は自分からゲームを選んで買うことはしない。言うなれば、私に合わせてくれている。恋人である私が好きなものだから、気を使ってくれてるんだ。

そんな笹塚の厚意に甘えていいものか。コンサートが始まるのは夜の七時。場所は横浜だから、帰りは終電になってしまう。そんなに遅くまでの時間、興味のないものに付き合わせていいのかな。恋人だったら何をしてもいいわけじゃないはず。

距離感がわからない。ワガママの線引きがわからない。

悠真君はどうしてあんなこと言ったんだろう。笹塚が迷惑に思う可能性を考えなかったのだろうか。

「由里？」

いつの間にか揚げ物を終えた笹塚が、ほかほかのライスコロッケののったトレーを片手に私の顔を覗き込む。

私は慌てて、残っていた水をグイと飲み干した。

「えっ、えっとね。だから、ペアだから……あの、興味ないかもしれないけど、浩太さんはつまらないかもしれないけど、いっ、一緒に……行……けない、かな？」

俯《うつむ》いて、小声で誘ってみる。

もっとハキハキ言えたらいいのに。やっぱり相手が『オタクじゃない』って、私にはちょっとハードルが高い。

自分の好きなものが、相手は好きじゃない可能性だって充分あるのだ。

笹塚は優しい人だから、断るにしても、私が傷つかない言葉を選んでくれるだろう。でも断られたら寂しい。理解してほしいなんて、ムシのいいことを考えてしまう。今まで気にしていなかったけど、私って結構、エゴイストなのかもしれない。

「……俺が、一緒に行ってもいいのか？」

かけられた言葉は、予想していなかったもの。

「え？」

思わず呆けた顔をして、顔を上げる。

笹塚は、ライスコロッケのトレーをカウンターに置いて、私をまっすぐに見つめていた。

「も、もちろんだよ。浩太さんがいいって言うならだけど」

「行きたいに決まってるだろ。由里が好きなものに、俺を誘ってくれるのがすげえ嬉しい。ありがとう」

そう言って、笹塚はニコッと笑みを浮かべた。

対して私は、頭のてっぺんまで熱くなってしまう。

な、なんでそんな、めいっぱいの笑顔を見せてくれるんだ。びっくりしちゃったじゃないか。ゲームミュージックのオーケストラコンサートに誘っただけなのに。しかも笹塚の知らないゲームなのに、こんなにも嬉しそうにしてくれるなんて。

「あ、あの、コンサートは横浜でね、始まるのが七時だから、帰りが遅くなるんだけど」

「横浜か。ちなみにコンサートは何曜日なんだ？」

「土曜日だよ」

「それなら、横浜のホテルで一泊しよう。それで、次の日は中華街や赤レンガ倉庫に遊びに行くんだ。どうかな？」

わ、それはすごく楽しそう。出不精な私ですらワクワクしてしまうようなデートプランだ。

「コンサートまで日にちがあるなら、そのゲームもやってみたいな。『翡翠《ひすい》のローデリア』だっけ？」

「ほ、本当？　さすがに四作やるのは難しいけど、順番に貸してあげるね。音楽、本当にいいし、話もすごく感動するからオススメだよ！」

笹塚が私の好きなゲームに興味を持ってくれたのが嬉しい。

ライスコロッケをお皿に盛り付けながら、私は笹塚に問いかけた。

「あの、浩太さん。私の好きなもの……そうやって理解してくれたり、一緒に楽しんでくれるの、すごく嬉しいんだけど、どうしてそんなにも、優しくしてくれるの？」

恋人だから、だろうか。

でも、世の恋人って、こんなにも相手の趣味に歩み寄ってくれないと思う。事実、私は笹塚の趣味であるスポーツは全般的に苦手だし、なかなか楽しめないのだ。

笹塚ばかり私の趣味に付き合わせてしまって、悪いなと思ってしまう。

すると、ご飯をお茶碗によそっていた笹塚が「何言ってんだ？」と言わんばかりに不思議そうな顔をした。

「好きな人の好きなものは俺も好きになりたい。当然の話だろ。だから、そのゲームを知らなくても、コンサートに誘ってくれたのはすごく嬉しかった」

「こ、浩太さん……」

「てっきり、そういうのは悠真を誘うんじゃないかなと思っていたからな。最初に俺を誘ってくれたのもめちゃくちゃ嬉しい」

満面の笑みに、私の唇はヒクッと引きつった。

「も、もちろんだよ。だ、だって、浩太さんは私の、こ、恋人だもん」

危なかった……。普通に悠真君を誘おうとしていた……。止めてくれた悠真君、マジ感謝。ありがとう。

笹塚は少し照れた顔をして、かしかしと頭を掻《か》いた。

「ガキっぽいけど、やっぱり、由里の一番はなんであれ俺でいたいんだ」

「あ……」

もしかして、それが『男心』ってやつ？

なんでも一番は自分でいたい。それは確かに子供っぽい独占欲だ。

でも、それは男とか女とか関係ない。

私だってそうだもん。笹塚の一番はなんでも私になりたい。

……そっか、そういうことなんだ。やっと悠真君の言いたかったことが理解できたなんて、私はやっぱり鈍感というか、人の気持ちに疎《うと》いところがある。

だから反省しよう。そしてこれからは、どんなことでも最初に笹塚に言おう。

大丈夫。だって笹塚は、私がどんなにオタクでも好きでいてくれるから。

「ありがとう、浩太さん」

へへっと笑って、無性に堪《たま》らなくなった私は、テーブルにお茶碗を置いている笹塚の背中をぎゅっと抱きしめた。

「大好き」

すう、と匂いを嗅《か》ぐと、笹塚のいい匂いがした。

「お前な……ホント、そういうとこ……」

ハア、と笹塚がため息をつく。そしてクルッとこちらを向いたかと思うと、私を抱きしめた。

「これ以上、俺を舞い上がらせてどういうつもりだ。……って言いたいけど、由里はなんのつもりもないんだよな。正直な気持ちをぶつけてるだけ。……まいるよ」
そんな謎な言葉を口にした後、笹塚は私の唇に優しいキスを落とした。

ブラック企業で働くOLの里衣《さとい》。連日の激務で疲れていた彼女は、あろうことかヤクザの車と接触事故を起こしてしまった！　事故の相手であるイケメン極道の葉月《はづき》から請求されたのは、超高額の修理代。もちろん払えるはずもなく……。彼の趣味に付き合うことで、ひとまず返済を待ってもらえることになったけど…でも、彼の趣味は『性調教』で——!?

B6判　定価：本体640円＋税　ISBN 978-4-434-26112-1

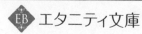

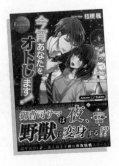

本書は、2016年12月当社より単行本として刊行されたものに、書き下ろしを加えて文庫化したものです。


この作品に対する皆様のご意見・ご感想をお待ちしております。

おハガキ・お手紙は以下の宛先にお送りください。

【宛先】

〒150-6008 東京都渋谷区恵比寿4-20-3 恵比寿ｶﾞｰﾃﾞﾝﾌﾟﾚｲｽﾀﾜｰ 8F
（株）アルファポリス　書籍感想係

メールフォームでのご意見・ご感想は右のＱＲコードから、
あるいは以下のワードで検索をかけてください。

アルファポリス　書籍の感想　検索

ご感想はこちらから

EB

エタニティ文庫

逃《に》げるオタク、恋《こい》するリア充《じゅう》

桔《き》梗《きょう》 楓《かえで》

2020年3月15日初版発行

文庫編集－熊澤菜々子・塙綾子
発行者－梶本雄介
発行所－株式会社アルファポリス
〒150-6008 東京都渋谷区恵比寿4-20-3 恵比寿ｶﾞｰﾃﾞﾝﾌﾟﾚｲｽﾀﾜｰ8F
TEL 03-6277-1601（営業）　03-6277-1602（編集）
URL https://www.alphapolis.co.jp/
発売元－株式会社星雲社
〒112-0005 東京都文京区水道1-3-30
TEL 03-3868-3275
装丁イラスト－秋吉ハル
装丁デザイン－AFTERGLOW
（レーベルフォーマットデザイン－ansyyqdesign）
印刷－中央精版印刷株式会社

価格はカバーに表示されてあります。

落丁乱丁の場合はアルファポリスまでご連絡ください。

送料は小社負担でお取り替えします。


ISBN978-4-434-27199-1 C0193